出狱三年

小小四月花　著

中国协和医科大学出版社

图书在版编目（CIP）数据

炼狱三年 / 小小四月花著. —北京：中国协和医科大学出版社，2016. 6
ISBN 978-7-5679-0553-5

Ⅰ. ①炼…　Ⅱ. ①肖…　Ⅲ. ①纪实小说-中国-当代　Ⅳ. ①I247. 5

中国版本图书馆 CIP 数据核字（2016）第 116061 号

炼狱三年

著　　者：小小四月花
责任编辑：雷　南

出版发行：中国协和医科大学出版社
（北京东单三条九号　邮编 100730　电话 65260378）
网　　址：www. pumcp. com
经　　销：新华书店总店北京发行所
印　　刷：北京佳艺恒彩印刷有限公司

开　　本：700×1000　　1/16 开
印　　张：13. 25
字　　数：200 千字
版　　次：2016 年 8 月第 1 版　　2016 年 10 月第 2 次印刷
定　　价：35. 00 元

ISBN 978-7-5679-0553-5

四十岁以后的人生——代自序

很多年不见面的一个老乡打来电话，她老公的工作有可能不保，房子的贷款还没有还清，孩子刚上高中，该怎么办？好久没联系的老朋友给我微信，她正在离婚。身边的一个朋友告诉我，她父亲在国内脑出血了。中学同学向我咨询：该如何减肥，如何控制血压。老哥也发贴说一晃就到了眼睛不好使、脑袋也不好使的年龄。

真的是一晃，我们就到了这个上有老、下有小的年纪。青春的激情似乎还没来得及细细体味，我们就已经步入中年。所有的担子都压在你肩上，工作陷入瓶颈，婚姻进入疲劳倦怠甚至冲突期，孩子还没有长大，老人却已经不行，自己的身体也开始状况频频……生活把我们雷得外焦里嫩，压力让我们不堪重负。

可无论怎样，心中总还是有一份执着、一份坚强，总还有一种精神，支撑着我们走过柴米油盐的琐碎，走过人生的低谷，走过生命中的磨难，让自己成为更好的自己，也让自己终于脱离了年少时的狂妄和肆无忌惮，收获了人到中年的从容与平淡。

有人认为，人过四十，最美好的日子已经过去，所谓英雄末路、美人迟暮，人生已经开始走下坡路。

而我却觉得，四十岁，是我人生的分水岭。二十岁以前，青春懵懂，虽然快乐，却靠父母养活，谈不上自主；二十岁到三十岁，是被人被己推着，不断求学的日子，从中国到美国，博士读了一个又一个。三十岁以后，开始真正体会到生活的艰辛、人生的不易、职业的艰难、世事的无常。我以及我身边女人们的故事，促使我思考所经历的一切，许多像我一样的人正在经历的一切，写下了《炼狱三年》。网上连载的时候，许多人留言：做医生实在是太辛苦了！

如今，四十岁以后，我有了一份喜欢的工作，每天高兴地上班，简单快乐充实地生活。这一刻，我竟突然有了一种前所未有的自信，我不害怕去到任何一个新的地方、重新开始，到哪里我都可以生存。我突然就觉得，之前所有的辛苦，都值得了。经历了磨难，我获得了职业的自主、经济的自主、生活的自主，心态也变得平和，我真正自主美好的人生，从四十岁开始。如果我能健康地活到六十岁，那么这样美好的日子，我还能过二十年；如果我能健康地活到七十岁，那么这样美好的日子，我还有三十年。人生也不过几十年，几年的辛苦，赢得以后几十年的美好，有什么不值呢！

ICU 的护士说，我看你每天都这么开心；门诊的小姑娘也说，不能想象我 tough 是什么样子。她没有看到过我艰苦的过程，看到的是阅历带给我的经验、成长和收获。

我从来就不是一个追星的人，也从来没去过任何演唱会，而这次，却买了票去看李宗盛，做为给自己的生日礼物。喜欢李大叔，是因为喜欢他的词，他的词中那些对人生的感悟。

记得当年和男朋友分手时，我给他唱“走吧，走吧，人总要学会自己长大”，让他不要再来找我，不知不觉竟唱得他泪流满面；而如今，我可爱的女儿听着这首歌，天真地问：“妈妈，他为什么一直唱走吧，走吧？这是一首教小 baby 学走路的歌吗？”听得我莞尔一笑。在经历了种种以后，我终于也学会了，嬉皮笑脸面对人生的难。

此时此刻，女儿已经酣然入睡，我靠在床头，橘黄温暖的灯光下，读一本喜欢的书，一如大学时那样。幸福，来自于内心的满足。

感谢本书在网上连载期间，一直给我鼓励和支持的身边的朋友、网上的朋友，尤其是那些花大量的篇幅、把自己的故事和心情与我分享的朋友。说过的话，走过的路，吹过的风，看过的景，最后，都变成了自己。我相信，阅历也是一种幸福。

2016. 3. 4

目　　录

重出江湖 …… 1
菜鸟 …… 4
夜班 …… 8
风起 …… 10
选修 …… 12
ICU …… 15
硝烟 …… 20
永远的导师 …… 24
病房 D 组 …… 28
生活与情人节 …… 34
失踪的周末 …… 40
病房 C 组 …… 42
家庭大战 …… 46
被淘汰的士兵 …… 50
奇葩门诊 …… 53
暗涌 …… 58
突如其来的外遇 …… 61
痛苦 …… 64
这个男人不能要了 …… 69
和好 …… 73
上有老 …… 76
中美医疗差异 …… 80
婚姻 …… 84
人生百态 …… 89
当争吵成为一种常态 …… 94
爆发 …… 99
急诊室 …… 104

儿童局 …… 109
家暴，家暴！ …… 113
律师 …… 119
协商 …… 123
上庭 …… 127
创伤后 …… 132
心理评估 …… 137
心理治疗 …… 143
结婚纪念日 …… 147
两只刺猬的爱情 …… 153
换律师 …… 157
女人 …… 162
离婚 …… 168
巨变 …… 173
乳腺癌 …… 178
与疾病的战争 …… 182
备战 …… 186
手术 …… 190
春天 …… 195
美好生活 …… 199
凤凰涅槃 …… 203

重出江湖

我终于要做住院医了。来美国十年，又读了一个博士，经过反复的思想斗争和 Step 1、2、3 的考试之后，我终于也加入了我医学院同学们的行列，踏上了这条艰苦卓绝的不归路-在美国当医生。都说在别人的土地上，你就得比别人多奋斗十年。可不是，十年过去了，如今我又从实习医开始做起，自己都觉得勇气可嘉。

今天是我第一天上班。其实还不算正式上班，就是上岗前培训，熟悉熟悉环境，上两天急救课，学学怎么用计算机系统什么的。但对于我一个在家歇了三年的前家庭主妇来说，重新踏入职场，今天的意义还是非同凡响的，我相当重视。

但偏偏就是在今天，我漂亮聪明可爱健康活泼三年来几乎没给妈妈添过什么麻烦的乖小宝虹虹，偏偏就在妈妈上班的第一天，发烧了。

不到 6 点，我们就被她的哭闹吵醒了。到她的房间一看，小脸红扑扑的，一摸挺烫，一量 38 度 5，一看嗓子，两个扁桃体又红又肿。应该就是普通感冒，我给她喂了点儿童泰诺，她沉沉睡去了。

这样子，幼儿园是去不了了，得有人在家陪她。第一天上班，我绝对不能缺席，老公也说今天有一个重要会议必须参加。怎么办？情急之中，想起前几天来应聘的保姆，决定现在就让人来上班。电话一打，人家会英文会开车的，经济不好丢了工作才来应聘保姆，现在又找着一正经工作，不做保姆了。不过推荐了她的嫂子，一个 60 多岁的老太太。那就让老太太试试吧。

十分钟后，一个老实木讷甚至看上去有些呆笨的老太太，在老公和小姑的陪同下来了。一问，老太太身体不太好，在家几乎一应大小事情都是老公张罗，不怎么能干。不能干没关系，能看着孩子就行。简单向她交待了几句，又把我们的手机号写给了她，说有事马上给我们打电话。看老太太笨笨的样子，不太放心，让她现在就给我们打个电话试试。老太太颤颤巍巍地拿起电话，对着那张写有号码的纸，5 分钟都没把那几个数字拨全。我和老公面面相觑，电话都不会拨，怎么照看孩子？委婉地拒绝了她，临走给了十块钱，毕竟麻烦人家跑一趟。

问题还是没有解决。怎么办？最后我们决定一人带半天，他上午我下午。

我急匆匆地赶到医院，第一天上班，迟到半小时。今天上急救课兼考证，上午成人急救下午小儿急救。下午的课是没法上了，我家里还有一小儿等着我去救呢！跟秘书说了，她很理解，又去跟教官说，也很通融。于是课间休息的时候教官就简要地给我讲了讲，示范了一遍小儿急救，拿过一张纸做了几道题，过了！

我马不停蹄地赶回家，小姑娘已经跟没事人一样了，又笑又闹的，我乐得多和她玩半天。

我们这拨一起 match 上的同事兼战友，一共十个人，俩中国人，俩菲律宾的，俩尼日利亚的，还有四个印度人，其中一个是英国来的。倒也好，谁也没落了单。

我迅速和我的同胞方唯取得了联系。方唯年纪和我差不多，大致经历也和我差不多：国内医学博士毕业，来美国做了几年实验室研究，身份搞定后再考试来做住院医。不过她原来读的是眼科，这么热门的科室，外国人在美国是基本申请不到住院医职位的，所以就来做了内科。老公先她两年已经在另一家医院做了住院医，也有个女儿，半岁后就一直放在国内带。如今一家分居三地，又开始为自己不甚明了的前途艰苦奋斗。果然，这个岁数了，拖儿带女的，重出江湖都不容易。

好消息是，保姆的事终于搞定了。新保姆叫 Tracy，49 岁，穿着打扮却年轻似 30 多，会开车，英文凑合。国内离了婚，带着俩孩子嫁了一老外就出了国。结婚没两年老外就得病死了，给她留下一栋房子。如今她房子一层自住、一层出租，大儿子当了兵，小儿子暑假送回国，自己出来做保姆，1400 美元一个月，不用交税，还属于低收入家庭，从政府拿免费的医疗保险和补助，男朋友交着，漂亮衣服穿着，日子过得比我滋润多了。

再来看看我，做住院医，一周平均工作 70~80 小时，年薪 5 万，百分之三四十都交了税，辛辛苦苦，最后到手的也就刚够付保姆费的。怪不得很多美国家庭妈妈都不出去工作，实在划不来。话又说回来，也没谁拿刀子逼着你去做这个住院医啊！自己选的路，憧憬着美好未来，咬咬牙，熬过这三年就好了！

菜　鸟

七月一号是真正的第一天上班，进病房。但凡干这行的都知道，每年7月1日左右都是各医院新一拨菜鸟上岗的时间，坊间流传，没事千万别7月份去看病，都成了菜鸟们练手的，凶多吉少！

今天我还值班。早7点到晚8点半，除了管自己的病人，全医院所有的教学病人，有急事都找我，听着都把我吓死。好在我们组今天只有4个病人，我就从这4个人开始慢慢学吧。我的senior[1]是一个牙买加美眉，一点也不在乎我连病历都不会写，甚至连病历应该长什么样都不知道，几乎是一个字一个字地教我怎么查实验数据，怎么看病人的片子，怎么查病人都用过什么药，怎么记病程。

不过，这大夫们的字怎么在哪儿都这么乱呢？有的豪放如狂草，可整篇写的啥一个字也认不出来；有的拥挤如蝇头小楷，拿放大镜看都嫌费眼神；有的整个一斜行体，读着读着头都要斜到肩膀上去了，他偏就还在那写了两点重要指示。以后我写病历，内容怎么样先不说，至少要写得别人能认出来。

一小时过去了，厚厚的一本病历我还没有琢磨出头绪来。牙买加美眉终于有些不耐烦，说这也太慢了，以后每个病人半个小时必须搞定。我心想急什么，这不有一天吗，我们就4个病人。

正在这时候，我的呼机响了，4楼心血管病房有个病人胸痛。我赶紧放下手里的活，奔到4楼。一问病人，就是胸痛入院的，现在又犯了。我

[1] 注：Senior即高年住院医，住院医培训中的第二、三年住院医，需要带教第一年实习医。

可不知道该怎么办，赶紧向 senior 求援。牙买加美眉电话指示：生命体征平稳，先做心电图，看看和以前比有没有变化，抽血查心肌酶。给一片硝酸甘油舌下含化，看症状会不会改善。看看他现在用的哪些心脏病药，然后给病人的 PMD（主管医生）和心脏专科医生打电话，知会病情，讨论下一步诊疗计划。让我先干着，她那忙完了就过来。

真是不习惯这里的系统，每个病人的主治医生都不一样，甚至每一天的都不一样，同一个病房的病人，还得给不同的主治打电话。哪像在国内，一个病房的病人一个月内就都归一个主治管，多么清楚明了。还有，敢情这儿的主治都是电话遥控的，真正到床边看病人的，就是值班住院医，这我哪儿心里有底啊！在国内的时候，值班有一线二线三线甚至四线，一线住院医搞不定的时候可以呼住院总到场，病情严重的二线值班主治也会到场，还搞不定可以继续呼后面更大的头。有大头在后面坐镇，心里才能不怕呀！

这个病人花了我一个多小时，总算告一段落。接着回去看我前面那个病人。刚坐下没多久，呼机又响了，10 楼呼吸病房有个病人呼吸困难。得，赶紧奔 10 楼，慢阻肺，两肺都是湿啰音，拍胸片，上雾化治疗，要护士计算出入量，24 小时入了 2000 多毫升，才尿了几百毫升，看起来象心衰，给了一针呋塞米后，病人尿出来 1000 多毫升，症状好了很多。

这又是一两个小时，接着回去看前面那个病人。不一会，呼机又响了，7 楼精神科有个病人恶心呕吐。我算明白了，照这么个搞法，不抓紧点，我自己那份“自留地”一天都干不完，怪不得牙买加美眉催我。

4 点以后，其他组都下班了，就剩牙买加和我盯着。急诊开始狂呼我们收住院新病人。第一次收新病人，自然是要多费些时间。

快 7 点的时候，2 楼骨科病房又开始呼我，一 70 多岁股骨骨折的老头，不知怎么阴茎阴囊红了一大片，倒也不痛不痒，老太太很是关注，要求大夫马上来看看。这事也归我管？在国内，这都归泌尿外科的，我可不知怎么处理“那地方”的问题。既然不痛不痒的，不急，先让他等着，等我收完了这个新病人再说。就这一会儿，又呼了我两次，老太太等不及。

终于有时间去看这老头。确实，别的地儿都好好的，就阴茎阴囊像划了一条线似的，一片红，不肿不痛不痒。我对这地方的问题一点头绪都没有，马上致电牙买加：“我该怎么办？”牙买加：“你知道该怎么办。”“我不知道该怎么办。”“你知道该怎么办。”“我不知道该怎么办。”

“好吧”，牙买加长叹一声，“现在这时候我们只要确保他今晚上尿尿没问题就行。做一膀胱扫描，如果有尿液潴留就插尿管，如果没有就 ok. 病历上记上，如果明天还这样，建议他的主管医生请泌外会诊。”

得旨，又花了些时间搞明白膀胱扫描是个什么东东，怎么做这个膀胱扫描。还好，老头尿尿没问题。又从护士那得知，老头昨天手术插了尿管，今早才拔除。不会是对尿管的塑胶成分过敏吧？给了点很小剂量的抗过敏药，完事。

终于到了交班的时候。牙买加不放心，又跟我一起把所有我接过的电话、处理过的病人都过了一遍，确保没有什么遗漏和大的失误。等我们离开医院的时候，都已经 9 点半了。我还没有吃晚饭，还要开 45 分钟车回家，明天一早还得 5 点半就起床，才能赶着 7 点到，开始新的一天。

牙买加美眉今天给我讲的一句话，我觉得我将受益终身。她说：“从第一天开始，你就要强迫自己独立工作，不要依赖别人。一年以后的今天，你就是 senior，就要带实习医，就要独立做出判断和决定。以后工作了，也没有人可以让你随时请教。你必须学会独立工作。”

只不过短短几天，我好像已经工作了很久，精神压力很大，身体很疲乏。

一位老前辈曾说，干这行，就得胃和膀胱都无比坚强，能够在不吃饭不上厕所的情况下正常工作。深以为然。那天我刚想上厕所，结果病人一有事，就忙去了。忙完了都两小时以后了，才又想起来，我刚想干什么来着？哦，上厕所！这样下去，早晚得泌尿系统感染，要不就是肾结石。

更糟糕的是，我开始吃不下东西，吃什么吐什么。我是讲究细嚼慢咽、品味美食的人，吃饭对我是一种享受。从幼儿园起我就是全班吃饭倒数第一，中学的时候边吃边看男同学打球，人一场篮球都打完了俺还没吃完，大学的时候经常吃着吃着就累了，先到床上歪会儿，一会儿再接着吃。而现在，为了赶时间，居然跟那些老美似的，5 分钟把一个三明治塞下肚完事。转头我就去厕所全吐了出来，然后接着上班。

睡眠也严重不足。前几年在家，每天都起码有九、十个小时的觉，现在能有六、七个小时就不错。早上 6 点钟就在高速路上往医院赶，开着开着我眼睛都要闭上了。牙买加美眉第一天就问我喝不喝咖啡，我说不喝，也不喝茶，我很敏感，喝完了睡不着觉。她说你会喝的。我还是不打算喝茶或咖啡。我开始嚼口香糖。第一次体会到为什么那么多美国人喜欢嚼口香糖，又爽口又醒神，起码能让我开车时不一头撞到护栏上去。

希望我的身体能尽快适应。

美国独立日，我们只上半天班，上午写完病历就可以回家了。太需要这半天的休息了！

下午和孩子他爸还有虹虹一起去逛街。走在宽阔的商场外面，太阳晃着我的眼，看周围三三两两的人群，听着他们闲闲的对话，“什么颜色的衬衫好看?”“今天买俩枕头吧?”我有种恍若隔世的感觉。

在医院里都是快步疾行，我好像很久都没有这样慢慢地悠闲地不用赶时间地走路了。我觉得周围的人们真幸运，可以健康地悠闲地逛街。原来幸福可以这样简单。而我们昨天收的那个呼吸困难的老太太，这会儿在医院呼哧带喘，我为她祈祷，希望她能度过这一关。

夜　　班

一个星期的夜班，我成了夜行动物，昼伏夜出。每天只有两三个小时醒着和虹虹在一起的时间，吃个晚饭，又该走了。每回出门前，虹虹就抱着我的腿不放，还说："妈妈，我希望你永远呆在家里！"真让人心酸。

我现在特害怕听呼机的声音。呼机嘀嘀嘀一响，我的心就一抽抽，不知道又是什么在等着我。估计照这样下去，我该得心脏病或者神经衰弱了。

终于想出一个办法，我把呼机改成了振动，再也没有那刺激神经的尖锐的嘀嘀声了，口袋里的振动我还是能够hold住的，值班的时候再也没有那么紧张，好多了。

牙买加听说我连一个呼机都害怕，一掀白大褂，露出腰间一排5个呼机：这个是个人的，这个是快速反应，这个管会诊，这个管收新病人，这个是code blue（蓝色警报）。

我惊得目瞪口呆，这要上厕所，还不得掉一两个到马桶里？

"所以你没见我上个厕所都得5分钟吗？先一个个取下来，完了再一个个别回去。"

牙买加顺势又给我讲了下医院的代码警报系统，红橙黄绿青蓝紫，各代表什么。

夜班，也就是说，蓝紫灰三色警报呼机，还有白天压在急诊待收的新病人，还有全院所有的教学病人，就都归俺们俩了。

当你连续上了三个夜班并且每晚都收6个新病人以上，基本上你的大脑就不工作了，只是身体在机械地干着一切。今天同样如此。两点多不到三点的时候，我刚躺下有点迷糊，呼机又振了，3楼肿瘤病房有个病人去世了，需要我去查验宣布死亡，通知家属和主治。像这一类的病人，家属和主治大多早有了心理准备，死亡是预料之中的事，我只是去完成 paperwork，上网填个死亡记录。

像这样的病人，我从来就没有看过他们，对他们和他们的病情一无所知；他们很多也不是教学病人，不归我们住院医管，管他们的主治我们大都也不熟。今天这位就是这样，病人和主治的名字我都从来没有听说过。

我照例从病历里取了一张印有病人和主治名字的标签，一边上网填表，一边给主治打电话。电话拨通后，我对着那头说：“我是今晚值班的××医生，通知您，您的病人×××刚刚去世了。”

电话那头毫无反应。

我又重复了一遍：“我通知您，您的病人×××刚刚去世了。”

那头沉默了一会儿后，平静地回答：“那是我。”

What！我头嗡地一下就大了，意识到我刚照着那标签念的不是病人的名字，我念的是主治的名字！

他真是太有涵养了！我半夜三点把他从睡梦中吵醒，就为了通知他：他已经死了！而他，居然既没有冲我嚷，也没有摔电话，只是轻轻地说：“那是我。”真是太有涵养了！

在说了一连串 sorry 后，我急忙挂了电话。

回来说给牙买加听，她眼泪都笑出来了。

早说了没事别 7 月份来医院的嘛，就是主治大夫们也应该少来上班，要不说不定哪天就被新来的小实习宣布死亡了！

风　　起

终于又做回白班了。还是吐，尤其每天早上。我开始吃抑酸药，好像管点用，吐得少多了。

身体还是特别地疲乏。夜班的时候白天就只有睡觉的份，别的什么都干不了。还好有保姆。白班好点，但也还是累，尤其是值班那天。

而且，我和杰明开始经常吵架。我们脾气性格都很硬，我也像所有靠自己的努力走到这一步的女博士女医生们一样，特别有主见，特别独立好强。我们自结婚以来就大吵小吵不断，现在就吵得更频繁了。

他一直就不愿意我重新做医生。要不是考虑他的意见，我也不至于拖到现在。

自从我开始上这个班，俺们家的生活质量就严重下降，按他的话说，是辛辛苦苦十几年，一夜回到解放前。

可不是，前几年我在家做全职妈妈，家务活全包了，洗衣买菜做饭打扫卫生，老公一点都不用操心。小朋友也带得很好，每天都有好几小时户外活动时间，公园动物园操场，还有加餐水果点心，宝宝长得浑圆可爱，健康活泼。平常我就把杂事都搞定，一到周末就是全家出游的日子，爬山逛水，其乐融融。杰明也是在那段时间事业有了大的起色，跳到了现在这家声名贯耳的大投行，为公司做出了点小业绩，收入也翻了好几番。

可我心有不甘。我在国内读的是最好的医学院，拿了博士，来美国后又拿了藤校的另一个博士，读了这么多书，绝不是就为了在家呆着。每回聚会，有新认识的人，一听说你是全职妈妈，就没了和你继续探讨任何有意义话题的兴趣。而我自己，也对加入家庭主妇的圈子，整天就说些家长里短，对怎么收拾屋子怎么烤蛋糕的话题兴味索然。我有一种失落感。曾经在网上做过一项心理测验，说是可以测出生活中你对什么最看重，我做出来的结果是，存在的意义。确实，我要追求我的社会价值和我存在的意义。

更何况，我要重新做医生，还有另一层原因。杰明是农村出来的，大男子主义严重，勤俭节约到抠门。我在家这几年，他动不动就是，“我养着你，你吃我的喝我的”，如何如何。我天天做饭，到周末不想做了，想去下馆子，他就有些不情愿，觉得太浪费钱。我去逛街，一次要买回来超过两件衣服，他也会废话，觉得浪费。结婚这么多年，只给我父母寄过两次几百块钱，我提出想多给点，他说，他们有退休工资，不缺钱。

跟我同一年来的方唯理解我，她说，我就是自己只挣十块钱，放枕头底下我睡觉都香！

后来杰明还是同意我来做住院医。他觉得有两人工作也好。别看他现在风光，下一次金融危机一来，说不定什么时候就丢了工作。有我做医生，家里就不是只有他一个人撑着，就不怕了。

我警告过他，做住院医很辛苦，就没有太多精力管家里了，他就得比以前多干很多。周末我也得有一天要上班，孩子就得归他管了。他说他支持我，不就三年吗？

可现实比我们想象的还要难很多。我没想到我会这么累，每天回到家除了睡觉什么都不想干，就连他想和我亲热我也实在是没有那个精力，有时候不想惹他不高兴，勉强答应了也是疲于应付，对我而言，一点快乐也没有，还不如让我好好睡一觉。他也没想到需要他干的会有这么多，对我们生活的影响会有这么大。

那天我下班回到家都十点了，一进门，就看见碗筷还在桌上堆着，虹虹也没有洗漱，还在满地乱跑。一下就来了气。而他呢，觉得我下班回来可能还没有吃饭，就给我留着，没有收拾；他从下班回来就在看孩子，我回来了就该轮到我了。于是他说：“妈妈回来了，孩子归你了，我下班了！”就自管自地去看电视玩电脑了，全然不顾我刚进门连鞋都还没顾得上脱。

我更气了：我上了一天高强度的班，回到家连坐下喘口气的工夫都没有，还得吃饭、洗碗、侍候孩子睡觉，等我睡觉就该十一二点了，而明天一早又得五点多就起床去上班。而他，居然就自己看电视去了！

我们都觉得对方应该更体谅自己，应该承担更多。于是开始吵。大吵。

选　修

熬过了第一个月，可喜可贺！听说我们这拨有第一个月轮转 ICU 的，没过，被要求重修。谁都不容易呀！

第二个月我轮转选修科室，也就是早八晚六，跟着专科主治看门诊病人，有时也看请专科会诊的住院病人。我选了两个星期的肿瘤专科和两个星期的胃肠专科。因为不用亲自主管任何病人，也不用值班，轻松很多。

终于可以喘口气，想想我为什么要来做这个住院医，还要不要接着做下去了。

和大多数人家比，我们家不缺钱。房子也买了，贷款也还得差不多了，老公的收入按全美人口的百分比算，也算上等的了，工作也还挺稳定。我想做医生，真不是为了挣钱，而是为了实现自己的价值。

可在过去的一个月，我精神上和体力上都很累，家里的气氛也弄得很不愉快。如果以后的日子都是这样，我愿意吗？值得吗？

跟我爸我妈打电话，他们当然都坚决鼓励我做下去。我妈是五十年代湘雅的毕业生，30 多才结婚，快 40 才生的我，在那个年代，也算是先锋的女知识分子了。从小学到读医学院再到出国，我一直都是父母的骄傲，他们说不定还等着我成一代名医呢，决不会允许自己的女儿一辈子就只是一名家庭主妇。

好不容易走到这一步，我也不想轻易放弃。

跟杰明商量，冷静下来，他其实还是支持我做下去的。

都说第一年最辛苦，第二年就会好很多，第三年就跟上正常班差不多了。也许咬咬牙，熬过这第一年就好了？

可做完了住院医以后，做什么呢？我对于做家庭医生是没有什么兴趣的。家庭医生虽然重要，以后找工作或者自己开业也都容易，可每天都要面对众多的从高血压糖尿病到感冒发烧肚子痛皮疹的各种各样不一的病例，更有许多繁琐的文书工作，不适合我。

可想做专科，住院医后就还得再做2~3年的专科训练。我其实对肿瘤和胃肠两个专科都很感兴趣，从我的背景来说，我拿了美国名校的Ph. D.（博士），做的是胃肠道肿瘤的抗癌研究，发表的文章也挺多的，还得过奖，真想申请，去综合性大医院的专科不成问题。可我已经不是二十多岁了，又拖家带口的，三年住院医能不能做下来还是个问题，我可不想再有另一个三年的煎熬了。

怎么办？怎么办？

我翻来覆去睡不着，想得头都疼了。这个问题不解决，我住院医也没法或者说没有动力安心做下去。

突然，我灵光一现，我可以做临床营养！

我在美国这边拿的也是营养学的博士，临床营养专科训练只需要一年，而且以后life style（生活方式）也好，没有急诊，也不像肿瘤或者胃肠，周末或者半夜都有可能随时被呼叫。

临床营养，或者说代谢医学，在美国也是个冷门学科，全美迄今为止获得临床营养专科医师证书的只有三百多人，全世界也只有不超过五百人。冷门，所以很多人包括很多医生都不知道有这样一个专科，对它也不太重视。冷门，说明方兴未艾，大有发展潜能。

想想美国的人群，几乎三分之二的人口都是超重或者肥胖，满大街几百磅的超级巨胖比比皆是，其胖的级别胖的形态在国内根本就无法想象。曾经有一位和我一起读博的女同学，在国内算小胖一枚，从未被任何男生青睐过，自尊心颇受了些小小的打击，来美国后没几天自信心就找了回来，扭动着腰肢得意扬扬地对我说："你看我这样在国内算胖的了吧，到了美国一看，挺正常的嘛！我现在开始要好好收拾自己，随时准备出击！"

这么巨大的人群，将来都会需要临床营养医师帮助他们医疗减肥，并治疗肥胖带来的各种并发症。俺不愁将来找不到饭碗，说不定俺还可以做出一番成绩来呢！

想到了这一点，我心安了。正好我们医院就有这样一位临床营养专家，MIT生化博士，哈佛临床训练出来，前任美国临床营养专科医师协会主席，最早获得该项专业证书的医生之一。明天我就去找他！

选修期间，也终于可以有时间有心情去参加药厂的请客吃饭。今天的活动安排在附近的一家布置典雅、菜肴精美的乡村餐馆，顺便听一下心血管专家讲降脂药。

这种“dinner lecture”（晚餐讲座）是这边最普遍的药厂请客的方式了，顶多还有就是我们早上听报告的时候顺便安排一下工作早餐，仅此而已。以前药厂还经常送些大夫护士们常用的笔，后来有病人提意见，说是大夫开药的笔上都写着药厂的名字，会不会开药的时候不公正。得，从此以后连这项小福利都被明令禁止了。

国内的药厂活动，除了吃饭，还有K歌、保龄、游山、钓鱼等等，花样繁多，小礼物也层出不穷，更听说有提成回扣和某些女医药代表为了事业“勇于献身”。

而在美国，这样的事我从来没见过，也没听说过。确实，大夫们靠着正经工作就有一份不错的收入和一家人体面的生活，犯不着为了点小恩小惠赔上自己千辛万苦得来的行医执照，毁了自己的前途。就更没听说过好好的医生不干了、去干医药代表的。这两个职业的收入和在人们心目中的社会地位根本就不在一个级别。

在美国，我也从来没有见过或者听说过收红包的。同样，大夫们的丰厚收入从好好工作中来，犯不着为了这点小恩惠丢了执照，毁了一生。病人们出于真心的感谢，给大夫们送些小礼物的却不少见，比如送瓶红酒或者出国旅行回来带些小纪念品什么的，只要礼物的价值相对于病人的收入不构成任何负担，大夫们也都乐于接受，所谓礼轻情义重。

讲座不错，都是有关降脂药物的最新研究和信息；吃得也不错，虽然上菜有点慢；最主要是，今天是我第一次参加这样的活动，好像也是我们除了上班外，唯一见到其他同事和主治的社交场合，还顺带听到了一些八卦消息，比如某个住院医已经是5个孩子的妈，年近50了才来做住院医等等，呵呵，收获颇丰。

活动完了回到家已经九点多。老公在家已经等得很不耐烦，抱怨我和孩子在一起的时间越来越少，既然已经下班了为什么不能早回家。

确实，上班以来我对家里的照顾越来越少，我也很内疚，尤其是对虹虹。这孩子以前不管谁威逼利诱都斩钉截铁地说长大了要做医生，这才短短两个月，她眼见我做了医生她就很少再见到妈妈，已经改了主意，要做艺术家或者钢琴教师了。以后这样的活动不参加也罢，有时间就尽量多和家里人在一起吧。作为一名职业妇女，要做到事业和家庭兼顾，自然就要有所牺牲。

ICU

这个月我轮转到了人称“鬼门关”的 ICU（重症监护病房）。

ICU 比病房辛苦多了。每天早上 7 点半准时查房，我们必须在查房之前看完病人、写完病历。比如你有 6 个病人，如果你需要 30 分钟看完一个病人并写完病历，那么你就得 4 点半就到；如果 20 分钟一个病人，你可以 5 点半到；如果 15 分钟一个病人，你可以 6 点才来。自己算吧。

ICU 的病人也比普通病房的病人要重得多，都是多器官功能衰竭，一大半都上着呼吸机，身上插满了各种管子，尿管胃管直肠管呼吸管中央静脉插管透析管等等，碰到个急性胃肠道出血、血色素掉到 4 克（正常成人血色素 12~16 克）就算轻的了。这么重的病人，怎么可能 15 分钟搞定。

值班也更频繁。每两天一个班，也就是说，每隔一天你就晚上 10 点才能到家，第二天还得 5 点接着上班。这一个月基本上就是住在医院了，披星戴月，连太阳都基本上见不着。

ICU 的几个大佬还是颇值得一提的。

Dr. Z 是 ICU 主任，乔布斯的大脑、武大郎的身材，每天早上 7 点半就会端着一杯超大号的可乐，挺着他的大啤酒肚，准时出现在 488 号床前开始查房。小啰啰们一般都很怕他，但我粉他。

他很严厉，要求三句话说清楚病情，为什么住院，为什么进 ICU，现在怎么样了，清楚明了，直击核心。

他很不耐烦，有小实习汇报病情时啰里吧嗦，他也不说你，就开始做运动，下蹲起身侧腰转腿，看得汇报的人心里直打鼓，看得围观的我们偷偷直乐。

他一副大嗓门，好像对谁都在嚷，不过这是他的常态，连他自己都说了："我冲你们嚷，冲我的老婆嚷，冲我的孩子嚷，冲我们家的狗也嚷，要是哪一天我不嚷了，你们就该查查我的甲状腺功能了！"

他也很幽默，经常言简意赅地说些小笑话，逗得我们直乐。比如某天实习医汇报："病人神志不清没有反应"，他很惊讶："没有反应？"马上冲躺在床上的看上去好像昏迷的病人喊："你怎么样了？"嘿，神了，那七十多岁的老太太居然应了声"好！"，还很配合地冲我们挥了挥手。小姑娘很是委屈，明明早上看的时候老太太就是没有反应嘛！Dr. Z 又"画龙点睛"地加了句："她比我老婆对我还有反应！"全场哄堂大笑。

又有一次，一严重肺病的老头刚上呼吸机第二天，老婆就要求放弃治疗。我们都很诧异，老头是第一次上呼吸机，而且这次主要就是肺部感染，治得好的呀！Dr. Z 当然没有同意，他分析："没准他老婆外面已经有相好的了，就等着老头死呢！以后我要在胸前纹上：别听我老婆的！你们记住了！"

虽然辛苦，但 ICU 每天的工作在 Dr. Z 的领导下快速有序充满欢乐地进行。二十多个病人，9 点一定查完，所有病人今天的诊疗都有了一个明确的计划，剩下几乎还有一整天的时间，大家按照计划各行其事，该请会诊的，该做检查的，该转入普通病房的，该收新病人的，都有条不紊地进行。我喜欢这种一天的计划早早心里有数并有大头把关的感觉，比病房有条理多了。我喜欢 ICU。

ICU 还有一位费丝乐女大夫，身材高挑，长相华美，穿着得体，查房时欣赏着她，于我是一种享受，让你感叹世上真有这么完美的女人。她和 Dr. Z 的风格截然不同，她脾气温和，说话清晰明了，做事干净利落，但不像 Dr. Z 那样给你一种着急的紧迫感。她一点也不给你害怕的感觉，相反，她很有耐心，经常就某一话题给我们讲一小课，让菜鸟的我们受益匪浅。

据说她出身于富贵之家，但一点也没有富家小姐的跋扈，反而比大多数人都更加的友善和善解人意。ICU 里经常电话不断，大多是一些杂事，一般都由秘书或护士接了，我们对此都不太在意也懒得在意。但我就亲见费丝乐居然很耐心地接听过一个电话，并拿出小纸条给电话里要找的护士留言，这份有心和耐心，让我很惭愧。

我曾在某个周末在医院附近的山上碰到过她，正带着她 9 岁的女儿和女儿的朋友骑马。那幅优美的画面我至今难忘。我觉得她简直就是我的楷模，完美的工作，完美的家庭，完美的人品，完美的女人。

ICU 里，少不了抢救病人，CPR（心肺复苏）。看香奈儿指挥抢救真是一个赏心悦目的过程。她语言简洁，指令清楚，声音清脆明亮，足够大到所有参与抢救的人都听得到听得清，但又决不让你觉得是在大声喊。再聒燥的护士，这时候也乖乖听她的。换句话说，她镇得住场。

“没有脉搏，心电显示 PEA（无脉搏心电活动），开始心外按压！”

“气管插管入，位置合适！”

“推第一支肾上腺素！”

“心电显示室颤，准备除颤！”

“充电完毕，大家远离，除颤！”

“继续按压！推第二支肾上腺素！”

“两分钟到！暂停按压，检查脉搏！没有脉搏，继续按压！”

“脉搏恢复，停止按压！监测血压！”

“抽血查血常规、电解质、心肌酶！”

“Anderson，你给心内打电话！Tracy，你给主管打电话！Nicole，你给家属打电话！”

“抢救记录拿过来，我签字！”

我希望我第二年的时候，也能做到像她这样。

香奈儿是我们科的一朵花。人长得漂亮，长发飘飘，抢救的时候束起来又是别一番风味。伶牙俐齿，风风火火，快人快语，却也总是笑眼眯眯。据说去年她刚来的时候，她一走过，主治们都纷纷回头，互相打探：这新来的小丫头是谁呀？

别看她现在总是笑呵呵的，但据说去年的时候，她经常是两只眼睛又红又肿地来上班的。为嘛？因为家里有个没本事还找茬的老公。

她和老公是医学院的同学，毕了业就结婚了。可那男的死活考不过 Step 2，而香奈儿执照考试轻松过关，住院医也很快申请到了，开始上班。没了自信的男人开始怪香奈儿没有等他一起做住院医，然后又开始怀疑香奈儿在医院有了外遇。

香奈儿他们那一拨的住院医只有两个男生单身，不知怎么，她老公就认定了来自埃及的默罕默德就是香奈儿的外遇。这默罕默德也是个神人，一边干着累死人不偿命的住院医，一边又在我们医院 moonlighting（加夜班挣外快），同时还在另一家医院兼了份核磁共振技术员的工作，打三份工，单身一人，居然开两辆宝马，能不招人恨吗？

香奈儿的老公然后就跟没见过世面的家庭妇女一样，跑到医院来闹，甚至都惊动了俺们德高望重的主任才平定了此事。

然后男人开始家暴。据传是经常香奈儿劳累一天回家，男人用拳头把床砸得山响不让她睡觉。但我估计肯定不只砸床，否则称不上家暴，也不至于香奈儿搬出来和牙买加住了一个星期，法院对那男的颁布了限制令，不许他再靠近香奈儿，也不许他来医院骚扰香奈儿的工作。两人很快离了婚。

以后香奈儿就是笑呵呵的了。

别看香奈儿平时做事风风火火的，她其实还很热爱厨艺，尤其擅长烘烤，经常做一大盒饼干点心带过来值班的时候吃，我们也跟着沾了不少光。她那一拨的住院医每个人过生日的时候，香奈儿都会亲自烤一个生日蛋糕送给他/她，细心又贴心。这样好的姑娘不愁没人追。

ICU 里另一个常见的画面，就是临终垂危的病人，就像眼前这个慢性白血病急性恶化的女病人，40 多岁，看上去却像有 60 多。

她的血小板只有 1，没错，是 1，正常是 100~300！全身哪儿都在往外冒血，胃肠道、呼吸道、皮肤黏膜。上了呼吸机，因为休克必须中央静脉插管给升压药，可谁敢给血小板只有 1 的人静脉插管呀，那不等于是捅个口子放血嘛！只好一边输着血小板，一边让外科硬着头皮上。还好插管顺利，昨天到今天总共输了有 20 多个单位的血小板，N 多袋血，胃肠道呼吸道的出血已经有所减少。

今天早上我都不想再去看她。那不是一个病人躺在那儿，她已经死了，虽然血压还靠三种升压药维持着，呼吸还靠呼吸机继续着。她全身到处都是瘀斑出血斑，几乎没有一处皮肤是好的，连脸上都是，面部已经扭曲，两只手都已经乌黑了，身上插满了各种管子。不忍目睹。应该让她安静地离去，而不是让她继续承受这种痛苦和折磨。

我们和她的父亲还有兄弟姐妹谈了，他们都很理解，愿意考虑临终关怀，可最后的决定要由她的丈夫来定。

我们和她的丈夫谈了很多次，这是个脆弱但坚持的男人，每次谈就哭，说他理解我们所说的一切，但他不愿意放弃。

我们告诉他现在没有办法治她的病，我们只是在用药物和仪器维持她的心跳呼吸，他说能不能维持她的心跳呼吸到可以治疗她的病的新方法出现；我们说她可能已经脑死亡，也就是即使她还有心跳呼吸，也可能再也醒不过来，他说只要还有心跳呼吸她就没有死；我们说能不能考虑 DNR-B，也就是我们维持目前的治疗，但如果她的心跳停止了，我们不要进行心外按压，因为那将是无效的，也会对她造成更多的内脏出血，他就不说话了，不愿意给我们回答。我理解他的伤心，他需要时间，可我也实在不忍再看这个全身已经越变越黑的女人。

在 ICU，临终关怀是个每天都要面对的问题，继续或者放弃，是很多家属必须做出的痛苦决定。

我曾经和一个临终关怀的护士做过一次出诊。

那是一个 99 岁常年心衰的老太太，三天两头就得送医院，估计寿命不会超过 6 个月了，最后老太太和儿女们都决定，不要再往医院送去抽血输液检查折腾了，就在家里实行临终关怀照顾和治疗。

老太太住到了自己熟悉的家里，家里备有临终关怀药箱，主要就是止痛药吗啡等对症处理的药物，护士每周去家里看望她一次，根据症状调整一下利尿药的剂量。

我们去看她的时候她其实已经时候不多了。她睡在一间布置温馨的房间里，身上盖着十多年前她自己手织的大花毛毯，穿着一套别致的小花睡衣，手里甚至还握着一只可爱的绒毛小熊。护士刚给了她一针小剂量的吗啡，她睡着了，看不出有什么痛苦，很安详，也许就这样永远睡去了。儿女们都围在身边。

那幅平和安详的画面，和眼前这位女人的痛苦场景有天壤之别。

生老病死，人们似乎只重视“生”，却刻意忽略了老、病，尤其是死。

你不见一旦谁上了产科门诊的名单，就会有无数的小册子寄给你送给你，甚至还有专门的产前培训课，告诉准爸准妈们生孩子是个什么样，应该做些什么准备。

可你见过有任何医院任何机构给你寄小册子，教育普通大众，尤其是老年人和他们的家属们，如果老人生病了，尤其是到了生命的最后阶段，会是怎么一个过程，应该做些什么准备，让这个过程顺利平和。其实这是个比生孩子更普遍的每个人每个家庭都将要面对的问题。

为什么我们不能改变一下观念，提前计划好自己的最后一刻，告诉你的亲人们，做到开开心心地活，体体面面地死呢？

硝　烟

经过 ICU 的锤炼，再入江湖就什么都不怕了，看病房的病人都是小菜一碟，再听见催命似的呼机响也不心惊肉跳了，姐什么没见过啊！

经过 ICU 的轮转，孩子他爸也终于同意搬家。

当初申请的时候，俺就以俺们家为圆心，以车程不超过 1 小时为半径划了个圆，只有落在圆圈内的俺才申请。经过七八个面试，没想到就 match 到了现在这家正好在圆边上的医院，开车正常 45 分钟，堵车就 1 个小时甚至更多。

还没开始做的时候，俺就咨询了前辈们，都说第一年每周得工作 70 小时，来回跑几乎不可能，必须得住在医院附近。

俺就跟孩子他爸说了，搬家吧，可以把我们的房子出租，再在医院附近租一个像样的房子住。医院附近就是一个火车站，到纽约只要 30 分钟，你上班比现在还要方便；医院有自己的幼儿园，还是品牌连锁幼儿园，收费只要外面的一半，虹虹的问题也解决了；而最主要是，我该节省多少耽误在路上的时间啊，这些时间我可以用来照顾家里啊。

可孩子他爸不同意，舍不得把我们的房子租给别人住，怕人家弄坏了。这所房子是我们真正拥有的自己的第一个家，某种程度上也代表着孩子他爸美国梦的实现。他为这所房子付出了很多心血，对他而言，这所房子就是他的家。可我觉得，房子什么的都是身外之物，人在哪里，家就在哪里。

于是我每天在睡觉时间都不够的情况下，还得花至少一个半小时在路上开车。很多时候，我下了夜班硬撑着往回开，真正体会到了什么是上下眼皮打架。

ICU的超长时间和超高强度终于让我坚持不下去了，很多次下班以后，我只能不回家，就睡在医院的值班室。我不能拿自己的生命在高速路上冒险。

一周妈妈只能回去一两次的生活显然爸爸和虹虹都很不满意。雪上加霜的是，保姆的小儿子从国内回来了，现在她要每天接送在两个不同学校的小孩子上下学，给两家做饭，虽然不太远，但开车也得十五分钟，来回折腾，于是她提出不干了。

没有了保姆，妈妈又不能天天回家，回家了也已经又晚又累又困，这日子该怎么过?

于是爸爸终于同意搬家。还是不舍得把我们的房子租出去，于是就租了医院宿舍楼的一套两室一厅，搬了些简单的家具过去，平常就住在那边，周末还回自己的房子来住。爸爸说，这房子不能空着，得要有人气。得，从每天跑改为了每周末跑，已经好多了。

医院的公寓楼条件一般，没法和我们的房子比。但最最重要的是，我每天只要走路两分钟就可以去上班了，虹虹上幼儿园也只要两分钟。以后七点到，六点半起床都来得及，想想都是多么幸福的事啊!

我们搬到了医院的宿舍楼，新保姆还没有找到。搬家后，问题没有解决，我们还是经常吵架，还是照顾小孩、做饭洗碗、操持家务那些琐事，而且越吵越烈，上纲上线到对家庭责任的问题。

如果一切顺利，我们可能偃旗息鼓几天；一旦有任何事情，无论大小，他就会责怪我和我的工作。比如某天我要值班会回家很晚，而他也不能早回来接虹虹，或者虹虹生病了需要有一人请假，每到这个时候，他就会说:“你辞职吧！什么狗屁工作，累死人也挣不了几个钱!”“你就是做完了也没我挣得多!”又或者，“你只关心你的工作，不关心这个家!”

是，做医生确实没他华尔街挣得多，可我当初决定做这份工作就不是为了挣钱。我觉得我所从事的职业很崇高，对社会的价值比华尔街大得多。我不认同他以及几乎所有所谓华尔街精英的金钱价值观，我更不能容忍别人侮辱我的工作和我为之奋斗的事业，否认我过去十几年所受的教育，否认我的价值。

我也不认为我只关心我的工作而不关心这个家。确实，我工作的特殊性质牺牲了我很多本应该在家的时间，但只要我不在上班，我就在照顾这个家，我放弃了我所有的业余爱好，放弃了几乎所有的社交活动。而他，当初口口声声说支持我，而现在，眼见我三个月掉了十斤，每天累得连睡觉的时间都不够，却不愿意牺牲自己的一点点哪怕是看电视玩电脑的时间，比以前多干了一点家务就觉得自己多了不起，这个家所有的功劳都是他的，而所有的过错都是我的！

我们的争吵日益升级，甚至互相都说出了“如果没有虹虹，我早就跟你离婚了！”这样的话。

我们当初都是到了男大当婚女大当嫁的年纪，抱着结婚的目的认识的。就像你饿了，想吃木须肉，于是进了一家小饭馆点了份木须肉，端上来的也确实是份木须肉，挑不出什么毛病，也没什么特别之处，没让你特别激动，也没什么特别失望的，于是你就吃了这份木须肉。我们的婚姻就是这份平淡无奇的木须肉。

因为双方的性格都很强，结婚以来，我们几乎每周一小吵每月一大吵，也几乎到了快要离婚的边缘。后来发现我怀孕了，于是所有的矛盾都先搁置到了一边，我们有了聪明可爱漂亮快乐的虹虹，我们的日子也因为虹虹而有了改变。

而现在，我们的矛盾因为我的住院医工作而再次激化。我每天都承受着极大的精神上的压力和身体上的劳累去上班，而回到家，还要面对没完没了的争吵，承受更大的精神上的痛苦，我甚至都已经不会笑了，每天只有和虹虹在一起的时候，我才能体会到一点点的快乐。

而今天，在又一次爆发的争吵中，他居然冲我嚷出了：“大街上随便一个女人都比你强！你信不信，三个月我就可以再找到一个女人！”

而我也气疯了：“谁在乎你呀！有本事你就去找啊！”

我觉得我的工作和我们的关系都在把我的精神和身体往极限上逼，看我到底能承受多少。我不知道这样的生活我还能坚持多久。

中国超市的免费报纸上的小广告还是有些用的，我们的新保姆找到了，是个陪女儿来读书的台湾老太太，干活还不错，就是爱唠叨。一会儿嫌我们小公寓的厨房没有窗户，抽油烟机也不够劲，炒菜的油烟熏了她的肺有损她的健康；一会儿又嫌我们住的房子条件差，卫生间的水龙头不好用等等等等。

我有时候下班回来累得连话也不想说，就想安安静静地呆会儿，可她偏又从报纸上找些五花八门的养生广告来问我，甚至有一天让我带她到我们医院免费打 H1N1 疫苗。我的天，还以为我多大能耐呢，我不过就一小实习医，H1N1 疫苗刚刚上市，目前还只是限量提供给医护人员，就是我妈也没法免费打呀。一拒绝，老太太就不高兴了：“我可是给你带小孩的，我要是生病了，对你的小孩也不好啊，巴拉巴拉……”唉，就听着她唠叨吧，只要负责任，对孩子好，能解决我后顾之忧就行。

有了保姆，我们的家务负担减轻，矛盾也缓和了些。

我几乎每天都在思考这个问题：我还要不要做下去？如果为了这个工作闹到要离婚，我愿意吗？值得吗？都说美国医生离婚率高，不是没有道理的。

和我同样拖家带口的女同事们商量，她们都异口同声：决不能放弃！你已经经过那么多努力走到了这一步，多少人挤破了头想要做还做不了呢，你怎么能放弃！再说最难的头三个月也已经过去了，再坚持一下，第一年很快就过去了！第一年过去了，第二年第三年就算不了什么了！一切很快就会好了！

英国来的印度女超人更是对我说：你是你女儿的 role model（行为榜样）！你在用你的行为教育你的女儿，你是优秀的，你的能力可以做到的决不能轻言放弃！这将影响她一生对女性价值的看法和面对困难时的态度！

真是有如醍醐灌顶啊，说得我都不好意思在她面前再提这个问题。

最重要的，还是孩子他爸的意见。他其实也很矛盾，既希望我能全心全意照顾家里，心里也明白我不会安心做家庭主妇，我会很不开心；而且从他惯常思考的投资的角度，我此时退出意味着之前我们对此事的所有投资，包括金钱上的、时间上的、教育上的，都泡了汤，没有了回收的可能；而只要我坚持下去，就一定会有光辉灿烂的那一天——“我老婆做医生了，我可以退休了！”

我们就这样争吵着和好着矛盾着纠结着坚持着，日子一天天过了下去。

永远的导师

今天倒休一天，去纽约参加 Bernie（伯尼）的周年纪念活动。

伯尼是我在美国读博时的导师，正式场合他被称为温斯坦教授，伯尼是他名字的昵称。我不知道该用怎样的语言来表达我对他的感情，我只想说，他是我所遇见过的最令人尊敬、最好的人。

伯尼在医学研究界赫赫有名。他是七十年代中美建交之前首批受邀访问中国的美国医学专家之一。八十年代，他和同事一起提出了“分子流行病学”的概念，开创了一门新学科。那个时候的纽约时报上，整版整版地登着他的巨幅照片和他的科研介绍。他担任哥大癌症中心主任十几年，并曾任两届全美癌症研究会主席，发表的论文多达五百多篇。

大多数牛人都有一些怪脾气，伯尼却格外的和善可亲。他说话不高不低，不紧不慢，却自有一份力量在其中。他批评你的时候，语调平和，听起来没有任何让人尴尬或是令人不舒服之处，却能让你感受到你需要改进，你应该可以做得更好。伯尼的领导方法也非常对我的口味，他只把握研究的大方向，并在我毫无主意的时候给我一点提示一点推动，而其他时候给我充分的自由。

很多人都以为搞科研只要埋头苦干就行。而伯尼却告诉我说：三分之一的时间用来写 grant（研究经费申请），说服别人给你钱让你来做科研；三分之一的时间用来写文章、做报告，告诉别人你做得有多么好、你的研究结果有多么重要；而真正用来做研究的时间，只有三分之一。他是在我的一次研究获奖、将要在全国会议上做口头报告的时候跟我讲这番话的。他告诉我应该怎样抑扬顿挫地像讲故事一样把自己研究的精彩之处传达给不同的听众。他的一点一滴的教导都让我受益匪浅，让我懂得做任何工作，哪怕是看上去最死板的科研，除了技术要牛以外，communication skills（交流能力、沟通技巧）也同等的重要。

伯尼对手下人非常地爱护和支持。无论是技术员、学生还是博士后，甚至隔壁实验室的人，不论是工作学业上的请教还是写推荐信、办身份签证，他都尽力支持。

伯尼的 communication skills 显然是超一流的，他做事的方式、他的性格气场影响到了整个实验室，团队中的每一个人都那么友善，那么乐于助人。除了工作，大家还经常一起吃饭、party（聚会），来自不同国家不同文化的人互相包容，整个实验室就像个温暖的大家庭。这份领导的艺术，伯尼在他平实温和的谈话中，在他温馨友善的实验室里，轻轻松松做到了。

伯尼从创立自己的实验室近五十年来，当年的许多学生如今也都成了大教授，“子又生孙，孙又生子”，桃李满天下。75 岁生日的时候，学校为伯尼举办了一个隆重的庆祝仪式兼学术研讨会，许多学生都从世界各地赶了回来，为伯尼祝寿。

癌症中心还特别绘制了一张巨大的“伯尼家系图”，从主干伯尼开始，一层层学生排下来，学生的学生又一层层排下来，看上去真像棵枝繁叶茂的大树。

家系图成为会议现场的热点，每个人都在上面找着自己和自己认识的人的名字，回忆起当年的点点滴滴。我很荣幸自己能成为直接从主干上发出的最后一支小小芽。

伯尼四十年前有个学生叫 Richard Axel，那时他还是个大学生，他妈妈托关系找到伯尼，让他课余来实验室打工。他当然是从最低级的刷瓶子干起，但据伯尼说，他干得很不好，经常不是打破了瓶子就是弄丢了实验用品。不过他对别人做的实验却有着浓厚的兴趣，经常参与讨论。慢慢地，伯尼就不让他刷瓶子了，改为做实验助理。后来他上了约翰霍普金斯医学院，再后来他有了自己的实验室，再再后来，2004 年，他得了诺贝尔奖。

在学校为 Axel 举行的盛大庆祝典礼上，伯尼被邀请上台讲述了一下他当年的种种“劣迹”。回到实验室后，大家意犹未尽，还在讨论着 Axel 其人其事。这时伯尼进来，笑眯眯地说：你们如果还有谁想得诺贝尔奖的话，得抓紧了，我恐怕等不了另一个四十年了！

伯尼有一个幸福美满的家庭。他的妻子曾是一名舞蹈演员，后来改学画画并小有成就，我们楼道的走廊里，挂着他夫人的好几幅画作；儿子画画的名气就更大了，作品曾在纽约大都会博物馆的现代艺术厅展出；女儿在 NBC（美国国家广播公司）任编辑。

伯尼还有一个孙子一个外孙女，说起他们，他的眼睛里都是笑意。大概为了培养科学事业的接班人吧，伯尼也经常把小孙子带到实验室来玩，我们就给他变魔术，拿 PH 试纸蘸点不同的溶液变颜色，或者让他从显微镜里看我们养的癌症细胞，不过好像收效不大，迄今为止小家伙的理想还是做 NBA 球员或者摇滚歌星。

记得一次刮飓风，百年一遇的大暴雨，伯尼跟往常一样早早来上班，可没过多久，他接了个电话，拎起包就回家了。原来电话是夫人打来的，家里进水了。我想象着伯尼急急忙忙赶回家中、和妻子一起救水的温馨画面，觉得他一定是一个体贴的好丈夫。这一扫我“成功人士必定是全心工作、忽略家庭”的错误印象，真正的成功，应该是像伯尼这样，有自己喜欢的事业并做出成绩，有关心钟爱的家人，事业和家庭不是冲突，而是相辅相成。

伯尼的身体其实在我进实验室之前很久就已经不太好了。他做过心脏手术，又有慢性肾衰，长期靠透析治疗，后来又做了肾脏移植。

手术后，伯尼的身体比以前好了起来，因长期贫血而苍白的脸上渐渐有了红润的光泽，人看上去也比以前精神了很多，他可以更加投入地工作了。有一次，伯尼休假开了十几个小时的车回来，还没来得及回家放下行李，就拎着包到了实验室来上班。他好像从来就没有过退休的打算。我经常想，要是我到了他这个年纪，像他这样的身体状态，一定早就回家抱孙子去了。

实验室曾有一名叫 Kawabata 的日本医生，身患脑瘤，做过三次手术，还在坚持工作。假期就带着他美丽的护士妻子周游世界。他觉得他过得很好，一点也不后悔他的生活。身患重症，做为医生对自己最后的结果了解得一清二楚，还能坚持一边治疗一边工作，我觉得他很不容易。有一次是他做 Seminar，他的实验中有一些不尽如人意的地方，伯尼以他通常的温和口吻，和他讨论着应该怎么做得更好。我在一旁静静地听着，突然很被他们感动，只有真正热爱医学事业、并从工作中得到无穷享受的人，才能做到像他们这样，为这个事业一直奋斗到生命的最后一刻。不久之后的一个周末，Kawa 在洗澡的时候昏倒在地，再也没有醒过来，两年之后，他的妻子放弃了维持生命的仪器，结束了他的植物人状态。

在伯尼去世之前的一年里，他的身体状态其实已经很不好了，因为长期服用大量的免疫抑制剂而经常感染、住院治疗。他常常是上午去医院打点滴，下午来上班。

我最后一次见到伯尼是去年 6 月，我请他为我的住院医申请写推荐信。见他之前，秘书给我打了很多的预防针，说你不要惊讶，伯尼看上去已经和一年以前大不一样了，你要有心理准备。

我见到伯尼，他确实羸弱了很多，尤其两只手，一只因为长期输液而水肿，另一只则因为疾病而枯瘦，形成鲜明的对比。但他的精神气仍然很好，思维敏捷，谈吐严密，不仅和我讨论选择什么专业对我最合适，还向我提及他最近看到的几篇与我的研究有关的文章，觉得我可能会感兴趣。我觉得很惭愧，因为忙着考医生执照，我自己都不怎么看这方面的文章了，而伯尼还在替我关注着。

听实验室的人说，伯尼直到去世前的那个星期五还在忙着写 grant。星期六，他就昏倒了，被送进医院。他的各项生命体征都已经很不好了，可他的思维还一样的清楚锐利，连护士都感叹说很少见到这样的病人。我想伯尼是一个意志力特别强的人，很长时间以来，他都是在用他超于常人的精神支持着他多病的身体，继续为他一生所钟爱的事业贡献着最后的力量。星期天，伯尼已经不能说话了，但还能写字，他在一张纸上用颤抖的手写上了癌症中心主任的名字，想要见他。主任住得很远，飞车过来并吃了一张超速罚单来见伯尼。星期一，实验室的人们还在一厢情愿地以为他还会像前几次那样，在医院住几天就没事了，没想到中午 12：30，伯尼去世了。

伯尼总是与人为善，所以他周围的人也都与他为善，他的家庭生活、工作环境，一直都是和善安宁的，他的一生，伟大而美好，就像一幅爱与技巧完美结合的伟大作品（masterpiece）。他虽然已经走了，可在我的感觉中，他好像一直就不曾离开过。他一直是我精神的导师。我知道在事业上，我不可能达到他那样的高度，在为人上，我也不可能做得像他那么好，但他是我一生所要努力的目标，将永远激励我不断前行。

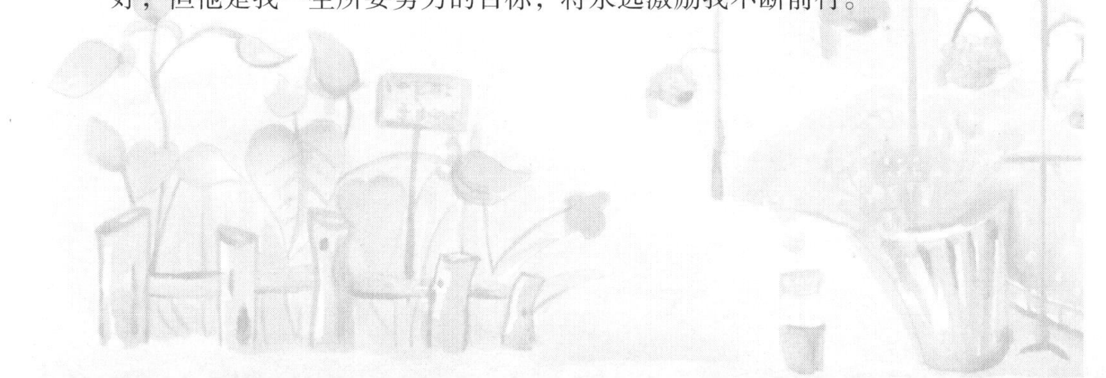

病房 D 组

这个月轮转病房 D 组，也就是专门看没有医疗保险的病人。

管病房的是我们科的副主任，50 多岁一中年妇女，事儿妈，住院医中口碑较差，经常给我们发恐吓邮件，比如你已经有 N 次没有出席住院医会议再不参加就如何如何等等，又比如最近一次住院医考试的成绩公布如下，发给所有人，愣逼着你经常觉得自己特没有面子。

不仅如此，她管病房的这个月，所有人都叫苦不迭。俺早就收到多个人的警告，跟她查房，你得先吃饱了喝足了厕所也上好了，然后穿上跑鞋，做好各种准备，等着从早上一直查到（也就是说你一直站到）晚上。

她做事极没有条理，却自以为是多面手，能同时处理多项事情。经常是查房时她让 A 给微生物室打电话查病人甲的化验结果，同时又支使 B 给外科打电话给病人乙请会诊，C 正电脑上给病人甲写着医嘱呢又被她叫着问病人丙的事，她自己还接了个电话和另一个医生讨论病人丁。满病房就见人瞎忙乎了，却到处一片嘈杂混乱，效率极低。

俺们曾试着建议像其他主治或者 ICU 那样，你查房时把每个病人今天要干的事先给俺们交代了，俺们再各自去干，不是更好吗？不行，她不相信你，非得看着你在她眼皮底下打会诊电话她才相信你真的请了会诊。结果就是查房的时候，大部分时间是一个人在打电话，其他的人还有后面所有的病人就在干等着。这也就是她为什么十几个病人能从早上 10 点查到晚上 5 点，弄得我们都没有了收新病人的时间，也不能按时下班回家。

她对住院医的态度也不怎么好，有时甚至称得上恶劣，稍不如意就当面呵斥。曾经有次她查房时接了个朋友的电话讨论晚上去哪吃饭，住院医趁着这时间赶紧去干了件她刚交代的事，结果她打完电话不见了住院医，张口就骂人死脑子！

我得跟她一个月，苦不堪言哪苦不堪言！

不过我发现，她属于快人快语的类型，进口不进心，昨天刚训得你狗血喷头，今天她就忘了，跟没事人似的和你照样说笑。所以你也就应该忘了，入耳不入心，这样才能和她和平相处。

比如今天查房，我汇报病历时，刚开了个头，她就当着所有医学生药学生实习医住院医的面，粗暴地打断我，说："你有口音，我听不懂！"

她听不懂！！！

我在全美排名前几的名校读博 5 年，大大小小各种场合的 presentation（报告）也做了无数，国际会议上都发过言得过奖，不错，我是有中国口音，一辈子都会有，那么多大学者大教授，这么多年了，从来没有一个人说过我的英文听不懂，伯尼大教授还夸过我英文流利，到了她这个新泽西的区区社区医院的中年妇女这，就听不懂了！真是人越无知就越狭隘。

我顿了一下，按她说的发音，把刚才那句重新说了一遍，接着报完病历。俺不生气，不跟她一般见识。

D 组的病人，都是没有医疗保险的，除了他们的疾病，我们还要面对很多社会问题。

史密斯是一个六十岁的胖男人，酗酒、抽烟、还有抑郁，没有工作，离婚了，子女归前妻，现在和九十岁的老母住在一起。几乎每个月都要来我们医院一趟，不是饮酒过度，就是酒精戒断造成癫痫，要不就是酒后呕吐致吸入性肺炎，还有一次是自杀企图。衣服肮脏破烂，布满了烟灰烧的洞，表情永远是痛苦和哭泣。

他九十岁的老母却是干净整洁，甚至还涂着口红，身体硬朗，说话有条有理，对于这么大年纪还要照顾这么样一个儿子，也是满脸无奈。有时她实在招架不过来了，就把儿子送到医院，自己好有几天空闲。

每次他来，除了治病，我们都要教育他戒酒戒烟，也给他开过药，请过精神科会诊，医院的社会工作者也给他联系了戒酒团体，每次他都痛哭流涕地表示这次是最后一次，但每次一出医院大门他就马上去买回一打啤酒一口气全喝完。他九十岁的老母说，睡觉她都得把钱包垫枕头底下，免得被他偷了去买烟买酒。

科拉多是另一个常客，抽烟喝酒吸毒止痛药依赖，五毒俱全，更是一个老油条。

他也真是有病，腰椎间盘突出，还有严重的双膝关节骨性关节炎，曾在我们医院做了腰椎手术和右膝关节置换术。

长期的腰痛和美国医院轻易就开的大剂量止痛药让他形成了止痛药依赖，膝关节置换术后又发生了院内感染，还是最难治的耐药金黄色葡萄球菌，在医院一住就是两月。

从此他就赖上了我们医院。他也熟知医院系统的运作并且操纵利用为己谋利。他是个流浪汉，平常有时住汽车旅馆但不付房费被赶了出来，有时住庇护所，有时就住街上。

天气晴好的时候他就来得少，一到刮风下雨他就肚子痛了，要不就是腰痛又犯了，或者膝关节又痛得不行了，来看急诊，每次都是痛不欲生哪，明知他在装，可他确实病过啊，急诊大夫也不敢承担这个责任不查呀，美国的医疗传统又是特别重视病人的痛苦，只要病人说痛，你就不能置若罔闻，结果每次都是 CT 核磁一通查，不知浪费多少医疗资源，然后收入院，隔离单间，液晶平板电视，免费一日三餐，真是滋润。

我曾亲见，他兴致勃勃地坐在病床上看电视，我一进病房，他就马上换了副表情，痛啊，这辈子也没这么痛过啊，大夫啊，你不能见死不救啊，一定要给我最强的止痛药啊，口服的不行啊，要静脉的啊，2 毫克不行啊，要 4 毫克啊，你是我所见过的最好的大夫啊，巴拉巴拉。

我当然不会答应。然后我就成了他所见过的最坏的大夫。

然后等夜班大夫来的时候，他就让护士每 15 分钟呼大夫一次，大夫没法看其他病人，也没法休息。碰上了无赖，你怎么办？很多时候夜班大夫就折中，给他一点止痛药，好让他停止骚扰。

这么折腾几天，当然所有检查下来他并没有什么真的病情改变，外面雨停了天晴了，他的这痛那痛也好多了，他也该出院了，医院还得负责叫车把他安全送到附近的无家可归者庇护所我们的责任才算完成。

这不，快圣诞节了，外面下雪了，他又来了，估计是打算在医院过圣诞节了，说不定还有节日加餐呢。

像这类没保险的病人，65 岁以上的可以申请 Medicare（美国政府为 65 岁以上老人提供的医疗保险），穷人可以申请 Medicaid（美国政府为低收入人群提供的医疗保险）；两样都不是的，比如来探亲旅游的或者根本就是偷渡来没有身份的，可以申请 charity care（慈善医疗基金）。州政府给各个医院都配额有这样的慈善基金，大医院多，小医院少；医学院附属的教学医院多，社区医院少。

医院有一批社会工作者，专门负责帮助病人申请这类医疗保险，处理各种医疗相关的社会问题，比如联系康复中心、戒毒中心、联系转院等等，甚至还包括联系病人远在外州甚至国外的亲属和医生，协助治疗。

像这位科拉多先生，一问他有没有什么亲人，没有；父母，死了；兄弟姐妹，没有；老婆，没有；孩子，不知道；朋友，没有。后来我们万能的社工居然找到了他有一个前妻，还有一个孩子，已经离婚十几年了。于是给前妻打电话，希望能一起帮助他戒毒戒酒戒烟，让他过上稍微正常点的生活。前妻很惊讶，医院居然找到了她，然后说已经十几年没有联系了，他和她不相干，以后他的事不要再找她。啪！挂了电话。

像这一类的病人占了 D 组的一大半，他们是社会的弱势群体，很可怜；但他们的境况多半也是因为他们自己人性中的软弱和懒惰造成的，也很可恨。他们在这儿长大，熟知这个系统并且操纵利用。他们不努力工作甚至根本就不想去工作，拿着社会福利，消耗着我们这些辛苦奋斗的纳税人的钱，浪费着社会资源，过着这种游手好闲的半乞讨半寄生的可耻可怜的生活。

我同意医疗应该作为社会福利事业来做，而不是做为赚钱的产业来追求利润，每个人都应该拥有最基本的医疗保障。但无论什么样的系统，都免不了会有人钻空子。

美国的医疗系统建立在整个社会信用系统的基础上，先治病后收钱，医院绝不能拒绝病人，保证了急诊重症时对所有病人一视同仁的快速及时抢救。

但这个系统也方便了像科拉多一类的垃圾无赖，他们只管来医院，却绝不会付医院一分钱，他们不在乎这会影响他们的信用，影响买房买车申请信用卡找工作，因为他们根本就没有信用。

他们一次次来医院，我们一次次为他们治疗，然后他们下次再来。这样的循环，什么时候是个头？

在病房 D 组，我也终于迎来了我的第一个中国病人。这是一位脑梗塞溶栓后的中国老先生，病情稳定后从 ICU 转出来，本来应该去专管神经科病人的 C 组的，因为我会讲中文，就协调到了我们组，归我管。

我很激动，终于可以为同胞服务了。而且除了医学知识，俺的中文也派上了用场，看谁还嫌俺有中国口音。

老先生 60 多岁，是来美国探亲的，以前有高血压，昨天上午在家呆着突然就半边身子不能动了，嘴也歪了，说话也不利索了。老伴马上打电话给女儿女婿，送到我们急诊，Code Gray（灰色中风警报）启动，急诊各部门快速反应，20 分钟内头部 CT，没有脑出血，估计是右侧脑中动脉区梗塞，其他化验正常，1 小时内静脉溶栓治疗，然后收入 ICU 监测 24 小时。

因为送来及时，溶栓及时，老先生溶栓 1 小时后症状已缓解 80%。第二天病情稳定，复查头部 CT 没有出血，转入普通病房。

老先生说话已经很利索，嘴角也不歪了，手脚力量也恢复到了 4 级（正常 5 级），明天就可以出院了，连康复医院都用不着，可以直接回家。

老先生很高兴医院给他及时治疗，对我们的服务赞不绝口，一边吃着医院提供的免费午餐，一边比划着夸护士对他照顾周到。我翻译给护士听，她们也很高兴，谁不乐意自己的辛苦劳动得到别人的肯定呢！

老先生的女儿女婿都在新泽西的药厂工作。我要是不做医生，大概也和他们一样，博士或者博士后以后，去了制药公司做科研。

老先生也没有保险，社会工作者帮他申请了医院的慈善基金，可以报销住院的所有费用，出院后的药费则自己出，以后就在门诊跟我随诊。

许多中国留学生不了解美国的医疗系统，光知道在美国看病很贵，父母来探亲大多没有医疗保险，有病了就吃点自己从国内带来的药，病重了甚至买机票回国去治，也不敢往医院送，怕出不起这个钱。

曾经有一个留学生就因为这个留下了终生的遗憾。她妈妈来美国看她，老觉得头痛，还流鼻血，奇怪的是每次流完鼻血后头痛就好了些。她和老公都不懂医，也没太在意。后来有一个邻居中国人提醒她可能是高血压，一量，果然血压很高。接下来她妈妈又出现了手脚发麻无力的症状。邻居说，可能是中风了，得送医院。

她和老公都是穷学生，不敢送妈妈去医院，怕治不起，就买了两张机票，由她护送妈妈回国。结果在飞机上她妈妈再次发生大面积脑梗，下飞机送到医院时已经昏迷。核磁显示大脑有超过二分之一的面积都已经梗塞。她妈妈成了植物人，几个月以后去世了。

如果发现她妈妈血压高的时候就及时去医院控制血压，也许她妈妈根本就不会中风；退一步，如果她妈妈第一次出现手脚发麻无力的时候就赶紧送医院，就像上面这位老先生一样，及时治疗，她妈妈也不至于发展到后面那么严重。可以说，是她的无知造成了母亲的去世，她将内疚一辈子。

她不知道美国医院是先治病，以后才给你寄账单；也不知道对于付不起账单的人，医院有慈善基金；更不知道账单是寄给她母亲的，在美国她并没有义务要替她母亲付医疗费；退一万步，即使真要她来出这个钱，就是破产，她今天也会愿意出的，有什么比家人更重要，用多少钱可以买得回来母亲呢？

今天是平安夜，祝所有人都平平安安。祝夜班的人好运，不要太忙！

生活与情人节

最近孩子他爸回家都比较晚，经常和同事出去喝酒，也许是年节时分，应酬多了吧。

我倒是鼓励他多参加些这一类的社交活动，中国人在美国多是干技术活，不太善于跟美国人打交道，很难真正融入美国社会，事业上也很难再进一步。

我从来不过问他的这些事，只要不是去色情酒吧就行。纽约各色各等的酒吧多如牛毛，尤其是下城，据说华尔街附近下班时还有不少皮条客发名片来着，老公还拿回来给我看过，俺们还颇讨论了一番呢。我相信他知道分寸，更相信按他一贯的节俭吝啬作风，他不会舍得花这个钱。

以前他也偶尔和同事去喝喝酒，但十点十一点也就回来了，有时候连饭都还没有吃。最近去得多了，而且经常夜里一两点才回。打他手机总是没人接，也许酒吧里吵，听不到吧。我一开始还想等他回来，后来实在太晚，不等了，我第二天天不亮还得起床上班呢。

我们各自都忙，生活的交集似乎越来越少，有时候一两天都说不上几句话。

各人有各人的烦恼。这个月带我的住院医是一位泰国出生美国成长的美眉，第三年，马上就毕业了，却发愁找不着男朋友。

她说，你看，我 18 岁上大学，22 岁上医学院，26 岁毕业然后开始做住院医，等住院医做完，我都 29 快 30 了。这些年光顾着好好学习好好工作了，现在才发现，我都快 30 了，还没有男朋友。

泰国美眉像很多美国医学生一样，酷爱锻炼，就是 ICU 值班晚上十点多回到家，她也要跑步机上跑一个半小时才睡觉。也许这样才能有超强的精力做医生吧。

我说："那你去健身房，就没碰到过一两个肌肉男？"

她说："人群分布不一样，我在那碰到的大都是中年人，偶尔一两个年轻的，又不是一路人。"

我又说："那你的父母没帮你留意着些？"

"有啊"，她说，"他们介绍的都是他们圈子里的泰国人，我已经和传统的泰国人很不同了，再说，泰国男的到这个年纪还没结婚没女朋友的也不多了。"

"那你就多参加些各种各样的活动啊聚会呀什么的，争取多认识些人。"

"你看我们做住院医这么忙，哪有时间呀！再说了，我们有的活动也就是药厂搞的 dinner lecture（晚餐讲座），都是些医院圈子里的人，要有人对我有意思早就有了，也不用等到现在。"

我也提不出什么更好的建议了。要不参加"非诚勿扰"？可她不会说中文。只有祝她好运了！

圣诞元旦我都在值班。没有办法，这是老规矩了，几乎所有第一年的过节都在值班，第三年的都在休息，这就叫年资。

等节日过去，终于也轮到我休假了。

我们去了巴哈马群岛。一甩冬天的臃肿，我们突然就有了夏日的凉爽，虹虹穿着艳丽的吊带裙，带着贝壳的项链，欢快地跑在沙滩上。蔚蓝的天空，悠闲的白云，碧蓝得让你难以置信的海水，还有酒店大厅里与外面通着的水族馆，五颜六色的鱼儿，还有与鲨鱼共泳的人们，一切都是童话的感觉。真希望时间停止，我们就定格在这无忧无虑中，世间万事都与我无关。

可我们还得回来，接着拼命工作，去挣下一次度假的钱。

我的同事方唯也趁着休假两周回了趟国，看望她日思夜想的女儿。

她女儿半岁以后就一直在国内由她父母和婆家轮着带，好在两家在一个城市，很方便，一家半年，现在孩子都已经两岁半了。

她回去的时候女儿在婆家带。本来还请了一个保姆的，这不正闹 H1N1 吗，从美国回去的都自觉隔离，婆家就让保姆回家了，说是怕染上 H1N1。

"得，我回国这两周就尽当保姆了！"方唯愤愤不平地说，"伺候孩子吃饭上厕所洗澡洗衣，全是我的活！"

“你就知足吧，姐姐！”我说，“这些本来就该是你干的活，什么叫一把屎一把尿地拉扯大？哪个当父母的不干这些。你呀，数得出孩子有几块尿布是你换的，我呀，得数我女儿的尿布有几块不是我换的。”

虹虹从出生到现在四岁多，一天也没有离开过我们，双方的父母一天也没来帮过忙，一切都是我们自己搞定。当年我先兆早产在家里躺了一个多月，婴儿用品除了我妈托人给我带过来一大包外几乎什么也没买。等足月了，我下地走的第一天，正在婴儿用品商店逛着呢，就破水了，然后虹虹就喜滋滋地在母亲节这天出生了。我觉得这孩子有灵气，就挑着这天出来呢！她两个星期的时候，我们用个小篮子提着她，才去把婴儿床买了回来。

我们也不知道该怎么养孩子，从怎么喂奶换尿布开始，自己瞎琢磨着来。孩子养得粗枝大叶，远没有那些有老人来帮忙的朋友们那么精细。

孩子她爸说了：“我们小时候都是吃着猪食、在泥巴地里长大的，她可比我们那时候强多了！”

我其实也是一样的观点，对生活不用事事都那么刻意，自自然然就好，养孩子也一样，怎么养她都会长大，只要健健康康快快乐乐就行。和父母在一起，比吃得好穿得好住得好更重要。所幸虹虹就真的健健康康，一年生病绝不会超过两次，而且天性快乐。我哥说，我们是乱搞乱发财。

不用当保姆的方唯，这会儿又开始想女儿了。

“我们每天视频，可小姑娘对着镜头说不了几句就跑开了，还说妈妈傻！”

“你可不是傻吗。你不知道她说的第一句话是什么，不知道她什么时候长的第一颗牙，不知道她怎么迈出的第一步，她哭是为什么，她笑是为什么，她的一个手势是要什么，她的一个眼神是肚子里又在琢磨什么坏心眼，你都不懂，她可不觉得你傻嘛。”

“哪有你这么说话的，不来安慰我，反倒更打击我。敢情我连后妈都不如了？”

“现在是第一年，太忙，没办法。等到了第二、三年，日子稍微正常点，赶紧把孩子接过来吧，再大点，她就真跟你们不亲了。我在这边读书时实验室有个中国人，在外婆外公家养到八岁才接回父母家，以后跟父母怎么都亲不起来了，一辈子都不亲。青春期叛逆的时候，父母一教训她，她就说：你们有什么资格教训我，我小时候哭的时候你们在哪里，我害怕的时候搂着我睡觉的又不是你们，是外婆！现在她来美国了，第一个想接出来看看的人是外婆，不是父母！所以呀，赶紧把孩子接过来吧。书上说了，三四岁之前小孩子还不怎么记事，等再大些，过了四五岁，就难了。那时候她也该上学了，还得学英文，适应学校，适应美国，适应你这个‘新’妈，小孩子的压力也大。”

“你以为我不想啊，可我老公不在这儿，我们上班又这么忙，我一个人，怎么带呀?”

“跟我们一样，请保姆吧，就别想着攒钱了。你们俩的工资加起来，请得起。说不定到时候我们还可以合请一个呢。”

“对了，你们家的保姆怎么样了?”

“咳，甭提了，台湾老太太精着呢！这不是我们休假两周吗，等我们回来，她就说她感冒了，咳嗽，怕传给我们宝宝不好，不来干了。准是又找了一家出价更高的跳槽了。”

“那你们怎么办呢?”

“接着找呗！报纸上网上登广告，放宽要求，老外也行。只要可以每天按时来接虹虹，再给我们做顿晚饭。不做饭也行，只要能接孩子!”

老太太虽然唠叨又事儿多，但没了保姆，我们的日子就没法正常运转。而每当这个时候，就是我们吵架频发的时候，吵得伤身伤神伤心，吵得人都疲了，吵得人开始怀疑这个婚姻存在的意义。

试了好几个临时的，包括老外，都不行。在校的大学生没有责任感，第一天接虹虹就迟到，也不给我打电话。中年妇女老外也不行，按老外喂猪的搞法，一次做好几磅鸡肉，吃一星期。还有一30多岁的中国人来应聘，单身，无子女，也不知道以前靠干什么过活，居然连刨土豆皮都不会，要我现教。

最后杰明在附近大学的中国留学生网站上贴了个广告，高薪聘请，终于找到了一个自费来读研究生的小林，家境并不宽裕，所以出来打工。会开车会英文，80后的女孩子，不娇气愿意干保姆的活，做饭也还行。虹虹也很喜欢她。

孩子他爸一跺脚，给她出了前所未有的高价，20美元一小时。这儿保姆的一般行情是：不会开车的10美元一小时，会开车的12~15美元一小时，我们出到20美元，量她到哪也找不到比这更高的了，这样就跟定我们了。实在是烦了每三个月就换一个保姆，头疼。希望这个能干得长久。

小林自己一个人，所以晚饭就在我们家吃了，吃完了帮我们收拾厨房，有时还和我们一起聊会儿天、看会儿电视才走。

总算稍微安定下来。

转眼就到了情人节。在我们已经吵架吵疲了以后，在我们之间的浪漫已经被生活磨得快没了踪影了以后，我对这个洋人为促销商品而造的节日已不抱什么希望。如果他什么也没做，也无所谓，这是常态，我也没为他准备什么。我们照样回家吃饭，照样过日子。如果他能记得给我买束花，我会很开心，也很满足了。

心里面，我还是小小的希望他能够记得这个日子，能够在乎我的。

大出乎意料！大大地出乎意料！他居然给我买了条蒂芙尼的蝴蝶碎钻项链回来，四千美元！完全不符合他一贯的购物风格！

我很惊讶，也许他还是很在乎我的吧。

想起我们结婚的时候，按现在的时髦说法，是裸婚，真正的裸婚。

那个时候，他刚刚商学院毕业没多久，欠了一屁股债，几乎没有存款，甚至找我借钱还学生贷款。我还在读博，靠奖学金生活。

没有钻戒，没有婚礼。我们租了套一室一厅的公寓，买了些最基本的家具，甚至为了该不该再给我买一张一百多美元的书桌，我们还吵了一架。他认为没必要，家里有一张桌子就行了，而我坚持要有一张自己的书桌，我是一个靠脑力劳动吃饭的人，电脑和书桌是必需品。

然后我们一起回国见了双方父母，和各自的家人吃了顿饭，双方的父母甚至都没有费事跨省见个面。

回美国后，我们就随便选了一天，去纽约市政厅领证。没有婚纱，我穿了条白裙子，还是出国之前买的，他穿了件蓝衬衫，没有打领带，又叫了三个我的朋友做见证人。

他那时新换了一工作，正是想好好表现的时候，都没有告诉老板是去结婚，只请了半天假，说是去办 license，老板还以为是办 driver license（驾照），没想到其实是去办 marriage license（结婚证）。

我们在法官面前宣誓，今生互相关爱，互相照顾对方，无论贫富贵贱；领了证，他就赶回去开下午一个很重要的会。我们都没有请见证人吃饭，甚至都没有买喜糖。

我们就这样结婚了。

以后没多久我又有两位朋友相继结婚，都举办了隆重的婚礼，邀请我们参加，他都找各种理由不和我同去。

以后只要是电视里看到别人隆重热闹的结婚场面，我都有种想哭的感觉。这是我心中永远的痛。

他以后多次说，我们那时穷，没有钱；十周年的时候，我给你补办。

转眼我们已经结婚快 9 年了，经济状况比当年强了很多倍。我们有了两部车，买了房，房贷也眼看着快要还清了。

从认识他开始，我们从来就没有奢侈过一回。他从没有给我买过超过 50 美元的首饰或 100 美元的包包。我不是一个喜欢奢侈的人，也从来没有向他提过任何要求。

他从穷困的农村出来，经常给我和虹虹忆苦思甜，回忆小时候没有吃没有穿的日子。我理解他非常节俭近乎吝啬的消费习惯。

其实我并不在乎形式的东西，只要两个人在一起好好过日子就行。钻戒、宝马、房子等等，女人只有对婚姻没有安全感的时候，才会特别在乎这些外在的东西。

而今天，他居然舍得花四千美元给我买了条名牌项链！

我很感动。在经过了这么多争吵、互相说过了那么多伤人的话之后，在我们这么压力巨大的生活和这么紧张的关系当中，他也许觉得应该有所改变，对我好点吧！至少，这是他愿意改善我们关系的一个积极信号和行动。

我很开心。不过，他还是有些肉疼的。

饭后，他使劲怂恿我一起再去蒂芙尼看看，并一再说："你要是不喜欢，我们可以退了，或者换个别的！"

我干吗不喜欢？这是他的心意！干吗要换别的款式？这是他挑中的！

我们在蒂芙尼又转了转，我还是觉得这条蝴蝶的设计别致，精致而不张扬，是我喜欢的风格。

我坚持就它了，不退不换！

老公长叹一声："你真就收了啊？我还以为你会舍不得，退了呢！"

这么好的项链，干吗要退了?！难得他放血一回，我还不要，我傻啊^_^

失踪的周末

转眼冬天快要过去了，今年我们还没有去滑过一次雪。

杰明喜欢滑雪，以前每年冬天都会去几次的。现在我做了住院医，几乎每个周末两天中总有一天要上班，剩下的一天还要洗衣买菜带孩子，实在没有精力再去搞什么户外运动了。虹虹也还小，学滑雪还有些早，带着她去就总得有个人看着她，也不能尽兴。

我跟杰明说，要不你自己去吧，或者叫几个朋友一起去。

所以今天，杰明说他想去滑雪，这也许是这个冬天最后一次机会了。

我说，你去吧，好好玩。

然后，我带着虹虹，和一家子积了一个星期的脏衣服，回到我们自己的房子，洗衣，去中国店买下个星期的菜，陪孩子，一如往常的周末。

他则留在我们在医院附近的公寓，从这去滑雪场更近。

刚回到家里，我就悲哀地发现，我又感冒了。

我似乎身体越来越差。平常上班像打仗，身体靠精神支撑着，忙得连生病的时间都没有。一到周末，身体一放松下来，我就一准感冒，几乎每两三个星期就得来这么一回。

我一边不停地打着喷嚏、吸着鼻子，一边把脏衣服扔到洗衣机里，然后飞快地搓了搓内衣裤，也扔进洗衣机。袜子也搓了搓，等这锅洗完了，下一锅再洗。

我鼻子充血，脑袋发晕，眼睛都快睁不开了。也不敢随便吃药。大部分感冒药都含有抗组胺类，吃了犯困，就没法开车了。其实如果能好好睡一觉，感冒就会好很多。可我不行。我还得开车带着虹虹去图书馆，借书还书，然后再带着她去美国店中国店买下周一家要吃的菜，然后回家做饭。

一整天我都很难受，吃完午饭想睡一小觉也不行。精力充沛的虹虹缠着我，要我给她读书、讲故事、一起画画，或者陪她一起做游戏、玩玩具。我用我的精神支撑着我昏昏欲睡的脑袋，应付着虹虹，度日如年。

虹虹他爸估计自己玩得高兴着呢，一整天都没有给我们打电话。

我看看都下午四五点了，滑雪滑到这会儿也该差不多了，决定给他打个电话。

“喂，你滑雪滑完了吗？”

“今天天不好，估计雪场的雪也不好，我改主意了，没去。”

确实，很久没下雪了，最近几天天气还挺暖和，估计原来的雪也化了不少，人造的雪滑起来感觉不一样，是不太适合滑雪了。

“那你去哪了？”

“我在花园广场，看看有没有合适的衣服。”

花园广场是大纽约地区最大的集购物、美食、娱乐于一体的大型商业中心，离我们家开车不到十分钟。想想我们平时都忙得没有时间逛街，他老说想添置一套好的西装，一直都没找着时间一起去。平常我们带着虹虹逛街更是种折磨，小孩子没有耐心，逛不了多久就开始闹，要不就在衣服架之间乱钻乱跑，有时还故意和我们捉迷藏，有一次差点都跑丢了。带着她，就得时刻不停地看着她，根本不可能好好挑好好选。所以我想他自己去逛逛，买几件衣服也不错。

“那你什么时候回来呀？我今天感冒了，特别难受。”

“我一会儿就回去了。”

“那好吧，早点回来。”

挂了电话，才想起没问他回不回来吃晚饭。再打过去，就一直没人接。也许商场里吵，听不见吧。

我开始做晚饭。低着头洗菜的时候，鼻涕都快掉进菜盆里。

人有时候没有选择，该做的事还得做，哪怕是生病的时候。

晚饭做好了，他还没有回来。我和虹虹先吃了，剩下的给他留着。

九点多，侍候虹虹洗漱上床以后，他回来了。空着手，并没有买回来一件衣服。

我又累又困，连话都不想说，连吵架的力气都没有了。也没有那个时间。明天还得值班。

睡觉。

病房C组

这个月轮转到了病房C组，专管神经科病人。

我们医院有一个神经科学中心，神经外科非常有名，主任是医院上任院长，神经内科主任也是该领域数一数二的牛人，还有专门的中风团队。附近凡是有中风的病人，几乎都会送到我们医院，其他医院也经常把他们处理不了的病人转到我们医院来。据说院方甚至还在评估讨论在某个楼顶上修一个直升机停机坪，方便以后直升机转运。

为了不浪费这么好的资源，所以我们虽然不是神经科住院医，也安排了每年两个月在C组轮转，专看神经科病例。

头疼啊！当年学医的时候就最烦神经解剖学了，后来考医生执照面试的时候最怕的也是碰上神经科病人，光查体就能锤子叉子剪子的查上不止十分钟，还有大脑里那么多功能区，全身那么多神经，病人是左边嘴歪右边瘫，还是右边嘴歪右边瘫，受损的区域和血管都不一样，谁搞得清啊，头疼！

医院的Code Grey（灰色警报）专门用于处理中风病人。无论是急诊还是在病房，一旦有疑似中风的病人，马上启动该警报，配带此呼机的住院医会马上赶到，检查病人；20分钟内头部CT排除脑出血；30分钟内其他化验结果排除血小板减少、凝血功能异常、电解质紊乱等其他因素；然后住院医向中风团队的主治汇报，发病3小时以内，合乎溶栓条件的，从病人进急诊大门到静脉推溶栓药物的时间不许超过1小时。80岁以下，没有糖尿病的，窗口期可以延长至4个半小时。过了这个时间但还在8小时之内的，呼神经外科，考虑脑血管造影，介入取栓或者支架治疗。

很多病人半夜醒来发现一边胳膊或者腿不得劲，怕麻烦拖到早上才来医院，结果就生生错过了治疗的黄金时间。

印度来的夏达就是这样。他来美国看女儿，女儿女婿还都是药剂师，应该对医还是懂一点点的。从昨晚上开始他就说话不利索，手脚发麻，他居然给他在印度的大夫打了个电话，问怎么办。大夫说，吃一片阿司匹林，然后去医院。

也不知道是没有保险怕出不起医药费还是怎么的，女儿女婿并没有马上送他来医院，而是等到今天早上他的症状越来越重，半边身子都不能动了才送过来。

过了窗口期，没法溶栓了，连介入治疗的最佳时间都过了，只能保守治疗。所谓保守治疗，就是阿司匹林、降脂药和控制血压，他能恢复多少，只能靠老天和他自己了。

这组还有一个印度来的老先生叫潘卡奇，60 多岁，和老婆一起来美国坐游轮旅行，结果在游轮上就发病了，先是两只脚无力，然后就往上走，腿无力，手无力，臂无力，直升机送到我们医院的时候，呼吸肌都无力了，马上插管上呼吸机，ICU 一呆就是一个多月。

从他的发病情况看，应该是病毒感染后的格林巴利综合征。我们给他用了静脉免疫球蛋白，又做了血浆置换。

我们也不知道他能不能好起来，给他做了气管切开、准备长期呼吸机治疗；又做了经皮内窥镜下胃造口术，用于胃肠道进食；然后他从 ICU 转到了普通病房。

他老婆不会说英文，住在附近的旅馆里，每天步行半小时来看他，陪他一会儿，就是默默地坐着，然后再步行半小时回去。人生地不熟、语言又不通的地方，再看着他这个样子，他老婆估计过得也很艰难。

她通过翻译多次跟我们说，要把她丈夫转回印度去。我们说，现在不行，他还依赖呼吸机，除非是专用医疗飞机，有专门的医护人员随行，否则他飞机上就有可能挂了。隔了几天她又跟我们说，如果他以后就是这样了，好不起来了，挂了就挂了，他和她都要回印度去。

所幸他竟然慢慢好了起来。手脚慢慢能动些了，能扶着坐起来了，呼吸机也从全天用到只晚上用到可以脱机了。气管切开口还留着，方便吸痰用。他的肺里分泌物很多，每隔两三个小时就得通管子下去吸一次，否则就会阻塞气道，造成肺部感染。

我们教他怎么样带着气管切开口学说话，又开始给他物理康复治疗。同时也和他在印度当牙医的儿子联系，安排转回印度。

一切进行顺利。他儿子联系好了在印度的接收医院，又和航空公司联系好，花两万美元给他买了三个座位的票，然后把座位拆掉，安放他的轮椅。

然后，他儿子飞了过来。非常谦和有涵养也非常孝顺的一个人。

我们的护士开始培训这位牙医，教他怎么吸痰，怎么控制氧流量，怎么从胃造口处给病人喂食，怎么检查胃残留量，等等。

我们的社会工作者则与药房和医药器材公司积极联系，为他准备路上要用的氧气瓶、吸痰管、胃肠内营养配方等等。

两天以后，潘卡奇出院，救护车直接送上飞机。

后来，他儿子给我们打来电话，他们一路顺利平安，他现在在印度的医院里，持续康复中。他非常感谢我们所做的一切。

所有人都很高兴。医院所有工作人员近三个月的努力，在潘卡奇这里达到了最满意的结果。

不是每个人都像潘卡奇这么幸运。

玛丽亚 50 多岁，从哥伦比亚偷渡来美国打工，不幸大面积中风，送到我们医院。她成了植物人，只有眼睛偶尔移动，却是毫无意识。气管切开了，上着呼吸机；胃造瘘了，从这喂食。已经四五个月了，她毫无起色，而且，时不时就会来个感染，不是肺部就是尿路，然后就是抗生素使用后造成的胃肠道艰难梭菌感染，后来又是低钠血症，等等等等。而她，对这一切毫无所知。即使叫她的名字，她也不会多动一下眼睛。

她独自在美国，没有身份，没有亲人，没有生前预嘱，没有家属可以给我们说，这一切已经毫无意义，让我们进行临终关怀吧。所以，我们不能给她撤呼吸机，一切还得继续。

社会工作者联系到了她在哥伦比亚的家人，他们不同意在见到她之前放弃治疗。可他们也来不了，美国大使馆拒签了他们。我们陷入了僵局。

她没有身份，没有保险，没有人会替她出一分钱医疗费，所有的费用都是医院自己消化，也就是说，我们的福利、奖金、明年可能的加薪、医院会议室准备新添置的桌椅等等，都消化在了其中。

后来医院终于找着了解决方案，租了架专用医疗飞机，将她送回了哥伦比亚。那边的医护人员接手后，我们的任务就完成了。此项花费三万七千美元。这样也比让她一直在我们医院住下去，不知住到何年何月划得来。

医学伦理要求我们竭尽全力救治每一个个体，无论年龄、性别、种族、肤色、社会地位、经济状况，法律也不允许我们在没有授权的情况下放弃任何治疗，即使从医疗的角度已经没有意义。

但是，我们受制于社会现实，受制于不断增加的经济压力。没有钱，普通个体没法生存，医护人员没法生存，连医院也没法生存。

每年每个医院都会收治很多像中国老先生、潘卡奇、玛丽亚、还有像科拉多这样的病人，我们负责治他们的病，也要和他们一起面对他们面临的许多社会问题，而且，还要承担他们大部分的医疗费用。

许多医院不堪重负，入不敷出，关门倒闭。最近几年大纽约地区总共有超过一百家医院关闭，我们这附近就关了三家，附近的病人全涌到我们医院，让我们工作量倍增，病房都新开了两层，住院医却不见增加，工资也不见长。从前值夜班闲的时候可以一个新病人也不用收，现在却是夜夜六个八个，让俺们叫苦不迭。护士倒是增加了，在新开的病房里，很多都是以前那几家医院的，也算帮助解决部分失业问题。

为了保证俺们医院不走被关门的噩运，医院专门雇用了一批叫 case manager（病案经理）的人，负责协调病人的各种社会问题，包括保险、转院、申请慈善基金等等，而且天天跟在我们屁股后面，督促我们尽快让病人出院，当然，要在医疗允许的前提下。像玛丽亚这样没有保险的病人，每早一天出院，医院的损失就减少一分。

所以，做医生、开医院，难啊！除了要有好的医疗技术，还要有好的管理、好的制度，才能充分发挥医生的技术，让病人满意，也才能在治病救人的同时，顺便赚到让自己过上富足生活的钱。

家庭大战

又是一周的夜班，每天晚出早归，只有周五一天休息。也只有这一天，全家才能一起吃顿晚饭，然后，说不定还能一起挤在沙发里看个电影。

昨天一早下班后，我赶紧睡觉，下午醒来后早早地就把虹虹接回家，收拾好要洗的衣服，然后开车回到我们的房子，做好晚饭，等着她爸爸回来。

没想到她爸爸八点钟，平常该快到家的点，突然打一个电话来，说晚上不回来吃饭了，要和同事一起去喝酒。

我有些失望，不过也不想表示出来，只嘱咐他："少喝点，对肝脏不好，早点回家。"

然后，就跟以往他出去喝酒一样，再给他打电话就不会有人接了。我也从来不烦人烦己地再试图给他打电话。

可到了凌晨一点钟，他还是一点音讯也没有。电话也联系不上。我不禁开始担心他，不会出什么事了吧？纽约街头还是挺乱的，尤其是半夜的酒吧附近，前一阵在布鲁克林的一家酒吧，也是周末的晚上，还发生过一起枪击案呢。

我要不要报警？但听说只有不见了 24 小时以上警察才会接受报警失踪，他离 24 小时还远着呢。再说，警察要问我他去了哪家酒吧，和谁一起去的，我什么都不知道，大半夜的，警察能帮我什么呢？

我不是一个爱自寻烦恼的人。也许他就是今天喝得比以前更晚吧。他可以在外面喝酒整晚上的不见人影，对我们不闻不问，我为什么还要担心他的安全？我决定睡觉。他喝够了自然就回来了。

一早醒来，阳光明媚，是个好天。但是他还是没有回来。打手机，仍是响两声之后就是留言跳起。我昨晚上已经给他留言了，他如果听到了，就应该跟我们联系；如果没听到，再留也没有用。

早饭的时候，虹虹问我："爸爸去哪儿了？"

"我不知道。"我真的一点都不知道，连编个谎给虹虹都不知道该怎么编，只能实话实说，不知道。

十点多，他还是没有一点音信。我打了911，报失踪。

很快，两个警察到了我家。问了很多问题，他的姓名性别年龄身高体重种族头发的颜色眼睛的颜色开的什么车汽车牌照等等，一一记录，又问："你最后一次见到他是什么时候？"

"他最后一次和我联系是昨天晚上八点，给我打了个电话，说和同事去喝酒。"

"最后一次见到是什么时候？"

"那应该是星期四晚上八点左右，然后我就去上夜班了，他和孩子在一起，然后他星期五早上去上班。"这么算起来，我其实已经有38个小时没有见到他了，早超过24小时了，也许昨天晚上我就应该报警的。

"他经常出去喝酒吗？"

"不经常，有时候。有时候回家很晚，但从来没有彻夜不归过。"

"那你知道他常去的酒吧吗？"

"不知道。"

"他和谁一起去的？"

"不知道。"

然后我告诉警察，他通常开车到新泽西的一个火车站，把车泊在那，然后坐火车去纽约。他们如果能查出他的车还在不在，就可以知道他有没有离开纽约了。

两个警察拿了这些资料，到警车上的电脑里一通查，又打了几个电话，然后告诉我：从昨晚上到今天，纽约及新泽西的报案及事故记录里，都没有他的名字；火车站的警察也帮我去泊车场查过了，他的车已经不在那里了。也就是说，昨天晚上或者今天早上，他已经安全离开了纽约，到了火车站，把车开走了。

警察现在能做的就只有这些了。他们说先回警局，有消息就通知我。如果他回来了，让我也及时通知他们。

我心里一咯噔，从两个警察说话的神情，好像并不担心他会有什么安全问题，而且算准了他会自己回来一样。也许他们见过许多类似的报案，这样的事不稀奇？

整整一上午，他的电话还是打不通。之前警察也帮我打过，一样打不通。

下午一点半左右，他打来了电话，说正在回家的路上，然后就挂了。听得出来他是在边开车边打电话。

半个多小时以后，他到了家。我给警察局去了电话，销了案。然后让虹虹在楼上自己房间画画，我们去地下室谈话。

虹虹已经看到了太多我们的争吵，从一岁多开始她看见妈妈吵完架后哭她就会跟着哭。她是一个天性快乐的孩子，却也很敏感懂事。我不想让她看到听到更大的风暴，不想她快乐的天性有所改变。

然后，在地下室，我问他，去哪儿了？

他就像茅坑里的石头，又臭又硬，死不肯说。

我说："不说也行，咱们离了以后你夜夜睡在哪关我屁事。"

然后他说，昨晚上喝得太晚了，错过了火车，就住在了公司的酒店里。

"哈，"我说，"你们公司福利可真好，居然还有酒店给喝醉了不回家的员工住。以前怎么从来没听你说过？"

"怎么没有？有人加班晚了就可以不回家，住公司的酒店里。"

"那酒店的地址是什么？你和谁一起去喝酒的？他们也都没回家住酒店？"

他开始咆哮："我们关系紧张，经常争吵，我心情郁闷，出去喝喝酒放松一下不行吗？"

"你出去喝酒我什么时候说过一个不字？我什么时候干涉限制过你和同事一起出去活动？我甚至还鼓励你多参加些社交活动，跟同事去打打高尔夫、参加校友会之类的。可我没让你在外留宿、彻夜不归啊！再说了，你难道不应该告诉我你跟谁一起去的，他们的电话是多少，有事我也能找着人啊！"

他还是不肯告诉我任何一个他同事的名字和电话。

想想我们结婚快 9 年了，他换到这家公司也已经好几年了，我竟然连他的一个同事都不认识。

我们每天都在工作都在忙，和同事相处的时间比和对方更多。他几乎从来不主动和我说他工作中的事，我要问起，他也就简单几句，再问，就说反正你也不懂。确实，都是金融词汇，投资、风险什么的，我不懂，也不感兴趣，我甚至都不明白华尔街存在的价值和意义。

而他，是个医盲，医学常识也就是基本为零，得个感冒就以为自己快死了，让他从我们医院过一下他都觉得会浑身沾上细菌，极不愿意。我每天看到那么多的生生死死，见到那么多的人情冷暖，经常会有一些感慨在心中，回来想跟他分享。他却极不愿意听我说医院或者病人的事，要么毫无反应，要么我还没说完就扭头走开，有一次甚至粗鲁地把我打断。

我们虽然睡在一张床上 9 年，却根本是互相不理解的两类人。

他不肯告诉我他和谁一起去喝酒了，更不肯把他同事的电话告诉我，理由是怕我以后没事给他同事打电话查岗。

我怒不可遏："我是那样无聊兼胡闹的人吗？好歹我受过这么多年的高等教育，做事难道不知道分寸，我难道会做出那种泼妇行为来吗？你这不仅是在敷衍我，更是对我的污辱。"

他无言以对。

"这正常吗？我们结婚 9 年了，我居然连你的一个同事都不认识！将来你也不打算让我认识他们，对吗？我就这样让你觉得拿不出手吗？"

他突然一把抱住我，说："我们不要再吵了！我们好好过日子好不好？"

我的眼泪一下子就流下来了。我何尝不想好好过日子，可日子为什么就过成了这样？

他跟我道歉，吻我，并开始回忆我们曾经有过的美好过去，还有可爱的虹虹。我的心就软了。我真的希望能有一个幸福快乐的家。

然后他又积极主动地去做晚饭。擦干眼泪吃完饭，我还得打起精神去上夜班。

我觉得我就像一个永无停歇的战士，从一个战场奔赴另一个战场。

被淘汰的士兵

今天听到一个耸人听闻的消息：科里不打算跟尼日利亚来的黑美眉续签下一年的合同，也就是说，她被开除了！

我一直以为，住院医申请成功以后就万事大吉了，辛苦三年你就算熬出来了，从此可以吃香的喝辣的了，却万万没有想到，万恶的资本主义住院医制度，除了残酷剥削你的劳动以外，竟然还可以随时开除！没有保障啊！后怕啊！

黑美眉其实工作挺刻苦的。每天早上5点她就会来病房看病人，每份病历都写两页以上。刚来时大家都这样，因为慢，所以得来得早；因为抓不住重点，所以不要紧的写了一大篇。一年快过去，大家都不这样了，可黑美眉还这样。

主治查房汇报病历时，黑美眉就照着她的两页纸念，可一问起病人的具体情况，她答不上来。两页病历，她不知道哪些是重要的应该记住，所以也就不知道哪些事情必须马上就做，哪些可以稍后再说。

我就亲见一次查房，事儿妈问她："这个做了吗?""没有。""那个做了吗?""没有。"

事儿妈一下就恼了，将手里的病历纸朝黑美眉扔过去："难道我是你的仆人吗？都等着我去做吗?"

黑美眉也很硬，一句话不说扭头就走了出去，再也没回来查房。

这才是黑美眉走人的最主要原因-communication skills（与人沟通交流的能力）太差。

黑美眉不是一般的内向，基本上你不问她她就不会主动说话，要说时也就一两个词，很少看你的眼睛，也很少笑。快一年了，好像没交到一个朋友，也好像和谁都合不来。

主任其实早就注意到了她，找带过她的每一个高年住院医谈，了解她的问题所在，又找将要带她的每一个住院医谈，希望对她耐心点，多帮帮她。还找了我们高大俊朗人见人爱的波兰裔小伙安迪，也就是我们下一任的总住院医，去和她谈，希望可以多了解她，和她做朋友。安迪做事认真仔细，又很友善健谈，医院上上下下，和谁都合得来，加上高大帅气，是护士们的最爱。还曾经有一个女病人，只在电话里听到安迪的声音，就指定要安迪做她的主管大夫。

安迪于是有一天碰到了黑美眉，和她聊天。也就是拉拉家常，问问近况。安迪主动先说自己，说自己有一个两岁的女儿，多么可爱云云，又说自己以后想做内分泌。然后问黑美眉："你呢？住院医做完后有什么打算？"

黑美眉头也不抬，冷冷地回了句："It's none of your business."（不关你的事）。

俺们万人迷的安迪就被生生呛在了那儿。

于是黑美眉就只有走人了。医疗工作讲究的也是 team work（团队合作），如果她不能和别人合作，她就做不了医生。

我其实和黑美眉的关系还不错。她没有车，所以我捎过她很多次，开车的时候就免不了聊聊，当然都是我起的头。

一次我问她平常没事时都干什么，她说：弹琴！原来她自小就弹得一手好钢琴，现在就在自己的小公寓里支了架电子琴，仍然每天练习。和人的世界相比，她可能在音乐的世界里觉得更自在。

我一向对会弹钢琴的人充满了景仰，读博时还选修了三年的钢琴课。我们医院大厅里摆着两架三角大钢琴，经常有人即兴弹奏。你别说，在美国会弹钢琴的人还真多。也许你刚看过的一个颤巍巍坐着轮椅似乎已经半残废的老太太，转头就在大厅里弹奏出一曲优美的钢琴曲，让你的心情顿时好了起来。

我毫不掩饰地表达了我对黑美眉的景仰之情，并由衷地说："有空的时候，你在大厅里给我演奏一曲吧，我很想听！"

我第一次看见黑美眉笑了，露出一口好看的白牙，说："好！"

我很替黑美眉难过。一个外国的女孩子，独自一人来到美国，经过了艰难的各级考试和繁琐的申请后，终于做上了住院医，却没想到止步于此。她以后的路，该怎么走？

我也许应该刻意去和她交朋友，打开她的心扉。可在过去的一年里，我几乎自顾不暇，多次产生退却的念头，说实话，哪里还能关注到别人呢！

当最难熬的第一年终于快熬过去，所有人都很高兴自己从这魔鬼般的训练中活了下来的时候，黑美眉却只有黯然离开。

下午，我和黑美眉一起去另一家医院参加学术会议，照例我开车带她。

路上我小心翼翼地问：你接下来怎么打算的？我很怕会触及她的痛处，惹来一顿白眼，或者是沉默，不理我。

没想到黑美眉并不介意我问她。显然，她早就知道了这事，并且已经做了打算。她说，她准备回国，已经在国内找着了一份只看门诊病人的工作。虽然她没有完成在美国的住院医训练，但在美国的这一年实习经历回到他们国内还是认的。

我很替她高兴。她终于不会因为这一人生挫折而一切从头来过，她还可以继续她的医生生涯，而且，从事相对简单轻松的门诊工作，也许对她更合适。更何况，她可以回家和家里人团聚了，对于她这样内向敏感的人，也许这样的结局比她独自一人在外打拼其实要好很多。

我顺便又问了问在尼日利亚做医生的情况，待遇如何，社会地位如何，是否受人尊敬等等。

她比我想象的好很多，没有像以前一样地木讷寡言。相反，她并没有什么特别的抑郁或者拒绝和别人谈论。也许，独在异乡、辛苦地做着住院医才是照成她抑郁的最主要原因；现在终于可以离开了，她的心情似乎也放松了下来。

我又顺便问了问她家里人的情况。她还有一个姐姐一个妹妹，也都在做医生。从她们三姐妹都学医和她从小就弹得一手好钢琴来看，她们家家境良好，说不定在当地还属于上层。

生活对谁都不容易。

我很庆幸自己居然还在这，在翻来复去想过了很多次是不是该放弃以后，在婚姻经历了意想不到的磨难以后，我还是坚持到了现在。经过了这第一年，应该不会再轻言放弃了。

奇葩门诊

终于由菜鸟升级为高年住院医了！新一拨的菜鸟今天正式上岗，哈，终于也轮到由俺们指使别人了！不过，肩上的责任也一下子重了很多，由凡事有别人替你做主到凡事要自己做决定。

这个时候就体会到去年的今天牙买加美眉对我说过的话是多么的正确：从第一天开始就要强迫自己学会独立工作！所幸我一直都很独立，所以从实习医到高年住院医，并没有觉得有太多的心理负担。

但不是每个人都有这么强大的心理的。有人就因为今天要独立带一新菜鸟值班而前两个星期都没有睡好；还有人一直都习惯了凡事问高年住院医，昨天自己还是实习医，有人罩着，今天自己就成了高年住院医，颇不适应，偷偷打电话问姐们：我该怎么办啊？怎么办？硬着头皮上呗！医生就是一个需要经验积累的职业，经历得多了，自然就不怕了。

做完了第一年的实习期，第二年的上班时间会稍好些，由每周近 70 个小时减少到 60 小时左右，在病房和 ICU 的时间也从 9 个月减少到 6 个月。

这个月我轮转门诊，可以正常上下班，但是要 24 小时配带门诊的呼机，周末还要顶替病房的人值一天夜班，让他们能喘口气。

我们门诊离医院开车大概十五分钟，是医院为附近的低收入人群设立的慈善门诊，已经有三十年了，病人大多没有医疗保险，每次只需付二十元就可以就诊，检查化验什么的如果去我们医院做，慈善基金基本都可以报销。

因为是低收入，许多人还只是在关心温饱的阶段，几乎从来不看医生，即使偶尔看了，也不按时随诊或者好好吃药，所以到我们这儿来的，都是一身十几个病，什么高血压高血脂糖尿病心脏病胆结石痛风腰椎病抑郁症房颤，恨不得都得全，要不就是各种并发症都出来了，病情又多又重。

还有就是酗酒吸毒止痛药依赖的也多。我在国内工作时，也就是偶尔急诊后半夜、夜深人静的时候，突然闯进来一个莫名其妙找各种理由要求输液的人，然后没等护士给他扎、抢过针头就跑的，原来就是要针头吸毒，两年统共见过这样的人不到三个；而在这，吸毒的几乎天天见到，跟在国内根本就不是一个数量级。这类病人，说得不好听，很多都属于社会垃圾类，让他戒烟戒酒戒毒减肥锻炼合理饮食好好治疗都不做，上来就是让你给他开鸦片类止痛药，不开就要各种无赖或者跟你闹。

曾经有一个五十多岁的肥胖女病人，第一次来看我们门诊，说偏头痛，要求开含咖啡因和鸦片类的止痛药。

我问她，以前是哪位医生给你看的，做过什么检查，什么诊断，为什么要用这类药，什么剂量？

她说以前的医生诊所就在离这不远的另一条街转角上。

我再问她，医生叫什么名字？她哼叽了一会儿，没说清楚。

“那你有以前的病历吗？”“没带来。”“那你有医生的电话吗？我可以给他诊所打电话，让他把病历记录给我们发过来。”

胖女人突然开始发飙：“我没有他的电话！我不知道他的诊所是不是还在那，我已经有两年没去他那看了，说不定他已经死了，要不就是进监狱了！你们到底给我开不开药？”

我第一次听见人这么诅咒自己的医生。我告诉她，我们不能随便给她开控制类药物，必须要有明确诊断和适应证。如果以前做过相关检查的话，我们要看检查结果和病历记录。

“可是我现在头痛欲裂怎么办？”然后她开始表演，做各种痛苦状。

按美国的行医规矩，医生不能忽略病人的“痛”苦，只要病人喊“痛”，我们就不能置之不理，哪怕只是病人纯主观的描述而找不到任何客观证据。

我跟主治商量，决定先给她五片止痛药，让她明天带着以前的病历再来看。

“五片？我要十五片！”

嗬，成菜市场了，还跟医生讨价还价了！

我把处方给她看，斩钉截铁地说：“五片！要还是不要，你自己决定！”然后扭头走出了诊室。

胖女人开始闹，叫嚣着我们没有按她的要求开药，要求退二十元诊费。

哪有这样的道理?！护士长出来对她说，如果再闹，影响诊所的正常工作秩序和其他病人就医，我们就叫警察了。

她见我们态度强硬，拿了那张开有五片止痛药的处方，骂骂咧咧地走了。

当然，第二天她没有再来。实际上再也没有来过。我敢肯定，她一定又去了另一家医院找了另一家诊所，而我，就成了她嘴里“不是死了就是进监狱了”的上一个医生。

在门诊，除了看病人，还得做各种杂事、文案，填各种表格；给病人的药房打电话续开药物；追查化验结果，不正常的还得电话通知病人并告知下一步处理措施；而且，还得 24 小时带着诊所的值班呼机，及时处理病人的各种咨询和要求，电话医疗。唉，这就是做一个初级医疗保健的家庭医生以后每天的工作，怎一个繁琐二字了得！

配带门诊呼机的这一个月，是最烦的一个月。每每当你想睡觉的时候，尤其是周末或者夜班后，呼机就会响：“大夫啊，我平常吃的高血压药没了，这药不能断的，你必须现在就给药房打电话续药！”我就不明白了，为什么非得等到周末、药瓶里一粒药也没有的时候，才想起来找医生续呢？这会儿我手边也没有他的病历资料，还得先给药房打电话询问清楚了他都吃些什么药，都什么剂量，才能续开。

这还算好的，好歹是正经事。

曾经有一个 20 多岁的年轻女病人，星期二夜里呼我，说嗓子疼。我询问了一下症状，估计是一般病毒性上呼吸道感染，叮嘱多喝水多休息，可以自己去药店买些非处方类感冒药，如果隔几天还不好或者越来越厉害，可以来我们门诊看。病人千恩万谢的挂了。后面几天也没来我们门诊，估计是好了。没想到星期五夜里十一点半，她突然又呼我，说牙疼，已经约了明天去看牙医，然后问我：我要不要去看呀？

我当时就石化了，没事涮我是吧？恨不得立马就把电话摔了。可我的职业素养还是让我非常礼貌地回答她：“如果感冒还没好，欢迎周一来我们门诊。牙疼的事，我不是牙医，没法给你解释，既然已经约好了明天去看牙医，那就去看吧！”想来她是睡不着觉，想找人聊天，又看我上次对她态度良好，就骚扰我来了。

近几年在纽约试行起了一种新的家庭医生模式，主要是面对纽约的富豪人群，每人每年自掏腰包向医生交3600美元，这部分钱任何医疗保险都不包，买一个优质的医疗服务，如果有病保证当天就能看上医生而不用预约到几个星期以后，而且就诊时间保证有30分钟而不是5分钟就把你打发，医生的手机24小时向你开放，无论是周末还是节假日，无论医生在干什么，有事必复。

这种模式一经推出，很受欢迎。3600美元对富豪们来说根本就不是事，却可以解决很多以前看病的烦恼；医生们也很愿意，除去正常的医疗收入，有30个这样的病人一年就可以额外多收入10万美元，何乐而不为？而且，手机24小时开放并没有想象的那么疯狂，实际上这一类病人大多是高素质的专业人士，尊重医生的劳动和时间，决不会打无聊的骚扰电话，要打，就真是有事。

俺早就决定不做家庭医生的，受不了那个事无巨细都得管的繁琐；如果真要做，也许可以考虑加入纽约模式。

黑美眉走了，科里又新招了一人顶替她，叫万妮，在印度是麻醉科医生，来美国后申请住院医，第一年实习期申请到了康州的一家医院，第二年以后的麻醉科却没有申请上，于是改行做内科，转到了我们医院。

万妮性格开朗随和，做事认真负责，水平也不错，很快就和大家熟了。万妮在康州时没有看过门诊病人，那家医院也没有心导管介入治疗，于是来了以后恶补CCU（心脏监护病房）和门诊。

万妮这月也在门诊轮转，今天收到护士的留言条，说是一个病人打电话来，要求大夫开伟哥。

万妮接过条子，给病人回电话："你好，我是××医院××门诊的万大夫，我找乔治·布什先生。"

"我就是，请讲。"

万妮开始详细地询问他性生活的情况，多久一次，每次勃起有无困难，能持续多长时间等等，对方都一一作答。

问完了，万妮十分纳闷："一切都正常啊，为什么你要求我们开伟哥呢？"

对方愣了三十秒，然后说："你要找的是我爸吧。"

"你不说你就是乔治·布什先生吗？"

"我是啊，我爸也叫这个名。"

原来闹了个大乌龙，接电话的是小布什，而要求开伟哥的是老布什！

美国人特别爱子承父名，好像这样父亲的精神就传承了下去，也是对前辈的尊重和荣誉，和中国人的避名讳正好相反。

放下电话，万妮一脸委屈："我可是问清楚了姓名才开始问病史的，谁知道他儿子也叫这个名呢！"

背后已经笑倒一片。

暗　　涌

时间稍松，虹虹他爸坚持我们退掉医院的公寓，搬回自己的房子。虹虹已经5岁，9月份就该上学前班，明年就该上小学了。我们房子附近的学区比医院附近的好，搬回来住虹虹上学会方便些。

孩子他爸想让小林也跟着我们一起搬过来，住到我们家，接着照顾虹虹上学接送，并帮我们做晚饭。

我很犹豫。小林跟我们这几个月，我们都很满意，虹虹也很喜欢她。她因为自己也在我们家吃晚饭，做饭比前几个保姆都认真用心，饭菜很合口；她教育程度比较高，也因为我们工资付得高，她从来不会在工作时间上跟我们斤斤计较；她也不会像前一个台湾老太太那样，对我们家的事指指点点、指手画脚。可以说，这几个月大家相处愉快。没有了后顾之忧，工作起来才能放心。

可是，要让她住到家里来，我却不那么情愿。先不说让一个外人住到家里，干什么都不方便，生活习惯合不合得来又是另一方面，更何况这个外人还是个26岁的单身女生！不是我心眼多，我这经常上夜班什么的，谁知道家里会发生什么事？要防患于未然，不给男人任何可能的机会。

中午吃饭的时候跟方唯说起这事，她一拍桌子：这怎么行?！怎么能让一个26岁的大姑娘小保姆住到家里来！你给我赶紧把这保姆换了！换一个60岁以上的老太太！

说起来容易，到哪里去找会开车并且自带车、会点英文、会做中国饭菜的60岁以上老太太？

纽约中国城里想做保姆的中老年妇女倒是满大街都是，但别说英文，很多人连普通话都说不清楚，满口的广东话或者福建话，听着我都费劲。

会开车这条又把大部分保姆都挡在了门外。我们家住得离学校不远不近，开车其实只要 3 分钟，走路对一个 5 岁的孩子又远了点，尤其如果是下雨下雪天。没办法，还得找会开车而且自己有车的。

会开车就必须有驾照，也就是说在美国有合法身份，这一下保姆市场的人就去了一大半；自己还有车的，就说明经济条件还可以，大多在这已经有了一定基础，有家有口的，这样的人早就去做了别的工作，愿意做保姆的，大多也是给所谓的“中美家庭（中国人嫁给老外的家庭）”做，都要价奇高。

在老外里找符合会开车会英文这两条的倒不难，但可惜她们又没法给我们做饭。天生我就长了一个中国胃，吃不了洋餐，刚来美国时连吃了三天汉堡热狗三明治，到第三天实在受不了了，闻到那个味道就想吐，立马坐地铁一个小时到中国城买回锅碗瓢盆油盐酱醋，从此开始操练厨艺自己做饭。

如今十年过去了，我的中国心连同中国胃一点儿也没有改变。偶尔去吃顿西餐还行，天天吃的，还得是中餐，至少是亚洲餐。

我一向是以善意去揣度别人的。人家小林是正经研究生毕业，有正经正在读博的男朋友，做保姆只是短期权宜之计，一旦找着正式工作就不会干了。就先让她跟我们干着，能干多久还不知道呢！

把我们的意思跟小林说了，因为改为住家，工作时间会比以前稍长，我们在她已经很高的工资上又加了两百块。她很愿意，吃住都是我们的，省了她房租水电等许多日常开销，工资几乎可以全攒下来，而且白天虹虹上学的时候也没有什么事，她又找着了一份在公司兼职的工作，两份工作两份收入。

我们把书房腾出来给她做卧室，于是她跟我们一起，搬了过来。

我又将开始来回奔波的日子，每天把至少一个半小时本可以睡觉、休息、或者陪孩子的时间，消耗在高速路上。

真好，又到了休假的时间，我们去了麻州的科德角，租了一套小木屋，白天去海里游泳、沙滩上晒太阳、树林里骑车，晚上回来自己做饭、煮龙虾吃，比纽约的便宜很多哟！

没有了工作的压力，休假的休闲似乎也冲淡了我们之间的紧张关系，忘记了曾经有过的那么多激烈争吵，看上去又是和睦幸福的一对了。

真希望每天都是休假的日子。

一个星期很快过去，我们驱车 6 小时，回到现实中。

刚进门，行李还没完全卸下，杰明就接了个电话，说公司要他去加班，现在就得去。

怎么可能休假期间公司叫你去加班？就是平常周末加班也没见他这么爽快就答应的，今天既是周末又是休假，他怎么人家一说去就去了？

再问，他说公司一个同事调到香港去了，有工作要交接，等他休假完了回去上班人家就已经走了。

他一边说着，一边拿着车钥匙往车库走。

我从楼上追到车库，问："那你晚上回不回来吃饭？"我的话音飘荡在空气中，他的车已经跑得没了影。

然后就跟以前许多次一样，打电话没人接。

休假时的恩爱似乎还在眼前，而踏进家门的一瞬间，我的丈夫就没了影。

我琢磨着等他回来应该怎么办？像以往一样跟他大吵一顿？可我们已经吵过了数不清的次数，都于事无补，感情却越吵越差。再吵，除了自己生气，伤肝伤心伤肺伤脑以外，又有什么用呢？

我决定改变策略，不跟他吵，以柔克刚。我选择信任他。我把自己该做的做好了，相信他会看到。

晚上 11 点多，车库门响，他回来了。虹虹已经睡了。我去车库门口接他，说："爸爸上班这么晚，真辛苦呀！工作怎么样？"他说很顺利。

我又问："吃过饭了吗？"他说已经在公司吃过了。

然后洗洗睡了。一夜无话。

突如其来的外遇

都说女人吵架喜欢把过去的芝麻小事都扯出来，一并声讨，还喜欢上纲上线，一点小纠纷就上升到婚姻家庭责任人品的高度。

我发现我们家的男人却好像有这个趋势，尤其是最近，吵架不是就事论事，却动不动就嚷出“你只关心自己的工作，家里什么事也不管”，“这个家都是靠我，你做出过什么贡献”，“你不是贤妻良母”等等无限上纲的话，而且拿我的厨艺跟家庭主妇比，拿我的事业跟超级女强人比，总之是横竖看我不顺眼，还经常无缘无由地就挑我的错，没事又引起吵一顿。

今天早上又是这样。平白无故的，什么都算不上的事，就开始找茬挑刺，眼看着又是一场争吵在即。

这回我没有接他的茬，一边收拾东西一边说：“你最近是怎么了，经常无缘无故地挑我的刺。我没做错什么，是你的问题。你心里怎么想的我不知道，但你自己应该清楚，只有你自己知道是怎么回事。”

没想到这么轻描淡写不经意的一句话，却击中了他。

他说：“我心里是有事，我想和你谈谈。这几天我心神不宁，一直在犹豫要不要告诉你。”

我们把虹虹支到地下室去看动画片，然后他告诉我，他有了外遇。

我的脑袋“轰”地一下，一片空白。

他的彻夜不归、周末失踪、还有休假加班，全都有了解释。还有跟同事的许多次深夜喝酒，不知道有几次是真几次是假。

我其实是一个遇到事能沉住气的人。我并没有歇斯底里，我自己都很惊讶自己的冷静。

我问他："有多久了？"

"没多久。我们已经分手了。我经过了很多的挣扎，她逼我跟你离婚，我想来想去觉得还是舍不得你和虹虹，她也不是我想要的类型，所以就和她分手了。我其实可以瞒你一辈子的，但我的内心会一直不安，所以还是决定告诉你。"

"什么时候开始的？"

"今年一二月份吧。"

"她叫什么名字？"

"我们已经分手了，你知不知道她的名字又有什么关系呢？"

我站起来转身就走。"随便你。你不愿意告诉我也没关系。我们离婚后，她叫什么名字关我屁事！"

他一把拉住我，说："她姓魏。"

"叫什么？"他犹豫了一会儿，说："Anna."

然后他告诉我，他们是在燕大校友会上认识的，她也是燕大的，30多岁，离了婚。在美国又读了个硕士，现在一家会计师事务所工作。

我"嗤"地一声，一脸鄙夷："婚外情不就是图新鲜刺激吗！要找怎么也得找一个20多岁年轻貌美的呀，怎么找一30多还离了婚的！"

"她主动追的我。"

"噢，30多岁，离了婚，饿昏了吧，见个男的就上！跟吃方便面似的！"

他没有搭腔我的挖苦。

"什么时候分手的？"

"上个月吧。"

"我们休假之前？"

"嗯。"

"那为什么休假刚回来你又急着去找她？"

"她说她要去香港了。"

"所以你赶去和她道别，给她最后的温存？"

"她说她怀孕了。"

"怀孕了？她说怀孕就怀孕了？最后一招，逼你离婚吧。"

"是真的。我和她一起去过医生的诊所。"

居然还陪她去看过医生！我怀虹虹的时候，那么多次产检，他只陪我去过一次；后来两次流产，也都是我自己去看的医生。他现在居然堂而皇之地陪小三去看医生！

我怒不可遏，恶狠狠地说："那不是正好吗！让她给你生个儿子！你，你们家，不就想要个儿子吗？"

"我说了，我已经做出了我的选择，我不会离开你和虹虹的。她已经把孩子打掉了。她恨死了我。"

看他一脸痛苦的样子，好像还对小三心怀愧疚。他难道不觉得他最对不起的应该是我吗？

我没有继续追问他们交往的其他细节。我没有那么傻，已经过去的事，打探细节除了让男人再一次回想起他们在一起的时光及给自己添堵以外，没有任何好处。

这个时候虹虹跑了上来。她已经看完了动画片，吵着要我们陪她玩。

我们不想影响到孩子，都没有再说这件事。

他主动去做了晚饭。

然后我去上夜班。

痛　　苦

我觉得做医生都必须是精神、心理特别强大的人，无论家里发生什么事，不管你的身体状态如何，都不能影响你上班的情绪，影响你面对病人时的判断力。

工作时的我，就像是一架高速运转的机器，不能停下来，不能出任何差错，没有时间去想任何其他事情。

而一旦下了班，停了下来，我身心俱疲。

我困得眼睛都快睁不开了，也乏得没有精力去想烦人的事，我一头倒在值班室的床上就睡着了。

等我醒来，已经下午三点，我饥肠辘辘。去医院餐厅吃了点东西，三点半。等我再开一个小时车回家，呆不了两个小时，又得再开一个小时回来，接着上夜班。来回折腾，除了让自己更累以外，没有多大意义。而且，我不想回家，不想见到他。

我决定在值班室接着睡觉。我给他打了电话，简短地告诉了一声，就挂了。

自从虹虹出生，我就没有了自己的时间，逐渐失去了我自己。只要我在家里，虹虹就总是和我在一起，甚至是上厕所或者是洗澡的时间，有时候她都会推门进来，嫩嫩地说：妈妈！

我爱她，可我需要自己独处的时间。在虹虹还小的时候，有一天我问孩子他爸，可不可以每个周末单独带虹虹半个小时，让我去跑步。他回答：你可不可以带着孩子一起去跑？我就知道，从此我都不会再有属于我自己的时间。

而今天，我不想回家。我需要独处的时间，我不想见任何人，不想干任何事，就想一个人安安静静地呆着，像现在这样，在这样一间没有窗户把门一关谁也不知道你在里面的小屋子里，安安静静地呆着，没有人来打扰。

我的脑子很乱，我的心很悲伤。我需要片刻的安宁。

但我没法不让我的脑子想这件事。虽然理智告诉我现在再去寻找他们联系的蛛丝马迹已经没有任何意义，我还是忍不住想知道是一个什么样的女人偷走了我的丈夫，他们在一起除了上床还干过什么，他对她有几分真。

我开始干以前我一直不屑于干的事，查他的邮箱，查他的手机短信，可我什么也没有查到，连个类似的名字都没有。

回到家，我又把能找到的手机账单都找了出来，一条条地查他经常打的电话号码，尤其是他彻夜不归、休假回来那几天的记录。终于，我锁定了一个号码。

就是这个号码，他会在很多次的早晨 7 点 40 他刚离开家门去上班的路上就给它打，也有很多次晚上 7、8 点之间他在回家的火车上的时候给它打，甚至还有几次是晚上 9 点多，算起来，应该是我在楼上侍候虹虹洗漱睡觉的时候，而他却躲在地下室给情人打电话。还有一次，是在星期六的早上八点不到。

我想起来，那天早上他刚起来还在蹲厕所，我就听到他在厕所里用中文给人打电话。等他出来后我问他："谁呀？"他说："一个同事。"我说："我怎么从来不知道你有一个中国同事？而且熟到周末的大清早蹲在厕所里就联系。"他没有回答，我也没有再追问。

我们的很多次对话都是这样结束，没有结果，没有坦诚，问题依然在那儿没有解决，而且越积越多，而我们之间的隔阂，也像我们之间存在的问题一样，越堆越高。

我想我是太粗心了，或者说，我是潜意识里自欺欺人，不想去看到那些显而易见的蛛丝马迹，所以我就看不到。

我接着查看他的信用卡账单，发现在他"独自"逛花园商场的那天，信用卡上有一项电影院的收费，正好是两张电影票的钱数。而且同一个月的账单上，还有好几次纽约城里日本餐馆的收费，也是两个人的饭钱。从他花钱小气的本质，偶尔和同事去吃一顿破费一点的午餐还有可能，但一个月几次而且还都是他请客就不太可能。其实刚收到账单的时候我就有些奇怪，还把这几项收费都圈了出来，想着等他回来以后问问他，别是信用卡公司搞错了，后来一忙也就忘了。

现在想来，一切都那么清晰了然，而我，也许是潜意识里故意把它忘了。他的深夜喝酒、不接电话、彻夜不归、周末失踪、休假加班，等等等等，无论多么牵强的借口，我都没有继续追问，让它们都不了了之。也许，我是不敢追问，害怕追问之下可能揭露出来的真相。

我又把去年的电话账单也翻了出来，一页页查对。我发现，其实早在去年十月他就跟这个电话号码开始了联系。也就是说，在我们那次吵架，他冲我嚷"信不信我三个月就可以找到另一个女人"之后，果然三个月之后他就跟这个魏小三勾搭上了；或者说，也许他当时已经有了这个候选人选，才敢冲我嚷出那番话。

而又一个三个月之后，也就是今年一二月份，他就和她上了床，如果他说的话是真的。也就是在那个时候，他破天荒平生第一次给我买了件昂贵首饰，做为对我的补偿。

我把信用卡账单又仔细查了一遍。除了几次吃饭和一次看电影之外，好像他并没有给她买过什么礼物，至少没有超过百元的不正常花费。这比较符合他的性格，小气，也同时可以证明那个女人是不要钱自己送上门的。

我开始谷歌 Anna Wei，出来一大堆搞不清相关还是不相关的，没有中文名字，很难确定具体的人，没有什么收获。我上燕大校友会网站搜校友名录，发现只有校友才能登录搜索。我无法登录。

我转而谷歌那个电话号码，也一无所获。无数网站说交钱他就能帮你查机主。俺还得先费时间脑子搞清楚他是不是骗钱的，我才不会干这样的傻事。

我对这个女人依然一无所知，除了那个电话号码。而我是绝不会去打这个电话号码的。我没有任何兴趣认识她。对我来说，无论是张小三李小三还是魏小三，都没有差别，我关心的只是有没有这样一个人存在，至于她到底是谁，who cares？和小三直接过招，有辱我的身份，太掉身价。

每天开车去上班，中文广播里一个中年女声天天不厌其烦地问："什么是幸福？幸福就是家人平安健康。某某保险可以保护你的家人平安健康。"

什么是幸福？我不知道。从什么时候开始，我变得这么的不快乐，这么的不幸福？我似乎已经失去了笑的能力。只有面对虹虹的时候，我才勉强地挤出一点笑容来堆在脸上。我不愿意她看见我不快乐。

我不知道我该怎么办。我连个商量的人都没有。这么多年来，我在别人面前塑造的一直都是坚强能干快乐幸福的形象，其实在别人看不到的时候，我是如此的脆弱。我不愿意跟身边的朋友讲，出了这样的事，于他于我脸上都不光彩，我不愿意成为身边华人圈里大家茶余饭后的八卦话题。

我也不能告诉我的父母。从我十七岁离家上大学起，这么多年来独自在外，尤其是来美国以后，早就养成了报喜不报忧的习惯。平常我要是感冒了，我妈在大洋那边都能念叨两个星期。隔得这么远，他们除了空担心以外，什么实际的忙都帮不上。何况，他们已经过了古稀之年，我希望他们能够健康、快乐的心，比希望我自己过得好还要强烈。

我唯一能说的人，就只有我哥了。我哥比我大三岁，从小我跟着他玩男孩子的游戏长大，我听他的，甚过听我父母的。我觉得，他是我们全家的主心骨，尤其是在我父母老了之后。我一直都是一个有主见的人，但从小时候起，我就特别看重我哥的意见，同样的话，从他嘴里说出来，我都觉得比别人说的有道理。

刚上大学的时候，我曾经痴迷于燕大登山队，每个周末都跟着他们去登山，几乎登遍了周围大大小小的山。但我同时也为繁重的课业所累，经历了我自读书以来最惨重的一次失败——期中考试无机化学差点不及格。我很迷惑，写信问我正在读大四的哥。他回信说，你上大学的目的不是为了登山。一句话一下子点醒了我，让我知道了孰轻孰重。登山只是业余爱好，而我千里迢迢离开南方的家来到这座陌生的城市的目的，不是为了它。

我出国的时候，医院扣着我的档案不放，无名无目地要我交 5 万块钱才肯把档案送到市人才交流中心。5 万块哪！十年前的一个小小的住院医哪攒得了那么多钱！我也不愿意因为我要出国而增加我父母的经济负担。可不交这笔冤枉钱，万一将来还要回国工作，没有档案怎么办呢？打电话问我哥，他说，若干年后中国还有没有档案这一说还不一定呢，你操心它做什么！一句话让我心下释然。

而现在，我遇到了我人生中最大的困难和困惑，我真的希望能有一个高人来指点我，告诉我接下来的路该怎么走，我该怎么办。

而这一次，我哥也不能替我做决定。他说，婚姻合不合适只有你自己知道，你还信不信任他也只有你自己知道。

我问我温柔贤惠结婚十几年从来没和我哥吵过架的嫂子，我记得她以前说过“什么事都是小事，但婚姻的底线是男人不能在外面乱搞”。而这一次，她却改了口吻。

她说，说实话，男人四十一枝花，女人四十豆腐渣是有道理的。像他们这样四十出头事业有成的男人，很容易再找到二十几岁的小姑娘，甚至都不用去找，都有小姑娘会扑着上；而像我们这样三十好几快四十岁的女人，就已经成了黄脸婆，离婚再找的成功率就低太多了，要找，也大多是差不多已经半截入土的老头了，三思，三思！

我哥又说了，如果你还打算和他过下去，可以让他签一份保证书，保证以后不再犯。

我们，还能心无芥蒂地一起过下去吗？

这个男人不能要了

我们虽然还生活在同一个屋檐下，可我们已经形同陌路，甚至连陌路人都不如。我们没法心平气和地交谈，一说起来就是互相指责，就是争吵，即使是在电话里，我也会到最后泪流满面。而回到家，我们都板着脸什么也不说，家里的气氛压抑得让人想逃。

结婚之前的我，生活充满阳光，我几乎不知道什么叫做忧郁。上大学的时候还曾经开玩笑和同学说，即使全世界的人都自杀了，我也不会去自杀。

结婚以后，我的笑容越来越少，而我的心事却越来越重，很多个夜晚，我一个人躲在被子里哭，又有很多次，我会在噩梦中哭醒。

我开始相信，很多女人的忧郁症，其实始于现实的无奈和婚姻的不幸福，而她们本身的脆弱，又让她们没有勇气走出无望的婚姻，因而更加抑郁。

一个月来的压抑今天晚上终于得到了爆发。

在虹虹睡觉以后，我们大吵了一顿。真是指着鼻子互相骂。我觉得是他毁了我的生活，恨不得把他撕成碎片。而他觉得是我的“狗屁工作”和我强势的个性毁了他的生活。

我冲他大嚷：“你给我滚出去！”

而他抓住我的两个胳膊，把我掀倒在地上。

半夜的一点，我坐在自家客厅的地上，披头散发地哭，胳膊上带着青紫，心中除了绝望还是绝望。

而明天一早五点多，我还得带着满心的伤痕，用凉水敷我哭肿的双眼好让别人看不出来，然后去值一个 12 小时的班，去治疗别人身体上的疾病和痛苦。

可是又有谁来关心我的痛苦，来治疗我千疮百孔的婚姻？

我们的婚姻一直都不太顺，以前我们甚至已经谈论过离婚或者分居的可能，我们都说想要虹虹的抚养权。但后来也就不了了之。我想，我们都在等一个契机，或者一个借口，来结束这段给我们双方痛苦多过快乐的婚姻。而现在，这个契机到了。

我开始着手准备以后的生活。我到银行去另开了一个单独的账户，把我的工资从自动打入我们共同的账户改为打入新的账户，又转了两万块钱到新的账户里。

我白天照常上班，下班以后我也不急着回家，那个家也没什么好回的，我开始在医院周围看房子，想尽快带着虹虹搬出去。

因为我超长的工作时间和经常要上的夜班，我必须找一个住家的保姆。而要保姆住家，我就必须要有至少两室一厅的房子，月租至少两千以上。开车的保姆不好找我恐怕也请不起，不会开车的大概每月一千左右。这两样大头开销每月就三千，两万块只够我支撑半年。我自己不多的一点工资要支付日常开销，还有虹虹的才艺课、课后班。一年九个月，我必须要有足够的钱支撑到一年零九个月以后我住院医毕业。我们的储蓄大部分都被他拿去炒了股，共同账户上的现金不多。我还需要钱。无论如何，这两万块可以让我和虹虹暂时生活不会有困难。

我希望虹虹上好的学校。医院附近的几个镇学区都不错，开车离我上班也只有不到十分钟。我开始在这几个小学的步行范围内找合适的公寓房。不是很容易，因为好学区的人家绝大多数都是独栋别墅，公寓房几乎没有，尤其是在学校附近。

我理智地有条不紊地做着这一切，可我的心里，悲伤像波浪一样地层层袭来，没有停息。

我又去网上搜了一遍他的电子邮箱。我一个个地查他的文件夹、垃圾桶，终于，我在一个图片文件夹里找着了一封魏姓小三的来信，虽然这封信在主收件箱里已经没了踪影，但没想到在这里还藏着一份备份。这是今年新年的时候她给他转发的一封网上流行的幽默卡通祝福，她用的居然是她工作单位的邮箱，而地址竟然是她中文姓名的全拼！

我于是去了她公司的网站，看起来是纽约一家颇具规模的会计师事务所，但在公司的会计师介绍栏里没有找到她的名字，要么她就是已经离开了这家公司，要么她就只是一名小喽啰，顶多是个 Associate（助理），还不够格放到公司的网页上。

我决定给这家公司打个电话。接通后，前台礼貌的问候声："你好！××公司。"

"你好！请给我转××魏。"

"请稍等。"我说的是她的中文名字，对方一丝迟疑都没有就帮我把电话转了过去。

我听到耳机里"嘟"地响了一声后，果断地挂断了电话。我没有任何兴趣和她交谈。我只是想证实这个人的存在。我已经得到了证实，而且，我知道她并没有如他所说，或者如她告诉他的那样，去了香港。

我不知道该不该相信，他们已经彻底断了联系。

找房子不太顺利，不是又贵条件又不好，就是离学校太远，不会开车的保姆没法走路接送虹虹上学。看来，我没法很快搬出去，还得和他一起住在这个房子里。

我也一直在犹豫，到底要不要和他离婚。

他一直在和我说，不要离婚。而且他最近也都表现不错，看得出来，他想挽回这个婚姻。他对虹虹也一直很好，所有人都看得出来，他真的非常非常爱虹虹，虹虹也很喜欢爸爸。我总是想，如果他对我的爱能有对虹虹爱的十分之一，我们的关系恐怕都会好很多。

中午医院食堂吃饭的时候，我忍不住跟方唯和晓文说起了这事。还好满屋子的人都在说着鸟语，人声嘈杂，不会有人在意也不会有人听得懂我们在说些什么。

晓文是两年前我考医生执照考试的时候网上找的学习伙伴，我们差不多同时候考的试，我紧赶着一边考着一边就申请了住院医，而她因为老公正在半工半读上着博士，觉得压力太大不愿意她马上就做住院医，于是就拖了拖，这一赶一拖，我们就差了两年。

知道我来了这个医院后，她就想着能不能来我们医院见习。有了在美国医院见习的经历，她申请的时候会加分不少。

我先去找科秘书，被支去找事儿妈。事儿妈一口回绝："我们医院不招见习的！"我不甘心，决定再去找科主任 Dr. B 试试。老头子说话就慈祥得多："一般情况下我们是不收见习的，但既然是你的朋友，把她的简历给我看看吧。"

于是晓文就来了我们医院见习，可以参加我们的学习会议、查房讨论，但不能直接接触病人。晓文很乖巧随和，很快就和大家混熟了。在我

 们每月一次的 Journal club 上，她也利用她做过医学统计的优势，积极发言，替大家解答统计上的问题，还主动要求做 presentation，很快就赢得了大家的好感。

于是在她准备申请、请 Dr. B 写推荐信的时候，Dr. B 犹豫了："我再想想，是给你写封推荐信呢，还是直接就要你得了。"

两个星期以后，在今年的住院医申请季节开始之前，晓文就拿到了我们医院的 offer。这真是个最完美的结局，晓文可以省了诸多繁琐的申请手续，省了到处去面试的时间、金钱和精力，也免去了不知结果的等待和焦虑。更重要的是，我们医院离她家很近，让她挑剔的老公再也无话可说。之前她老公曾放话："你要 match 到了别的地方，我绝不跟你去，你自己带着孩子去做住院医吧。"

大家平常都很忙，我和方唯晓文也就是在医院里见见，日常生活并没有太多的交集。

我跟她们简明扼要地说了一下俺们家的故事，也说了我的迷惑和苦恼。从我开始做住院医起，这个念头就一直萦绕在我心里，时不时就会冒出来一下困扰我，那就是：我应不应该放弃？我这么辛苦地做住院医，却闹得家里鸡飞狗跳，到底值不值？尤其是现在，眼看我的婚姻将不保，为了医生的工作而丢了婚姻，绝对不是我想要的，值吗？

晓文听完我的故事，轻轻地摇着头说："这个男人不能要了。"

方唯却"啪"地一声拍在桌上，斩钉截铁地说："不能放弃！两样都得要！工作也要，婚姻也要！你要坚持住！"

这个时候，方唯的呼机响了。

她们走了，留下我呆呆地坐着，还是拿不定主意。

和　好

我想我已经动摇了。我觉得还是有一个完整的家好。既然他也选择了还要这个家，也许我们应该给我们的婚姻再一次机会。

我们决定好好谈谈。

晚饭后，我们请小林在家里照看虹虹，然后一起去了附近的星巴克，点了两杯咖啡，找了个角落坐了下来。

气氛友好和谐，因为双方都有了和好的愿望。

我说："不离婚可以，但我们得签一个协议。"

他说："行，都听你的！"

我说："这个协议不是用来约束你的，而是用来指导我们以后相处的原则，双方都要遵守，希望能减少我们以后的争执和冲突。"

"没问题，你说什么都行。"

我于是顺手抓过一张餐巾纸，说："要不我们先在这上面写个草稿，回去再输到电脑里。"

他说："写在餐巾纸上多不好，你说，回去我就在电脑上敲出来。"

我想，好吧。

第一条，夫妻双方应该互相尊重、互相理解、互相关心、互相体贴。

第二条，夫妻双方应该互相信任、互相坦诚。我说，以后我也不会限制你和同事去喝酒、活动，但你应该告诉我和谁去，去了哪儿，让我有事能找着人。他说行。

第三条，不能和异性有超过普通朋友关系的任何关系。

第四条，有不同意见应协商解决，尽量避免争吵。如果争吵，也应就事论事，不许说污辱对方的话。

第五条，经济共同管理，超过一千美元的支出应共同商量决定。

第六条，家务事共同承担。

大致就是这些了。所有这些他都同意。

咖啡喝完了，我们心情愉悦地回了家。虹虹兴奋地扑过来，给我们一个大大的拥抱。我们这就算和好了。

不知不觉中，感恩节到了！感恩节，有点类似于中国的中秋节，都是在丰收的时候全家团聚的日子。在美国，感恩节是仅次于圣诞节的第二大节日。感恩节的到来，意味着假日季节的开始，到处都喜气洋洋。

曾有同事开玩笑说，感恩节和其他节日的相同之处是吃吃喝喝，不同之处是感恩节是和不喜欢的人一起吃吃喝喝。确实，传统的感恩节大家庭聚餐，婆婆媳妇堂叔堂侄表兄表妹一应人等全部到齐，许多人你一年也许就见这一次。

人人都忙着过节去了，来医院的人会不会少了？错！

每年感恩节都会有很多七老八十、一身慢性病的老年人被送进医院，都是那些子女们平常无暇照顾，等到这一年一次的感恩节回家一看，才发现自己的老爸老妈各个零件都已经不行了，于是送到医院来检修。我们称之为“感恩节综合征”。

曾有人车子把一老头往我们急诊一扔就不见了人影，老头交给医生护士管了，子女们放心地享受节日长周末去了，我们有事找家属电话怎么打都没人接；等到周一，终于有人接了电话，老头也好得差不多该出院了。

还有一个没什么近亲的老头，他的一个堂侄突然决定感恩节那天去看看他，也没先打个电话，想给他一个惊喜吧。到了门口，按半天门铃没人应，叫来警察把门撞开，才发现屋子里一片凌乱，老头躺在地上人事不省，也不知道在那儿躺了多久。赶紧送到医院，一查血钠 160（正常 140），严重脱水加感染性休克。

都说美国是儿童的天堂、老年人的地狱，诚哉此言。

儿童是国家是社会的财富，只不过由家长代为照管，若照顾得不周或是有打骂虐待的行为，立马就会有政府儿童保护机构的人上门调查，限期整改；严重的，还会剥夺父母的监护权，把孩子送到寄养家庭去抚养。寄养家庭都是自愿照顾孩子的人，没有犯罪记录，却不见得有多高的教育程度，可以从政府拿到不少补贴。

老年人就不同了。都是成年人，必须为自己负责，在美国可没有“父债子还，父老子养”一说，也没有退休工资一说，退休了，不工作了，就没有人给你发钱了，65 岁以后可以从政府拿到很少的一点退休金，要想过得好，还得靠自己的积蓄。美国人子女是不负责养父母的。很多人都愿意每月花上千元送孩子上幼儿园或者请保姆，但很少有人会愿意每月花上千元请人照顾生活不能自理的父母。

所以得从年轻时就开始攒养老金，到老了生活才能有所保障。小布什鼓励人们把养老金拿去投资，结果金融危机时许多人的养老金都缩了水甚至不见了踪影。就有一个 90 多岁的老头，所有养老金都投了进去打了水漂，90 多岁了又不得不出来工作，在沃尔玛给人推车，报纸上颇热闹地报道过一阵。可怜哪！

想想世界上有千千万万的人日子过得远不如我，我是不是应该感恩我所拥有的一切，珍惜现在的生活呢！

感恩节过后的黑色星期五，标志着节日购物旺季的到来。俺从来没有亲身体会过这个购物疯潮，一是没那个时间，医院从来不在这天放假；二是也不感兴趣，为了省几个钱得早起好几个小时挨冻，不值当。

不过我却很是喜欢自感恩节到圣诞节、再到新年的整整一个多月的节日气氛，并且还把这气氛和情绪再延长到中国新年。快乐的感觉，谁不喜欢呢?

这一个多月，家家商店都装扮得富丽堂皇、赏心悦目，整整一个月无论收音机里电视里商场里，都在不停播放着圣诞歌曲，能把你耳朵都听出茧子来。商品琳琅满目，看着就勾起人购买的欲望。大家都在忙着买礼物，给自己给家人，给同事给朋友，给孩子的老师给看门的保安，给所有认识的人，到处都是一副红红火火的热闹景象。

美国经济景不景气，看这个时候商店里的人潮就知道了。好的年份，逛商场连泊车位都找不到，许多商店这一月的销售额比全年其他所有月份加起来还要多；金融危机那会儿，商场的还有家家户户自己门前的圣诞装饰都少了很多，逛商店的人直到圣诞节前几天才会多起来。

不过不管什么时候，俺家附近几个饭馆都是人满为患，尤其是周末，有时候等位就得等两个小时。可见不管经济景气不景气，饭总是要吃的，不想在家做饭的心也总是一样的。

我们没有亲人在这，无论大节小节，就是我们三个。经历了这么多，今年的感恩节，也没有心情在家里开 party，就是朋友们的 party 也不想去，就想一家人安安静静地过，一起出去吃个饭逛逛店，给虹虹买几件漂亮的冬装吧。

小孩子什么时候都是快乐的。

上有老

星期六，我像往常一样给父母打电话，我妈告诉我，我爸病了，从星期四开始就躺在床上不能动，连坐起来吃饭都困难，需要人喂。

我的心一下就提了起来，预感不妙。我爸8年前偶然发现有颈椎寰枢关节半脱位，当时他除了手脚发麻外，没有其他症状。考虑到这个半脱位说不定已经存在了很多年，他年岁已大，手术的风险又高，我们决定不做手术。医生说这就像个定时炸弹，随时有可能全脱位造成截瘫。8年过去了，他什么事也没有，现在突然不能动了，不会是全脱位了吧？

我问我妈："哥知道这事吗？"我离家这么远，父母都靠我哥照顾，我哥是我们家的顶梁柱主心骨。

"你哥去广州出差了，要过几天才回。"

"那你就打120叫救护车送医院吧！"

"救护车也不能把他从5楼抬下去呀！"我们家住5楼，老式的房子，没有电梯。

"他们当然有办法把人抬下去！实在不行你还可以打电话叫我爸的学生来帮忙，要不然敲隔壁家的门叫他们来帮忙也行啊！"

我爸是大学教授，我们家就住在校园里，虽然他已经退休很多年，有那么几个学生也还是经常来看他的。

我妈做了一辈子医生，没想到这时候竟然毫无主张，不知道该怎么办。看来她是真老了。

我电话里又叮嘱了她一遍打120送医院，听起来她还是茫然不知所措。挂了后我赶紧打我哥的手机，让他想办法。

我哥电话联系了他的几个同事，又叫了我爸的学生，开了部车，四五个壮劳力把我爸从5楼扛了下来，送去了我们那最好的医学院附属医院。

听我哥的同事说，他们在那搬人的那会儿，我妈就在房子里转来转去，不知道该干什么。直到有人提醒她："嫔驰，爹爹这是要去住院啊，你收拾一下他的换洗衣服、洗漱用品吧！"她才"啊"地一声，跑去收拾。

我很心酸，转眼我们就到了上有老下有小的年纪，过去我一直依赖的父母，无论我走得离家有多么远，在我心里永远是我避风港湾的那个家，已经不同了。父母老了、病了，到了需要依赖我们的时候了。

我哥匆忙打理了一下他在广州的业务，第二天赶回了家。

听他说，我爸四肢一点也不能动，他们把他扛下楼的时候，他的全身就像铁铊一样重。他见到我哥的时候只说了一句话："我这恐怕就是瘫了！"就不再说话，也不愿吃饭，意志消沉。

我无法预测他的病情到底有多重。如果真是颈椎关节全脱位，那除了四肢截瘫，还有可能会呼吸肌也无力，发展到那一步就会有生命危险。

我决定回去看看。

周一一上班，我就去跟主任和总值班说了，他们都很理解，马上同意。我把班换了，把今年的四个星期假都挪到现在休，又多请了两个星期。我不知道我会需要在国内呆多久。

还好我们现在有小林住家照顾虹虹。这将是虹虹自出生以来第一次这么长时间离开妈妈。她会有很多不适应，孩子他爸自己带她也会有很多困难。但我没有办法，我爸这时候更需要我。

我紧赶慢赶地回了国。

事情比我想像的要好。核磁显示我爸的颈椎还是老样子，并没有全脱位。拿给神经外科的教授看，他们当然是建议手术；我又把片子传给我在协和神外的同学，他们说年纪大，骨质疏松，术后钉子松脱造成截瘫的风险更大，又有糖尿病，术后感染的风险也高，建议还是保守治疗。

我的心放松了一些，至少不用再纠结于要不要做这个九死一生的手术。八年前我们就决定不冒这个风险，现在他的身体条件比那时候更不如，这个手术，能不做就不做，除非是真到了全脱位要救命的时候。

不是颈椎的问题，那他为什么突然就不能动了呢？他其实发病时有发烧，血象也高，腰穿结果不是很明确，但有少许白细胞，于是神经内科按急性脊髓炎治疗，上了抗生素。

而且我发现，他的症状有很大一部分精神因素。

我这么远回去看他，他很高兴，当天精神就好了很多。我又用我医生的身份给他解释，他没有截瘫，只是急性感染，会慢慢好起来的，并鼓励他躺在床上没事就多活动手指脚趾，上下左右左转右转，各个方向各二十次，我给他数，盯着他做。陪着他的时候，我就一边和他聊天一边给他按摩。

他果真手就慢慢能动了，两天后也可以坐起来吃饭了，脚也能稍微抬起来些了，虽然还承不了任何力。我尽量不给他喂饭，而是给他系好围兜，在床上架好小饭桌，鼓励他自己吃，筷子不行就用勺，面点就直接用手抓。我说，你必须锻炼，以后要想好好生活，必须要做到吃喝拉撒能基本自理。

这是我自大学毕业十几年来和父母呆在一起时间最长的一次，不像以往的休假，总是行色匆匆。而且，这次没有孩子的拖累，我也不打算走朋访友，就准备全心全意地和他们在一起，尽可能多地尽我做女儿的孝心。

我们请了个 24 小时男护工，100 块一天，主要是侍候老爷子拉、撒、擦澡和晚上陪护，白天则主要是我和我妈轮流陪着他。有空的时候，我就尽量做一些好吃的给他送过去。从小到大，一直都是父母在照顾我，即使后来长大成家了，每次回国休假也都像客人一样，我爸我妈几乎从来就没有尝过我的手艺。这次，我终于有机会有时间一展我的厨艺，让他们刮目相看。

有时候，我早上八点赶到医院听医生查房，然后各处去跑，拿着片子去找熟人，联系康复科针灸科来给他治疗。中午陪他吃完饭他午睡的时候，我就回到"大本营"——我哥的家里，自己休息一会，然后做好全家 6 口人的饭菜，通常是至少五个菜，分出一部分拿保温饭盒盛好，再给我爸送过去。每天跑来跑去，我觉得过得特别充实。

连我那在家做了十几年家庭主妇最近孩子大了才又重新上班的嫂子都说，我把她比下去了。我很得意，说，做医生我就要做一个好医生；做家庭主妇，我也要做得好。

我哥则开始做长远打算。根据我爸的恢复情况，也许出院以后还需要去住一段时间的康复医院或者疗养院，他开始去打听、走访，看哪家好。我爸我妈以前那没有电梯的房子看样子是不能去住了，老爷子以后出行恐怕都得靠轮椅，而且离我哥家也远，隔着一条江，打车都得半个多小时，没法随时照应。他准备先在他家附近小区给我爸我妈租一套房过渡，然后装修他另一套在市里离医院很近的房子，装修好了后就让我爸我妈搬到那儿去住。而且，以后得给他们请一个住家保姆了，照顾老爷子的饮食起居。

千头万绪，所有的事情都得一步步来做，也都依赖于老爷子最终能恢复到什么程度。

中美医疗差异

我爸爸慢慢好了起来，上肢基本恢复了正常，两腿还是疲软无力，但也已经可以扶着下地，依靠助步器被人搀扶着在屋里颤颤巍巍地走两步了。我们每天都让他下来锻炼两次，下午天气好的时候就用轮椅推着他在院子里散步，看刚下课的医学生们打篮球。也许下周他就可以出院了。

住院的这段日子，他的心理也得到了巨大的满足。我千里迢迢地从美国赶回来照顾他，满病房的人都夸他好福气。看得出来，他很高兴。各路亲戚，以前合得来合不来的，都提着东西过来看他，想着办法帮忙，连我嫂子的父母都鸡汤鸭汤的炖了来给他喝。很久没有联系的老同学老朋友老邻居老同事老学生也都一一出现，宽慰他，陪他聊天，有时也一起发发对这个社会的牢骚。自退休以来他身边恐怕都没这么热闹过。

我出国已经有十多年，以前在国内最好的医院工作过，现在又在美国做医生，这次因为我爸住院，再一次近距离地接触了国内的医疗系统，不瞒说，和美国相比，确实还有不小的差距。

中国人口众多，大城市的综合性教学医院的病人来自全国各地，各种疑难杂症、稀奇病例都见得到，医生们见多识广，临床经验、医疗水平一点不比美国的医生差，甚至更好更丰富。

但医疗条件就没法比了。我爸爸住在省城三甲医院里，普通病房 6 人一间，病人之间也没有帘子分隔，一点隐私也没有。房间狭小拥挤，加上各床的陪护，连站的地方几乎都快没了。没事的时候家属们就聚在一起聊天嗑瓜子打牌，瓜子壳吐了一地。

卫干病房两人一间，也大不了多少，而且居然也没有单独的卫生间洗澡间。半层楼的病人、家属共用一个大水房和卫生间，水房的头顶上挂满了家属们洗晾的衣服，滴滴答答地滴着水。楼道里永远是黑乎乎潮湿湿。我似乎又回到了八十年代，甚至连那个时候的大学生宿舍都不如。

除开医疗条件，医疗的辅助服务也远没有跟上，有些甚至根本还没有这个概念，比如住院病人的康复治疗、营养治疗、心理治疗，又比如对临终病人及其家属的心理关怀、人文关怀、宗教关怀。有时候，简单如手术室外让焦急等待的亲人们休息的椅子、饮水机，又或者是进门时的一声“你好”和微笑，都能让人感受到人性化服务所带来的不同。

医院的管理也令人惊讶地松散。病人的一日三餐医院不管，于是卖盒饭的卖杂志的职业做陪护寻觅下一个顾客的，都自由在病房中穿梭，院子里永远是人来人往熙熙攘攘，像个菜市场。

最让我跌眼镜的是，住院病人居然可以私自回家！经常有病人白天来输个液，晚上就回家去睡，或者是出去理个发下个饭馆洗个澡再回来。这还叫住院?！出去的时间病人如果发生意外，这个责任谁来负？这在美国简直是不可思议。这是法律责任不清带来的管理混乱，也是潜在的医患纠纷爆发之处。

另一方面，这也说明，其实这些病人根本就不需要住院，他们的医疗要求完全可以在门诊解决。这也是国内大医院床位紧张的一个重要原因。在国内，病人在医院里一住几天就为了等着做一个核磁或者 CT 的事司空见惯，为什么不可以门诊预约好到时候再来做？许多术前检查也一样，门诊抽血化验心电图胸片都做好了，住进来直接手术就行。这一点，国内和国外在观念上和操作上有着巨大差别，这也是为什么国内一个小手术都得住院一周，而国外只需一天。

中国没有家庭医生制度，大家看病都没有固定的医生，许多可以由家庭医生门诊定期随诊处理的病，也变成了要住院来解决，结果就是有些住院病人病情太轻，可以三天两头往家跑，而真正需要住院的重病人却因为没有床位住不进来。

国内的同胞们好像只相信人满为患的大医院，一有病就往大医院跑，哪怕只是个感冒。我在协和的时候曾有一天和同事几个人一共看了三百个急诊号，全是感冒。一天下来头晕眼花却又颇感无奈。大医院的医疗资源，难道不应该更好地去利用，而不是糟蹋在感冒上？

医疗资源的紧张、医疗费用的不断上涨，各国都是个问题，台湾甚至有人都提出了医疗保险不要保这个自己买点药多喝水多休息就可以好的感冒，省下的钱可以用来保证每一个人在生大病的时候都得到应有的治疗，而我们的国民却还停留在感冒也得去大医院、感冒必得上抗生素必得输液的愚蠢概念上。

国内的逐级医疗系统和各级医院的建立也相当欠缺。舟车劳顿不远万里去大医院看病的事比比皆是，甚至还被认为这样才是尽了力，这实在不应该成为一个社会的常态。正常的应该是各个乡镇、社区大中小各级医院都有，小病去小医院，中病去中医院，只是真正大病难病才去省级大医院。就近治疗的原则，省钱省时省力，也能很好地替大医院分流，缓解大医院看病难的问题。

国内的医学教育，强调重病大病的诊治，却鲜有涉及疾病的预防。这也是我自认为在国内已经受到了最好的医学教育，来美国后却发现最为欠缺的地方。我知道怎么救治心梗、呼吸困难、消化道出血的病人，却不知道应该怎样预防宫颈癌结肠癌的发生，成年妇女应多久做一次宫颈涂片，有乳腺癌家族史的人该做些什么筛查来防患于未然，成年人常规应该接种哪些疫苗，等等等等。

也许，我们活得还没有那么精致，还只是“有病才治”的阶段，远没有达到预防疾病发生的高度，但对整个社会和医疗系统医疗资源而言，重视预防才能事半功倍。这一点，我的美国博士导师温斯坦教授当年作为第一批访华的美国医学专家，七十几代初访华的时候就提了出来，也得到了周总理的认同。可惜四十年过去，中国的医疗技术已经有了飞跃，可公共卫生事业、疾病预防、全民基本医疗的保障，却好像不进只退。

国内医院每日病人的周转量也比美国小很多。一天一个病房也就收两三个新病人，而不像在美国，一个 team 一天出入五六个是常有的事。在国内，周末医院基本就停滞了，也不安排做检查也不安排出入院，基本大家都休养两天。而在美国，医院是 24/7，也就是一天 24 小时、一周 7 天运转，病人若周六好了可以出院了，拖到周一，多住的这两天保险公司就不会出钱；而在急诊如果有符合住院条件的病人，无论多少，该收就得收。所以周末上班的人少了，可该干吗还得干吗，更辛苦。换过来，如果国内医院也能这样，岂不是能缩短住院日期，加快周转，缓解床位一等半年的问题？

最重要的一条，在美国，先看病后收钱，一切依赖于医疗保险系统和个人信用制度；而在我所知道的所有第三世界国家，都是先交钱后看病。

这一点，决定了急诊救治病人时的天壤之别。有人说，中国要照那么搞，说不定所有医院都得破产关门！严重同意！在中国，根本还没有个人信用制度，大家只相信一手交钱一手交货的服务，医院也不例外。

同病房的病友们家属们也经常问我中国美国孰优孰劣的问题。鉴于照顾同胞们的大国心理及避免被当场砸砖，俺一般都各说些好话，然后说都还“美中不足”。有一些来美探亲不幸享用了一把美帝医疗福利的老人说：中国和美国医疗的差距，恐怕五十年都赶不上！哪有？顶多也就一二十年吧。但鉴于中国最好的协和医院厕所里也不免费提供卫生纸，还有俺出国十余年来，国内医疗矛盾的表现形式已经由当年的即兴挥拳发展到越来越多地拿刀子蓄意砍杀，说五十年也不为过！

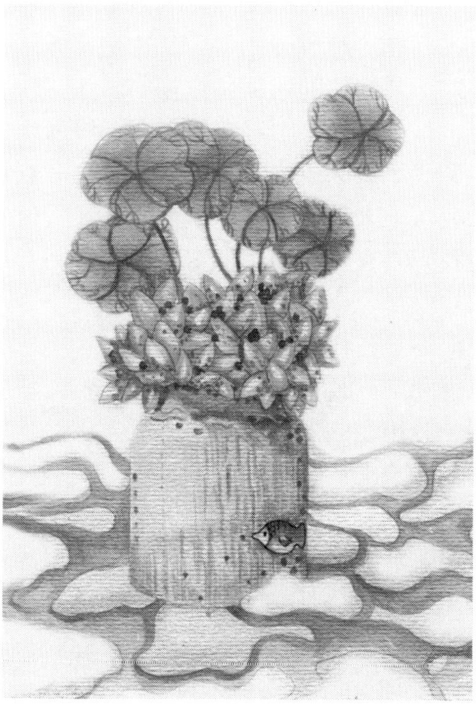

婚　姻

我爸出院了。动员他搬家很是费了番口舌，他一心就想回生活工作了几十年的大学校园，那是他的魂他的根，而且他深信，他的病只是暂时的，他还能像以前一样自由上下五楼。他不愿意接受他已经老了，从此需要别人来照顾了这个现实。

但他不得不屈服于现实，他从医院直接就回到了我哥在附近新租的家。这个公寓房在我哥家附近的小区，小区内有花园、小湖，宽敞的电梯、楼道，走轮椅没问题。最重要的是，从这个房子步行到我哥家，以我妈七十多岁老太太踩不死蚂蚁的速度，只需 5 分 37 秒。

回家的第一天，保姆还没来，我爸就摔在了厕所里，一米七几的大个子，一百多斤，我和我妈怎么也弄他不起来。这个时候就体会到了搬家的必要性，一个电话我哥就来了，把他扶了起来，又侍候他吃饭洗澡完了才走。从此，我爸和我妈将在这个陌生的房子里，重新开始适应他们以后的生活。

而我，则和杰明通过越洋电话大吵了一顿。

回国的时候我就和他打过招呼，我爸这一病不知道要住院多久，我希望能给父母一些钱，分担一些费用。他也同意，以后也陆陆续续打了几万美元到我们在国内的账户上。

回来后，我发现除了医疗费用，其他开销也不小，护工费、保姆费、租房子的钱，还有我哥装修给父母住的房子以及购置家具的钱。平常我为父母做得很少，出国十年只象征性地给他们寄过两次总共不到一千美元；而我哥，却是大大小小的事他全包，大到这次住院，小到逢年过节父母生日，又出钱又出力。

这一次是笔大开销，我们在美国的经济条件也不错，我觉得我有责任和义务和兄长一起分担父母以后的养老费用。于是我取了几万块人民币给我妈，做为他们接下来半年的房租和请保姆的钱。

晚上杰明打电话过来的时候，我告诉了他。没想到他大发雷霆。他只同意分担医疗费用，却不愿意我额外再给父母其他的钱。

这些年来，他大哥买房二哥买车侄女找工作甚至准侄女婿上门，他们家都找我们要钱，我从来不干预，由他自己做决定要不要给。我觉得如果钱能让家里人过得更好，如果对我们也不构成额外的负担，何乐而不为呢?

却没想到，他却不允许我在我父母生病的时候给我父母资助!

也许，他把钱看得太重；又或者，他的家人才是真正的家人；更重要的是，他觉得我们的钱绝大部分是他挣来的，所以他拥有绝对的支配权，他爱怎么花都可以，而我，却连正常的消费支出也应该先获得他的首肯，更别说是给娘家人钱了。

我们的金钱观价值观不同，我们的矛盾，方方面面。

而这段时间，我和我爸我妈天天在一起，也再一次见证了他们吵吵闹闹几十年的婚姻生活。

初中之前，他们一直分居两地，我们和我妈住，我爸一个星期才回家一次。从我上初中全家终于搬到了一起开始，我印象中他们就总是在争吵，为我爸抽烟，为该不该开电扇，为买什么菜，为任何小事，没有停歇。那个时候，家里总是有砸碎的烟灰缸和我爸对我们的咆哮声。这样的情形直到我哥上了大学才有好转。我总是觉得，我爸我妈之间没有多少温情，或者，那个年代的夫妻，即使有，也不知道该怎么表达和沟通。

从我上大学以后直到现在，几乎每次回家或者打电话，我妈就会跟我们抱怨，我爸又怎么怎么样不好了，又怎么怎么样霸道了不讲理了，反反复复，都是生活中的各种小事。说实话，次数多了，身为女儿，我都觉得我的耳朵快听出茧子来了。可我妈说的，又都是有道理的，也是我十几岁叛逆时期对我爸最深恶痛绝的地方。

我爸来自农村，大男子主义严重，又也许还有自卑所带来的过于自尊，在家里总是要所有人绝对服从他，不管他有理没理。

他如果不热，别人就不许开电扇；他不喜欢吃小白菜，我妈就不能买，买了就会吵架；他有糖尿病，不能吃高淀粉的食物，就会冲全家大喊，以后都不许再买土豆；他不喜欢的我妈这边的亲戚，别人生病了他也不愿去看望；他不喜欢的我妈的工人朋友，他可以当面就给人臭脸……。

如果我妈是个没文化的家庭妇女，又或者是个没主见的小女人，也许他们可以相安无事地度过一生；可惜，我妈十岁时亲生母亲就死在了日本侵略逃难途中的瘟疫，她从此立志要做医生，解放后如愿成了湘雅的高才生，以后又当了兵进了军事医学科学院去了新疆。一直她就是个独立坚强的人，性格自然也不会软弱，这似乎就奠定了他们争吵不休的婚姻模式。

外人看我们是个幸福的家庭，爸爸是教授，妈妈是医生，我和我哥从小就一直成绩优异，都上了全国最好的大学，现在也都有个不错的工作，又都孝顺懂事。可到底过得是不是幸福，外人是看不出来的。

记得我们还在上中学的时候，有一次我妈就哭着对我们说："我是指望不上以后你爸能对我怎么样，只希望你们以后能对我好。我生活的希望，都在你们身上。"

即使到了今天，到了两人都是垂垂老矣需要相依为命的时候，他们还是每日一小吵，每周一大吵，为一些在我们看来都不是事的事。

比如，护士拔针时不小心把液体撒在了我爸的手上和他正看着的报纸上，我妈没看见撒在手上的，就去帮他擦报纸上的水，他就开始发火："不先帮我擦手上的，难道报纸比我的手还重要！"

他还抱怨我妈在他生病期间没有给他做好吃的，而且居然还要求我妈象粗壮的保姆一样用轮椅推着他出去散步，推不动就说我妈"四两力气都没有"！

拜托！我妈和他同样年纪，也是快八十的人了，没有生病能生活自理不需要我们去照顾她就已经相当不错了，他居然还以为我妈是壮劳力，就该任劳任怨地侍候他！

我觉得我的婚姻就像是我父母婚姻的翻版。杰明一样是农村奋斗出来的"凤凰男"，一样地大男子主义严重，一样地过于自尊又自私，一样地不知道尊重别人。而我，则和我妈一样，是有主见的医生，是不会妥协不懂温柔的女人，都不满于现状却又无力改变现状，结果剩下的就只有埋怨。

看着我的父母七十多岁了还这么无休无止地争吵，天天生活在一起却体会不到他们之间有多少爱或者温情，我对我的婚姻一点信心也没有。我深切体会到我妈这么多年婚姻不幸福的痛苦，我更不愿意我的婚姻到我七十多岁的时候像他们的一样。

这次回国还有一件事，其实刚回国一个星期我就发现了，那就是，我怀孕了。

这是我的另一个心结。

虹虹之后，我还怀过两次孕。孩子他爸和他们家一直都想要个男孩，我也希望虹虹有个兄弟姐妹一块儿玩耍、一起长大。

每次一开始，孩子他爸都很高兴，对我也很好。可这两次怀孕，都是到了七、八个星期的时候发现胚胎停育，流产了。其中一次胚胎没有自然流出来，需要进行刮宫手术。

从我发现不正常起，就开始频繁地去看医生。杰明没有陪我去过一次。我知道他十分看重他的工作，不愿意请假，只要我自己能处理的，我也尽量不麻烦他。只有手术当天他请了一天假陪我去。他也必须去。因为我打了麻药，不能自己开车。

孩子没了，大家都不好受。可他丝毫没有觉得我流产了需要休息调养身体，反而觉得孩子没保住是我的错，对我特别的冷淡。手术回来后他煮了点面条自己吃了，然后就躲进卧室里关起门来睡觉。而我和虹虹只能热了点昨天我做的剩饭菜吃，然后我还得跟平常一样，洗碗，带孩子。

我跟他说，我刚做完手术，需要休息。

他说，我们村的女人都是上午去做人流，中午自己骑自行车回家，下午下地干活。

我没有农村妇女牛一样壮实的身体，也没有一个关心体贴自己的丈夫。如果说第一次他这样待我可以用男人的粗心做借口的话，那我第二次流产的时候他依然如此，就只有一个解释了：他真的一点也不在乎我，他在乎的只是我给他生孩子。

从此我很害怕怀孕。而他从来不愿意采取任何避孕措施。而且不停地催我去检查为什么会多次流产。做了一大堆相关不相关的检查，全部正常。而医生要求男方也要做的检查，他却一直不肯去。医生说，90%都是查不出原因来的，不管什么原因，你的目的就是要个孩子嘛，那就直接做IVF（体外胚胎）好了。

我还没有想好要不要做IVF，然后就出了他出轨这件事，于是IVF这事也就搁置了下来。

没想到现在我又怀孕了。

我很矛盾。我真的希望有一个幸福的家庭，一家四口，两个孩子，快快乐乐地过日子。可我对我的婚姻没有信心，更隐隐地担心像前两次一样，不成功的怀孕，受损伤的身体，更受伤的是我的心。

我打电话告诉了他怀孕的事。他自是高兴的，嘘寒问暖，让我多注意休息。虹虹在电话里嗲声嗲气地说“妈妈，我好好好好好好——想你”，让我的心都化了。我想，如果老天保佑我这次平安度过孕早期，我就辞职不干了，好好在家生孩子、相夫教子。毕竟，还是家庭更重要。

也许老天爷不希望看到我把婚姻的希望押在孩子身上。到 7、8 个星期的时候 B 超发现胚胎又停育了，抽血 β-HCG（绒毛膜促性腺激素）水平也在不断下降，我又流产了。

我没有腹痛，也没有流血，不知道什么时候死胎才会自动排出来。医生建议做刮宫，可我再过几天的机票就回美国了，刚做完手术就长途旅行恐怕对身体不好；可如果不做，死胎留在腹中也是一个隐患，如果碰到在飞机上大出血就更麻烦了。

思来想去，我决定还是先把手术做了，免除后患。

我在我七十多岁老母的陪同下，做了第二次人流手术。

回来后，我妈什么也不让我做，每天单独给我炖各种汤喝，又买了调养身体的中药。

我也电话告诉了杰明。听得出来，他很是失望，但好过当面看到他的满脸冷淡。他也终于比前两次有了长进，至少知道在电话里让我好好休息。

无论什么时候，最关心最心疼你的还是你的父母双亲；而你的所谓“爱人”，那个你为他做的比为父母做的多过百倍的男人，只是希望你能像头牛似的不停地为他付出，偶尔牛生病了，也应该自己好起来。

人生百态

我回到了美国。

一个多月没见，小姑娘的脸都尖了，个头又蹿了，体重却一点没长。看来没妈妈的日子还是差一点，一定是吃饭不定点，生活不规律。

不过她还是跟以前一样地活泼快乐。这方面，我对孩子他爸无话可说。虽然在生活照顾上可能差一点，但他绝对会逗孩子开心，虹虹跟他在一起很快乐。谁都看得出来，他是真的喜欢孩子，对虹虹很好。

生活又回到以前的轨道。日子都不是好混的，回国多休的假得牺牲今年的休假时间补回来。上班下班，吃饭睡觉，或喜或悲，一切依旧，生活继续。

好久没上班，再来上，发现还是蛮有意思的，尤其是那些能给你带来快乐的同事，比如万妮。

今天门诊，大家正忙着，就见万妮一脸“气急败坏”地冲进办公室，挥着手里的病历，说：“你说我们这十几种语言，她怎么就不说其中任何一种呢?”

原来她的病人是一个亚洲面孔的老太太，英语不灵光，也没有家属陪同，和万妮交流起来有如鸡同鸭讲。

我们这的住院医基本是联合国，统计会说的语言一共有英语、西班牙语、中文、印度语（各种方言）、菲律宾语、印尼语、尼泊尔语、俄语、罗马尼亚语、阿美尼亚语、尼日利亚语、牙买加语、埃及语、意大利语、波兰语等十五种，万妮琢磨着一定找得着一个能跟老太太交流的住院医，然后把病人转给他。却没想到老太太只会说越南话，不在上述十五种之列，而且英文连最简单的“yes”和“no”都听不懂！

看着万妮一脸无奈的样子，我们都幸灾乐祸地哈哈大笑。

看来只有使用最后一招了：用同声翻译电话，我们称为蓝色电话。这是一部涂成蓝色的特殊电话机，医院里各个病房都有，可以三方通话，拨通翻译公司的号码后，就会有一个专业人员为医生和病人翻译，什么你没听说过的小语种都有，24 小时服务，而且还必须懂许多医学专用词汇。

蓝色电话方便是方便，可是费时间啊，一句话翻过来再翻过去，看三个病人的时间都不止了。碰到一个这样的病人，基本午饭时间就泡汤了，后面积压下来的病人还不知道什么时候才能看完。

万妮其实是很面善很有耐心又很仔细的一个人。这不，虽然费了些周折，老太太还是对我们的服务很满意，笑嘻嘻地和我们道别，指明下次还来找万妮。万妮夸张地一脸苦相：赶紧招一个会说越南话的吧！

我们万人迷的安迪又再一次验证了他的魅力。上次就有一个中年女病人光从电话里听到安迪富有磁性的男中音，就指明要他做她的医生；这回又有一个二十多岁的年轻女病人，只被安迪看过一次病，就四处向别的医生询问安迪的手机号码，表示极想和他私底下继续联系。

安迪已是有家有口的人，为人也很正派，自然是不会被诱惑的。不过门诊主任还是借此又把我们都教育了一遍：千万不能和病人有任何感情纠葛，这是有悖做医生的职业道德的！

在国内经常听说医生和病患或者家属擦出火花的“佳话”，在美国却几乎从来没有听说过。且不说医生的个人情感因素掺杂其中，会引起利益冲突和影响医生的判断力，医生执照考试中对这一条也是明令禁止的，若当真情难自禁，也必须先解除双方的医患关系才行。正所谓天涯何处无芳草，在美国，取得医生执照何其之难，所以断不会有人会愿意因一时的欲念而将自己十年的努力毁于一旦。

好消息层出不穷。科花之一的香奈儿姐姐似乎有了新动向，更加的每天心情舒畅，笑靥如花，浑身散发着恋爱中的女人的光芒。大家纷纷猜测着谁是那个幸运的男人，不会是整天没事和她一起在医院里四处晃悠的意大利人保罗吧？

保罗和香奈儿一样，都是第三年的住院医。他是意大利第二代移民，有个有钱的老爸就在这里做医生，有自己的诊所，还管理着其他四处房产。老爸就等着保罗住院医出来后就把衣钵传给他，然后自己退休。因为不用担心找不着工作，也不用担心要科里的推荐信，保罗工作吊儿郎当，一幅纨绔子弟的样子。说实话，保罗除了会弹钢琴以外，实在看不出有什么过人之处让我们的香奈儿看上他。不过，一切都只是我们的瞎猜测，无人找当事人去证实。八卦的事业哪里都有，即使是在像狗一样辛苦工作的美国住院医中。

医院，是一个见证人生百态的地方。医生，应该有一颗敏感的心，才能够与病人感同身受，悲天悯人；又似乎应该有一颗近乎麻木的心，才不至于把每天看到的生生死死、情绪波动，都带入自己的生活中。

今天我值班。跟往常一样，呼机又响了，急诊有病人等着收入院。

我先在电脑上看了看病人的基本资料。四十多岁的男病人 sarcoidosis（肺结节病）晚期，影响全身多个器官，肝硬化，肝功能衰竭，已经在哥大医院的肝移植名单上排队等待。多次入院，消化道出血、腹水、黄疸、自发性腹膜炎、肝肾综合征。上个月刚来过我们医院，放了很多腹水，这次又来了，同样的症状，腹水又长了很多，双下肢严重水肿。

我脑子里已经有了一幅病人的画面：蜡黄的皮肤，肿胀的腹部和双腿，饱受疾病折磨而愁苦的面容。这样的病人，我们每天都见。

进入诊室的时候，我有一些小吃惊，病人比我想象的好很多。他坐在床上，被单整齐地盖着他腹部以下的身体，让你看不到他肿胀的肚子和双腿；他是个黑人，如果不特意去看他的眼睛，你根本觉察不出来他有黄疸；更重要的是，他没有被久病折磨的痛苦虚弱面容，他说话清晰有力，看起来精神状态很不错。

他旁边还坐着一个二三十岁年轻漂亮的西语裔女人，说是他的女儿吧，不像，也太大；说是他的老婆吧，又似乎太年轻。

我于是询问了一下他们的关系。两人都笑了，我的病人很自豪地向我介绍："她是我的妻子，我们已经结婚五年了。"说完扭头看了一下旁边的女人。女人回了他一个温柔的笑。看得出来，即使已经结婚五年，即使他已经这么病重，两人之间依然充满了爱意。

接下来，病人详细地告诉了我他的病史，不太清楚的地方，女人就在旁边补充，两人也时不时地相互调侃几句，话里话间，任何人都听得出来他们互相的关心和爱护。整个过程少有的轻松愉快。

然后我回到工作台写病历，病人则由急诊转入病房。我想起来他需要做腹穿，还没有签字，就又去病房找他。

只不过才短短的十几分钟，他也才刚转入病房，他的房间就已经布置得亮丽一新。几个五颜六色的气球飘在床头，气球上大大地印着"快点好起来"、"爱你"之类的祝福，艳丽的缎带一扫白色病房的单调沉闷，让人心情也不由得好起来。这一定是他年轻漂亮的妻子布置的，这会儿她又不知去忙什么了，不在房间。

我毫不掩饰地表达了我的诧异、对他妻子的赞美，和对他的祝福。

他咧开大嘴，一口好看的白牙，开心地笑了。

生命是如此的脆弱和不可预测。今天，你过着如往常一样平凡的生活；而明天，你就可能中了大奖，但也可能就出了车祸，又或者生了某种病，从此的岁月都将在与病魔的斗争中渡过，就像我的这位病人一样。

但不管发生什么，如果能有一个人一直陪在你的身旁，给你所要的鼓励和支持，给你关爱和照顾，也给你带来哪怕是最简单的快乐，陪你一起走过生命中最困难的时刻，又何尝不是一种幸福？

不是每个人都这么幸运。我很羡慕、甚至嫉妒他，尽管我的身体比他健康。

前两天我们还收了一个七十多岁的老太太叫朱迪，单身，无儿无女，慢性阻塞性肺疾病晚期，合并肺部感染，上了呼吸机。

第二天，就有一个叫凯西的女人来，说不治了，要我们拔管。

原来凯西是朱迪三十年的老朋友兼邻居汤姆的老婆。朱迪和汤姆的朋友关系是如此之铁，以至于朱迪早就立下了遗嘱：当她病重丧失自主能力的时候，汤姆将成为她的健康代理人，为她做任何医疗决定；她死了以后，她的房子也将归汤姆所有。

没想到的是，汤姆两个星期前去世了。紧接着朱迪也病重了。于是汤姆的老婆凯西，就成了朱迪的健康代理人。

可以想见过去三十年来这两个女人之间的斗争。凯西一来，就希望我们拔管。虽然朱迪才只是上呼吸机第二天，而且肺部感染控制住后，她是有可能脱机的，尽管以后的日子也可能只是苟延残喘。

我们当然没有听凯西的，我们想知道朱迪自己怎么想。

几天以后，朱迪稍有好转，虽然还上着呼吸机，但神志清醒了很多，可以和我们点头摇头打手势写字交流。她明确地向我们表示，她不想要呼吸机，不想要气管插管。

我们告诉她，如果我们把呼吸机撤了，她有可能可以自己呼吸，但也可能自己呼吸不了，呼吸衰竭而死亡。朱迪表示完全理解，她要求拔管。

气管插管被拔了出来，我们给她上了氧气面罩。现在，我们的医疗目标不是要治好她的病，而是尽量减少她的痛苦，让她生命的最后日子尽可能地安宁。

几天后，朱迪去世了。她的房子，将归凯西所有。

我们都感慨：女人啊，最好还是有自己的丈夫，没事别和邻居搭讪！

朱迪和汤姆的感情大概还是挺深的，汤姆死了以后，朱迪也就觉得没什么意思再活下去。人世间的爱恨情仇、悲欢离合、生生死死，谁又说得清楚！

当争吵成为一种常态

生活继续。住院医的工作仍是很辛苦，家里也总是有做不完的事，疲劳已经成为我的一种常态。

而且，我开始经常感冒，几乎每两周就来那么一次。稍有风吹草动，我就会不停地打喷嚏、流鼻涕，然后嗓子痛、咳嗽，写个病程每五分钟就得往厕所跑一次擤鼻子，跟病人谈话戴着口罩我觉得鼻涕都会流出来。

按理说这样我就不该再上班，可是不上谁来顶我呢，我又哪里找得出更多的时间来还人家呢？

每次感冒，拖个七天算正常，运气不好的时候拖两三周。刚好，下一波又开始了。

每次一生病，我就特别地容易疲乏，然后就特别地心情不好，容易发火，尤其是坚持着上完班回到家，还是不能休息，还有一堆家务等着我做的时候。

我就这样坚持着，许多时候，日子对我都是在熬。

我和杰明都已经疲倦了争吵的日子，所以都尽量地避免争吵。

我看到他也确实有所改变，和同事喝酒深夜不归的时候已经没有，周末我值班他带孩子也不再有那么多的抱怨，反而想着办法带虹虹到处去玩，公园图书馆博物馆，家务事也开始主动分担。

每当这时候我就想，他其实还是挺好的，好好过日子吧！

表面上看起来我们已经好了很多。我们都在试着改变，试着包容对方，但双方强硬的性格、火爆的脾气，却没那么容易改变。

我催促过他几次把我们上次达成的协议白纸黑字地写下来，好时时提醒我们自己要好好相处，改善关系。每次我一提，他就发火，死活就是不肯写这么个他已经答应了的协议。

其实我也可以在电脑上把它打出来，可是他如果连把它写出来的动力都没有，即使是我一厢情愿地把它写了出来，我又怎么能相信他会有动力去执行？

我常常用“人生不如意，十之八九”来安慰自己，我的婚姻就是那不如意的八九中我不得不面对的生活现实。

我们由以前的每日一小吵每周一大吵减少到了现在的每月一吵。可每次争吵，我们还是会说出很过分的话，尤其是杰明，经常用侮辱人格的话来骂我。

比如我们为虹虹弹钢琴的事争吵，我觉得没必要逼小孩子去干她不喜欢的事，有个快乐的童年更重要，他就骂我“都像你一样，活着没有目标，连猪都不如”。我的眼泪刷地就流了下来，那种对生活绝望的感觉再一次地溢满了我的心。

我们吵架的次数虽然少了，可每次争吵，却似乎伤人更深。每次争吵的问题，也从来没有得到过真正的解决。我们只是都疲了，都不愿意再提而作罢。我们之间的隔阂，或者说矛盾、不满，悄悄地越积越深。

最近的一次争吵，发生在上个周末。

很多的周末或者节假日，我都要去上半天班，写完病程查完房后就可以回来。每次我都告诉他，午饭后我就回来了，如果想安排什么家庭活动，可以等我回来后下午一起去。

上次他就是在这样一个我上班的上午，带着小林和虹虹一起去爬山了。

我回来后很不高兴，有小林在，也不好发脾气，只好装做什么事也没有，问问他们玩得怎么样之类。但事后我明确地告诉他，我不喜欢他这样做，对于我不在的时候他单独和年轻保姆出去活动，即使还带着孩子，我也很不舒服。

没想到他根本就没有把我的话、或者说我的感受当回事。

上个周末，又是这样一个我上半天班的上午，他居然又带着小林和虹虹去农场摘苹果了。等我回来，饭还没有做，下周的菜还没有买，积了一个星期的衣服还没有洗，一大堆的家务等着我来做。

我的火一下子就冲了上来，当着小林的面，我就冲着他大嚷：

“我上班，你跟另一个女人去摘苹果，这正常吗？你们一男一女带着一孩子一起去游山玩水，你们倒挺像一家子的哈！等着我回来就是洗衣买菜做饭，我倒成了这个家的保姆了！我明明跟你说了我只上半天班就回来，你想带虹虹去摘苹果，好啊，我也想去，为什么不能等到下午我回来，我们一起去？”

他理屈词穷，还想辩白：“我又不知道你什么时候回来。我们也没干什么，不就摘摘苹果吗！”

我一句话就把他堵了回去：“你要觉得没什么，要不你就说给你的老外同事们听听，看他们觉得正常不正常？或者换过来，你上班，我跟另外一个男人出去玩，怎么样？”

他无言以对。小林也不作声，默默地去厨房做饭。我气得坐在沙发上，半天缓不过劲来。

乖巧的虹虹在这样的环境中已经训练出来了，一听到我们说话的声音提高了，就会跑到楼上自己的房间里，把门关起来，自己看书或者画画。

我相信他和小林之间没有什么，或者说，还没有到有什么，但我不想等到真有什么的时候再来哭。何况，他是一个有前科的人，我给了他改过的机会，他却不知道付出努力来重建我们夫妻之间的信任，依然喜欢和别的女人玩暧昧。

我心里很不爽，中午吃饭的时候忍不住就跟万妮和英国来的印度女超人说了。性格和蔼却也直爽的万妮，没想到也与她的丈夫分居了，怪不得她最近经常露出疲态，不再像刚来时那样鲜活开朗。有着两个孩子的女超人却依然生活幸福且精力充沛。她丈夫在纽约工作，他们原本住在纽约，因为她要做住院医，特地全家搬到了医院附近，支持她的工作。以前不太会做家务的丈夫也被女超人训练得基本能自己处理两个孩子，即使女超人连续值夜班家里也不会乱成一锅粥。紧张忙碌的住院医生活果真是一块尖锐的婚姻的试金石。

万妮和女超人都觉得杰明这么做很不应该，不正常。女超人教导我说：“你不要一有空就是做家务。你要教会你丈夫和孩子自己处理这些事，并且放手让他去做，哪怕做成一团糟也没有关系。我就经常跟我丈夫说：万一哪天我死了，比如突然车祸什么的，你自己会处理这些事吗？你和孩子有能力继续正常生活吗？”

我和万妮都忍不住笑了：“你这假设也太夸张了吧？”

女超人坚定地说：“不夸张，有这种可能对不对？所以现在就要教会他们学会处理生活中的各种事，学会做家务，减少对你的依赖，也就减轻了你的负担。”

我和万妮都点头，确实有道理。

女超人接着说："另外，你一定不能因为工作和家庭，完全丧失了自己，你要有自己的生活。比如，你只上半天班的时候，你下班也不用非得急着回家，你也可以约朋友一起出去吃个饭看个电影啥的，让自己放松，也让自己享受一下生活。除了丈夫和孩子，你要有自己的活动。"

这个观点让我脑洞大开。真是不同的思维，各自精彩！

可是，我已经被生活摧残得没有时间没有精力没有心情也没有合适的人可以陪我聊天散心看电影。读书期间交的几个朋友，现在各自都嫁了人有了孩子换了工作和我一样的忙，我不好意思用我们家的这点事去占用人家也很宝贵的业余时间。

下了班，除了回家，我还能去哪？

最近收到几个小朋友的电邮，都是我老哥的同学的朋友的公子或千金，在国内或国外上高中或大学，想申请美国的医学院，于是辗转就找到了我。

一小朋友上来就问，医学院出来后能挣多少钱？

小童鞋，你难道不知道医学院出来后要先做三年奴隶住院医有木有，只干活不挣钱的有木有？三年奴隶住院医做完后，如果想当专科医生，还得再做两到三年的奴隶 fellow 有木有？如果不想做 fellow，住院医出来后马上自己挂牌开业，前三年也基本不能维持收支平衡的有木有？

做医生，还真不能冲了钱去。还是得有点救死扶伤的高尚情怀的，喜欢这份工作带来的巨大成就感，并能承受伴随这份工作始终的社会责任感。没有点精神支柱，能坚持下来吗？挣钱绝不是做医生的目的，只不过是一不留神，顺带也挣了些钱，有了稳定体面的中产阶级生活。要真想挣钱，直接就申请商学院得了，进华尔街或做生意，哪样都比做医生周期短、见效快、挣钱多。

这是我给那几个孩子的建议。

去年海地地震以后，我们医院组织了医疗队去救援，所有设备、药品、帐篷、食物、甚至饮用水，都从美国带过去，人员两周一轮换。

牙买加美眉第一个报名，很快就被派往了"前线"。回来后给我们放当地拍的照片和录像，看得底下群情激奋。很快另一个住院医也去了。

我也很想去。从小我就想象无国界医生们那样，不分国家，不论种族，救死扶伤，真正体现崇高的医学人道主义精神。同时，那种"战地游侠"悬壶济世的艰苦而浪漫的情怀，也让我十分向往。

这次是个绝佳的机会，恐怕也是今生唯一的一次机会，让我实现心中的这个梦想。而且，我不会失去任何东西，只不过短短的两个星期，还可以算做住院医期间的特殊训练，却将可能成为我一生最难忘最宝贵的经历。

我和杰明商量，他只说了一句话，“你能带着孩子一起去吗?”，我就知道，我没戏了。

我是去救灾，又不是去度假，怎么能带着孩子一起去？在他看来，实现我做医生的梦想，远没有老实在家呆着带孩子更重要。

也许，我这辈子就注定了不会有别样的精彩，上班下班、吃饭睡觉、相夫教子，然后和孩子他爸一起实现他当年出国时“买房买车”的所谓美国梦。

简单而平凡的生活，日复一日，年复一年，那些年轻时背着行囊就可以上路的洒脱，那些“读万卷书，行万里路”的豪迈气概，那些南丁格尔似的情怀，已渐渐离我远去。

我觉得自己越来越中年妇女。

高中和大学的时候，曾经是多么地激昂澎湃、忧国忧民，兴趣广泛、知识渊博，好辩论，很愤青，随便逮一话题，立马就能高谈阔论，阵势不输给任何男生，人都夸我能一针见血。

高中时曾写过一篇《让历史告诉未来》的文章，旁征博引，探讨中国未来的命运，充满了真知灼见。写完了往抽屉里一扔，回家。

结果晚自习时被坐我旁边一哥们翻了出来，在讲台上为所有同学充满激情地诵读了一遍，然后又被另一哥们密密麻麻地批注了一番，以至于后来交上去老师都没地儿写评语了。

现在诵读的那同学成了私企老板，批注的那位是国企老总，而写文章的我，成了一中年妇女，每天就看看娱乐八卦明星绯闻，要不就逛逛文学城、新浪微博之类的无聊网站，简单娱乐不费脑子。

爆　　发

周五，Memorial day（美国阵亡将士纪念日）长周末，学校关门，可我和孩子他爸都还得上班，小林也要去她兼职的公司上半天，我带着虹虹去了医院，让她在医院附属的幼儿园里呆一天。这是医院为职工提供的很重要的一项福利，为上班的妈妈们解决了不少学校动不动就放假、孩子无处可去的头痛问题。

下午四点，杰明打过来一个电话，说今天可以早下班，现在就可以走了，需不需要他过来把虹虹早点接回去?

我说，别来回折腾了，你就直接回家吧。我大概要六点才能完事，然后接了虹虹一起回家，大概七点才能到。

我估摸着，杰明五点就可以到家了。这时候小林也早应该已经回来了。等我和虹虹到家，晚饭应该已经差不多好了。说不定今天可以早点吃完晚饭，然后全家人一起，打打牌，虹虹很喜欢打争上游，或者一起看一部奥斯卡获奖动画片。我们已经很久没有全家人一起，干点什么享受生活了。

没想到等我和虹虹七点到家的时候，家里居然还是冷锅冷灶。见我们进了门，小林才开始进厨房忙活。

我心里一股闷火就升了上来。两个大人，一个五点就回来了，一个三点就回来了而且是应该给我们做饭的保姆，这么长时间不知道都干什么去了，居然到了七点还没开始做饭!

可是我又没有理由冲他们发火。没有证据，我能无端地怀疑他们做什么了呢？也许人家正大光明地什么也没有做，就是上网忘了时间。是我自己的心魔，让我在捕风捉影，不能释怀。无名闷火被我强压了下去，可心里依然觉得很不爽。

周六，正式的Memorial Day，不大不小的一个节日。通常这一天标志着炎热、也休闲的夏季的到来，镇里的游泳池也从今天开始开放。

跟往常的节假日一样，我需要上半天班，看完病人查完房后就可以回家。

上次之后，小林就知趣地周末都到她男朋友那儿去，晚上才回。我和孩子他爸说好了，下午等我回来后我们一起带孩子去游泳。

上班一切顺利，我按时回到了家。发现虹虹去年的游泳衣已经不能穿了，于是我和杰明商量好，我带虹虹去买新的游泳衣，他去超市买下周的生活用品，然后一起去游泳。

我们去了运动用品专卖店，虹虹试了很多，最后挑了一件漂亮的紫色碎花游泳衣，质量很好，价格也不便宜，又买了一副粉红色的游泳眼镜，我也挑了一个泳帽，然后高高兴兴地满载而归。

回到家，发现孩子他爸并没有去购物，而是在电脑上看了一部我前两天一直念叨着想看的范冰冰的《观音山》。他自己美滋滋地看完了，然后跟我说“不好看，不值得看”。

我有些小不愉快，他为什么不能按我们说好的先去买东西，然后等晚饭后该干的活都干完了，我们再一起靠在沙发上，吃吃水果，看个电影呢？我们已经有多久没有一起看看电影、逛逛街，一起享受生活了？

不过我没有表现出来心里的不愉快，嘴上也什么都没有说。这样的不默契，在我们的生活中太多了。

他说，我们先去游泳，等游完泳后我给虹虹洗澡、做饭的时候，他再去买菜。这样也行吧。我们平常上班都是早出晚归，没有时间购物，都是周末把下周做饭要用的原材料一下子都买回来，塞满一大冰箱。

游泳很舒服，很惬意，是我们全家都喜欢的一项活动。

这是个室外私人游泳俱乐部，大大小小一共四个游泳池。不想游泳的时候，可以躺在池边的椅子上晒太阳，看蓝天、白云、青草地，还有戏水的人们，懒懒的，可以什么都不做，什么都不想，专心享受夏日的阳光，让心情随着身体一起放松。

虹虹还属于“戏水”阶段，以前一直都不敢把头埋进水里，也不敢跳水，就在水里瞎扑腾两下开心。

今天她看见旁边一个和她年龄差不多的小朋友把头埋进水里，又出来，一甩满脸的水花，很容易的样子嘛。

于是她也鼓起勇气，小心翼翼地把头埋了进去，然后赶紧起来，发现也没什么嘛，没有呛着，还很好玩。我们又在旁边添油加醋地一通猛夸，小姑娘更是来了劲，一次又一次地埋下、起来、埋下、起来，再加上手忙脚乱的“狗刨式”，兴奋得不得了。

敢把头埋到水里，就敢跳水了。这不，小姑娘好像一下子胆子就大了，以前怎么威逼利诱就是不敢的跳水，今天居然也敢了。爬到岸上池边，还来几步助跑，然后“扑通”一大声跳进池子里，溅起的水花越大、被溅了一身水的妈妈的表情越夸张，小姑娘就越开心。

爸爸却不满足于小姑娘光疯玩，想趁热打铁开始教她学游泳。妈妈觉得不急，就让她玩呗，喜欢玩水了，不怕水了，以后学游泳还不是小菜一碟。为这事，两人又小争辩了几句。还好双方都及时打住，没有影响游泳的情绪。

玩了一个多小时，天也不早了，也饿了，该回家做饭了。

进得家门，我把脚上的拖鞋脱下来，扔进主卧室的洗澡间，想着一会儿淋浴的时候顺便就把拖鞋冲干净了。然后把虹虹浴缸的水龙头打开，开始放水，又帮虹虹把游泳衣脱了，把她放进浴缸里。让她自己先玩会儿吧，等我把脏衣服都扔进洗衣机里再来帮她洗澡。

这时候孩子他爸开始质疑我：“为什么把拖鞋放到淋浴间里？”

“一会儿洗澡的时候顺便就把它洗干净了嘛。”

“鞋底上有沙子，会把下水道堵了的！”

“不会的！游泳池没什么沙子，再说进门之前我也抖过了，鞋子不脏。”

“不脏那你为什么要拿去洗？你怎么知道不会堵？”

我觉得他有些蛮不讲理。以前每次游泳回来我都是这么做的，从来没见他提过任何意见，下水道也从来没有堵过，怎么今天就有问题了？又开始没事找茬？

我说话的声音也开始提高：“鞋底没有沙子，不会堵了你的下水道！脏不脏外面走的鞋子进屋都要洗干净！”

他开始莫名其妙地把争吵升级：“你就只关心你的狗屁工作！家里的事什么也不管！”

我的火“腾”地一下就升了上来。鞋子就鞋子，跟我的工作有什么关系？而且，又开始侮辱我和我为之付出这么多的工作。我这么热爱的、我觉得对社会意义巨大、无比崇高的医学事业，到他的嘴里竟然大天成了

“狗屁”？我最受不了的，就是他这种随时随地对我和我所做的任何事的侮辱。

“我的工作是狗屁，你的工作是什么？除了追求钱，你和你的工作还追求什么？”

“你说对了，你的狗屁住院医做完了也没我挣得多，这个家全靠我！挣钱靠我，其他事也都靠我，你什么也不管！”

“什么叫我什么也不管？只要我没上班，我就在管这个家，干家务、带孩子，什么时候我歇着了？就是生病了这些事也省不了，也还是我在干。而你呢？该干的不干，倒有闲心自己在家看电影了！”

他一听这话，索性往床头一靠：“老子还就不干了！这些家务活本来就该是女的干的！”边说边拿起 ipad 看起来。

我一看他这副撂挑子的架势，火更大了，我上班这么辛苦，现在回家了还有一大堆的活要干，要给孩子洗澡、自己洗澡，还要洗衣、买菜、做饭、洗碗，又不知道要忙到什么时候才能忙完，而他，就坐在床上等着我像侍候老爷一样地来侍候他?!

那种对生活绝望的感觉又涌了上来。我随手抓起梳妆台上的一个盒子就朝他扔了过去，“啪”地一声砸在墙上，里面的东西散了一地。

他“腾”地一下从床上跳下来，冲过来对着我胸口就是一拳：“你还敢拿东西砸我！想把我砸死啊！”

我被震得倒退了一步，然后又扑过去揪住他的衣服。我们开始扭打在一起，从主卧室打到了走廊，边打边骂。

“你个混蛋！你不是觉得大街上随便一个女人都比我强吗？你不是觉得妓女都比我强吗！那你去找她们呀！”

“是比你强！至少她们比你漂亮！而且不会打老公！”

我们已经扭打到了一楼的客厅里，他一把把我推倒在地，抓住我的头发，把我的头砸向地板。我的头开始嗡嗡作响。

虹虹听到了我们的吵闹声，从浴缸里跑了出来，站在楼梯口上哭，看着楼下扭打的我们。

他停下来，跑到楼上抱起虹虹，把她送到自己的房间里，关上房门。

趁着这个当口，我赶紧爬了起来，冲进厨房，拿起电话拨了 911.

“您好！有什么需要帮助的？”

我还没来得及说话，他就冲了过来，一把抢过电话，扔了出去，并且一把又把我推倒在了地上。

我这时候已经没法控制住自己的怒气，坐在地上，抓起随手能够够得着的任何东西，拖鞋、眼镜盒，朝他扔了过去。

他一边躲着，一边大喊："不要再打了！"

哼，你打够了，就叫我不要再打了，哪有这么便宜的事！

我爬起来想冲过去打他，够不着，只揪着了他的衣服，"唰"地 T 恤被撕开了一道口子。

他更加恼羞成怒，冲过来抓住我的两只手腕，反扭到我身后，让我没法动弹，然后用膝盖顶我的后腰，连顶了三下，一边顶一边恶狠狠地说："想死是吧？你去死吧！"

我感到后腰放电似的一阵刺痛，然后就倒在地上，腰痛得一点也不能动。

我流着泪，抓过掉在地上的电话，想再拨 911，发现电池已经被摔了出来，电话拨不出去。

这时候，门铃响了，我知道，救星到了。虽然第一次拨 911 我没来得及说话，但警察根据电话登记时的地址还是可以很快找到我们家的。

他去开了门。果然是警察。

我左侧卧着躺在地上，泪流满面，手里抓着一只摔坏了的电话，一动也不敢动。任何一点轻微的挪动都会引起后腰的剧痛。

"怎么回事？"警察问。

"我不小心把她放到了地上。"他回答。

"什么叫你把她'放'到了地上？"

"我们吵架，我被他推到了地上。我想我的腰部受伤了。"我说。

他还想狡辩，被警察打断："够了！"

然后他被另一名警察拷着带上了警车。警察又叫来了救护车，准备送我去医院。

警察要看我的身份证件，还在游泳的包里没拿出来。我试图挪动一下去够游泳的包，后腰又一阵放电似的剧痛，我一声惨叫，跌翻在地，再也不敢动弹。

这时候小林回来了，看见我们这个安静的小区里警车救护车警灯闪烁，进门又看见我躺在地上，惊得目瞪口呆。

我叮嘱她帮虹虹把澡洗完，带虹虹去吃晚饭，帮我们照顾好虹虹。然后我就被担架抬上了救护车。

急 诊 室

救护车载着我去最近的医院。车身的每一次颠簸甚至小的震动，都会引起我后腰疼痛的加剧。我咬着牙，用右手使劲撑着后腰处，一点也不敢放松，似乎这样疼痛就能减轻些。

我向他们要求能不能送我去我工作的医院，因为我知道只有在自己的系统内，所有的医疗费用才能全部报销。他们说，不行，太远了，只能送最近的医院。

路上，警察详细询问了我事情的经过，做了笔录，然后问我："你要求法庭对你的丈夫发布限制令吗?"

"那是什么意思?"

"这是保护家庭暴力受害者的一条法规，就是限制你的丈夫靠近你，以免他继续伤害你。限制令发布后，他不许去你的工作单位骚扰你，不许来你和孩子居住的家，也不许通过电话、邮件或者第三人来骚扰你。如果他违反了，将会被再次逮捕。"

我脑子里很乱，无法正常思考。我说："让我再想想吧。"

"可以。另外，因为事件发生时你女儿在场并且目睹了部分经过，我们已经通知了州政府的青少年儿童保护机构 DYFS（儿童局），他们也会介入这件事。"

"好的。"第一次面对这样的事，不知道接下来会怎么样、该怎么办。

救护车把我送到急诊，几个人把我挪到急诊最靠里的一张床上，警察向接诊的大夫简单交接了几句，就走了。护士进来扔给我一件病号服，让我换上，然后也走了。

我一个人躺在急诊的床上，右手还一直撑着后腰，已经开始发酸发麻。

我到现在身上还穿着下午游泳时的游泳衣，外面套了一件浴袍。我挣扎着想下床站起来把游泳衣脱掉，腰间一阵剧痛，我一下子就跪倒在床前。

急诊室的床不带按铃，我的床又在走道的最里面，帘子隔着，外面的人都不知道里面有人。我大声叫了几声，没有人答应，这时候我开始体会到许多患者在急诊“叫天天不应，叫地地不灵”的感觉。旁边的床位貌似也没人，我不知道要怎么样才能让护士知道我需要帮助，只有等着。

我就这样跪在地上，头抵着病床，忍着腰间的剧痛，艰难地等着，不知道等了有多长时间，也许二十分钟，也许一个小时，终于，有护士过来查看，见我这个样子，大吃一惊，才发现我伤得比他们想象的要严重，腰肌僵直痉挛，痛得一动也不能动。她赶紧又叫来两个人，三个人一起帮我把游泳衣脱下来，换上病号服，再抬回到床上。

一会儿急诊室的大夫来了，问了两句经过，然后拉去做 CT。

CT 结果出来，所有人，包括急诊大夫，都大吃一惊。我的第二、三、四节腰椎横突骨折。而且，肝脏上还发现一个 4、5 厘米大的包块，有可能是偶然发现的无关的血管瘤，但也不能排除是由于外伤所致的血肿。

急诊大夫又过来反复询问我丈夫有没有打过我的肚子，腹部有没有受伤。我仔细地回想，他冲我胸口上打过一拳，扭过我的胳膊，抓过我的头往地上砸，幸好是木地板，而且还垫着地毯，要不我的头部也一定会受伤；再有就是后腰上这狠狠的几下。好像还真没有打过肚子，而且我的肚子一点也不痛，痛的是腰部。

急诊室大夫给我打了止痛药，说肝脏上的包块得严密监测，观察腹部症状；腰伤要请创伤外科的大夫来会诊。

我躺在病床上，打了止痛药后，腰痛好了很多。

身体上，我经受着前所未有的痛苦；心里，我却很平静，我知道，接下来我将要离婚。

不是很清楚具体该怎么办，但我知道，我一定要虹虹。虹虹是我近十年婚姻唯一的收获，没有虹虹，我将一无所有。

我知道，他也很喜欢孩子，也许他会跟我争孩子的抚养权。以前我们提及离婚的时候他就说过，他也想要孩子。

我脑子里闪过以前看过的一些故事，比如加州的一个女的，也是华人，夫妻离婚孩子判归女方，父亲有探视权。可没想到暑假孩子和爸爸小住几天的时候，父子两人就没了踪影。后来查出父亲是蓄谋已久，带着孩子开着卡车去了外地。这事过去一年多了，还在打官司争孩子的抚养权。国内也有过类似的例子，孩子去了奶奶家就被扣住了不许再见妈妈和外婆。

我无法预测他的行为，也不知道自己要在医院里住多久。如果他趁我在医院的这段时间，带着虹虹回了中国，一走了之，我该怎么办？跨国官司打起来旷日持久，等官司打完，即使我最后争到了孩子的抚养权，也已经过了好几年，孩子都不认得妈了。我越想越担心，不行，一定要阻止这种情况的发生，绝对不能让它成为可能！

正好这时候医院的社工来看我，问我心情如何。

我说，我觉得心情倒比以前释怀了。以前一直在纠结要不要离婚，现在终于知道了答案。

她说，是的，有时候需要一个事件来促使你做出决定。

然后她给了我一些资料和电话，是保护家暴受害者的机构的一些宣传材料，让我需要的话和他们联系。比如我如果觉得住在家里不安全的话，他们有专门安置家暴受害者的住所，电话和地址一般人都查不到，从而让受害人免遭施暴者的骚扰和再次伤害。他们也有一些职业培训计划，帮助那些受害的家庭妇女们重新走上工作岗位，从而能够自立。如果经济上有困难，他们也可以给予帮助。

这些我都不需要。像我这么“高档次”的家暴受害者，恐怕也不多见。

社工问我还有什么要求。我说了我的担心。我害怕他带着孩子逃回中国。

她说，儿童局的人已经知道了这件事，也许他们明天就会来找你。你可以把你的担心告诉他们，让他们对他的行为做出限制，比如不允许他单独和孩子在一起。你也要把孩子的护照、出生证、社安卡收好。

社工走了后，晚上十一点，小林带着虹虹来了。虹虹看起来有些害怕，也许是妈妈生病这件事，也许是医院的环境，也许是整个事件。

她靠在小林身边，怯怯地小声问：“妈妈，你怎么了？”

我装作若无其事地对虹虹说，妈妈生了点小病，要在医院住两天，过两天就回家了，听阿姨的话。

“爸爸去哪了？”

“爸爸和妈妈吵架了，爸爸搬出去住了。”我不想告诉她爸爸被警察带走的事，怕吓着她。

这时候幸好有小林住在我们家帮忙照顾虹虹，否则我真不知道该怎么办。

我觉得很对不起虹虹，这么小，就目睹了父母的争吵打闹，就要经历这样的事，而且还将要和我们一起，经历痛苦的离婚过程。我希望能把这件事对她的影响尽量减少到最小。

我的婚姻，是我的人生不得不面对的残酷现实。而对于身为我们孩子的虹虹，有这样不和睦的父母，也是她一生不得不面对的现实。这样说对一个孩子实在是太残忍，我希望离婚的过程能尽量顺利，我希望整个事件不会改变虹虹快乐的天性。

我也很感激小林，她居然还记得我连晚饭还没有吃，给我买了些寿司带来，喂着我吃了。

我不想让小孩子在医院呆太久，她们呆了一会儿就走了。

大概半夜十二点左右，警察又来找我了，说了两件事：

一，我们拿到你的CT检查报告后，法官马上签署了对你丈夫的临时限制令，因为伤害已经很严重；你签不签字这份限制令都将生效。你同不同意，要不要签字？

我当然同意，于是签了字。

他又解释了一遍限制令的含义，然后递给我一份出庭通知书，一周以后民事法庭将审理这件家暴案子，并决定要不要签署永久限制令。你和你丈夫都必须出庭。

二，你丈夫今晚被拘留了。警方将控告他二级故意攻击罪。说着他又递给我另一份出庭通知书，十天以后刑事法庭将初审此案，你将做为证人出庭。

我说“嗯”。除了说嗯，我也不知道该说什么，做什么。

警察接着说，你丈夫交了一百多美元，今晚上已经把自己保释出来了。一会儿他会在另一个警察的陪同下去家里拿一些衣物和个人用品，然后他可能会去找一家旅馆住下。根据限制令，他不许靠近你的住所，也不许通过其他任何形式来骚扰你。如果你感觉到来自他的任何威胁，随时给我们打电话。

我说“嗯”。

警察又问，你还有什么问题吗？

没有问题。有问题现在也想不起来。一切发生得太快太突然，我还不

 知道该怎么应对。

警察走了。漫漫长夜，我一个人躺在急诊室的床上。

隔壁床位又来了位新病人，似乎很疼的样子，咿咿呀呀地叫着，陪同的人很多，叽叽喳喳。

护士又给我打了针止痛药。我迷迷糊糊的，想睡会儿却又经常被尿憋醒，因为自己动不了，只有憋着等护士来给我拿便盆。

期间又来过一两个人看我，大概是创伤外科大夫的助理，跟我说不用做手术，先收入院观察。

凌晨五点钟，我终于等到了一个床位，转入病房。

儿 童 局

进了病房，心里安定下来，终于可以好好睡一觉。

醒来没多久，居然接到了我哥从国内打来的电话。我根本还没有想好要不要告诉他们，我不想让他们，尤其是我父母担心，没想到杰明就已经把骚扰电话打到了我哥那儿！

我哥问我怎么样了？我实在是没心情也没准备好长聊，只简单地告诉他，我们吵得很厉害，还动了手，我的腰受伤了，腰椎骨折，现在住在医院里。

我哥很吃惊，他说，杰明没说有这么严重，只说你们吵架了，推推搡搡中你自己撞到了桌角上，腰可能受了伤。

这个时候，他居然还在跟我哥撒谎！

“他为什么要给你打电话，都说了些什么？”

“他说他有限制令，不能直接跟你联系，让我问问你怎么样了。”还算有良心，知道问我怎么样了。

我哥让我放宽心，好好休息，明天再给我打电话。我叮嘱他千万不要告诉爸妈，我不想再给年老多病的他们增添心病。他说知道。

腰还是很痛，但已经比昨晚好很多。午饭后，护士给我吃了一粒止痛药，又拿来一付软体支架，帮我带上，说，医生交代的，你可以试着下地走走看。

在护士的帮助下，我艰难地侧身坐起来。有了支架的支撑，腰部稳固多了，不用再怎么使力，痛也好了很多。我用手撑着腰，小心地在病房里溜达，又慢慢遛达到了走廊，趁机参观了一下整个楼层。我觉得我的行走已经没有问题，就是坐下、躺下和站起时还很费力。

创伤外科的主任来查房了，是位慈祥的老医生，白发白须，精神矍铄，正是想象中德高望重的专家的样子。他很同情我的遭遇，尤其是在得知我是一位住院医以后，更是表现出了老师对学生的关照。

他说，你今天就可以出院了，应该在家里休息两到三个星期，多行走锻炼，但要避免提重物和进一步的损伤。肝脏上的包块看起来与外伤无关，也许就是一偶然发现，出院后还是要与胃肠科医生随诊，定期监测观察。

他关切地问我家里安不安全，要不要考虑暂时住到朋友家里，一是可以避免可能的继续伤害，二是也可以有人照顾我这段日子的起居。

我没有亲戚在这儿，朋友我也不知道有哪位可以让我这样叨扰，让我和孩子一住几个星期。况且，我觉得杰明还没有坏到那个程度，会故意地再次来伤害我。

我说我相信住在家里是安全的，而且还有限制令的保护；我们有一个住家保姆，可以照顾我和孩子的日常生活。

他让我一周以后在他的门诊随诊。

我有些犹豫。我是因为急诊被救护车送到了最近的这家医院，医院和医生都不在我的医疗保险网络内，医疗费用自己要出很大一部分。如果继续跟他随诊，会很贵；如果出院后我去看我所在医疗系统内的医生，每次只用出 15 块就够了。

我告诉了他我的处境。他说，没有关系，你尽管来我这儿，保险公司支付多少钱我就收你多少钱，决不会让你再自己掏腰包。我理解你，我们都是从这个阶段走过来的。希望你以后对需要帮助的病人也能这么做。

我说会的。我很感激他这么照顾我这样一个素不相识的小辈。真正好的医生就应该是这样，仁心仁术。而且这样也好，我看我们系统外的医生，就不用担心这件事传到单位里去了。

正说着话，儿童局的工作人员来了，是一位胖胖的中年妇女叫芭芭拉。她向医生询问了一下我的伤势，然后坐下来和我谈话，详细地询问事情的经过，而且还拿出一个本和笔，把我说的几乎每句话都记录下来。

她重点关心的是，你女儿有没有看到你们打架，你丈夫有没有打过你女儿，有没有虐待过儿童？

都说女儿是爸爸前世的情人。孩子他爸对虹虹的宠爱有目共睹。说实话，我一直觉得如果他对我的关心和爱能有对虹虹的十分之一，我们的关系都会比现在好很多。他从来没有打过虹虹，我相信他决不会去伤害孩子。

“可是亲眼看见爸爸打妈妈已经对孩子造成了心理伤害”，芭芭拉说。

“是的”，我承认。

“你下一步有什么打算?”

“我打算离婚。”然后我跟她说了我的顾虑，我担心他会和我争孩子的监护权，并有可能把孩子带走。

“我们现在不会允许他单独和孩子在一起。他必须在我们机构工作人员的监督下才可以见孩子。先暂定在我们的办公室，每周一次，每次一个小时，你看怎么样?”

“这样的情况会持续多久?”

“这要看事情的进展。我们还要进行调查，我们今天就去你的家里家访，和孩子谈话，以后还会找孩子的儿科医生了解她的健康状况，也会去学校了解她的整体情况。”

“那岂不是每个人都会知道这件事了？我不想孩子在学校里被老师和同学用异样的眼光看待，那样对孩子不好。”

“我们会保密。我们不会告诉学校具体发生了什么事，只会和学校有关的一两个人联系，了解孩子在学校的表现等等。”

然后芭芭拉又给了我些资料，还是关于家暴的，施暴人的特点，暴力的循环周期表现，到哪里去寻求帮助，热线电话等等，并建议我跟政府的反家暴机构联系，又再次提醒我，施暴者都有很强的控制欲，想控制你的一切，当他发现不再能控制你的时候，比如说你要离婚的时候，他可能会做出些极端的行动，你住回家里一定要注意安全，等等等等。然后和我说好了，等我出院以后，今晚七点在我家里见。

我给小林去了电话，她带着虹虹来接我出院。

七点钟，芭芭拉和昨天的那个警察帅哥都来了。芭芭拉考察了一下事故现场，又找小林了解了一下情况，然后到虹虹的房间里单独和她谈话。

警察叔叔很惊讶我恢复得这么快，已经可以下地行走了。看我昨天那个样子，他还以为我且得在医院里躺一阵呢。

我问他二级攻击罪的刑事案，我老公会怎么样，会不会被抓进牢里关几年？他虽然可恶，但我也不想他坐牢几年。

他说这已经属于重罪。如果法官认定他有罪，他可能会被判刑。不会关几年，最有可能是缓刑一年。

“我们是绿卡，判刑会不会影响他的移民身份?”我又问。

“这我就不清楚了。你得去问律师。”

这时候芭芭拉和虹虹谈完了。她说：“你的女儿真是个乖女儿，很懂事。她告诉我，她看见爸爸打妈妈，妈妈倒在地上。她很担心妈妈，也有些害怕。”

我很难过，让孩子这么小就经历她不应该经历的。

“不过她也告诉我，爸爸和她很好，经常带她去公园玩、去图书馆，从来没有打过她。她爱妈妈，也爱爸爸。”

虹虹乖得让人心疼！

“我们也会找沈杰明先生了解情况。然后向我的上级汇报，制定下一步的计划。”

“你们不会把孩子从我们身边带走吧？”我听过不少关于儿童局强制把孩子送到寄养家庭去的故事，很有些担心。

芭芭拉笑了：“这真是对我们的误解。我们是保护儿童、家庭的机构，不是把孩子从父母身边夺走的机构。只有父母双方确实都不能履行做父母的责任，比如都家暴、酗酒、吸毒什么的，我们才会暂时停止父母的监护权，把孩子送去寄养家庭，也是要走法律程序的。像你们家这种情况，我们相信孩子和父母在一起对她是最好的，况且你又没有做什么违法的事，我们决不会把她从你身边带走。我们不要孩子！”

这我就放心了。

芭芭拉又接着说：“但现在你丈夫还不能单独和孩子在一起。他虽然以前从来没有伤害过孩子，但他有暴力倾向，控制不住自己的脾气，以后有什么事急了说不定也会动手打孩子，又或者你们俩再次发生激烈争吵，孩子站在你们中间或者想保护你，也有可能被误伤。他必须参加反暴力学习班，行为有所改进，我们观察一段时间后，才可以给他放宽禁令。”

理解，支持，想得真周到。

他们走了以后，我给我们科主任打了个电话。听得出来，电话那头见多识广的老头对于发生这样的事也很吃惊。我请了三个星期的假。又给总值班打了个电话。接下来我有这么多的法庭要上，少不了需要总值班排班的时候给我帮忙。我叮嘱他们俩，这件事不要再告诉医院的其他任何人。我不需要别人的怜悯，更不愿意别人因此而看低我。

终于，我又躺在了自家的床上，望着白白的天花板，夜不能寐。只不过短短的一天，我知道，从此我的生活将截然不同。

家暴，家暴！

早晨起床的时候，刚一侧身，腰部就一阵放电般的刺痛，还是吱吱啦啦带分叉的那种闪电，直放射到我的右腿，痛得我一阵龇牙咧嘴、不敢动弹。

没办法，吃粒止痛药吧。没想到药劲真大，一粒就把我放倒，头晕晕乎乎地睡了半天，倒是不痛了，可迷迷糊糊地啥也干不了。

幸好有小林。这段时间除了小孩接送和做饭，恐怕连买菜购物都得靠她了。别说开车，我连坐进车里腿弯着的这么个姿势都能让腰痛加剧。昨天从医院回来就是这么受刑般地一路挺回来的。

我跟小林说，这个月会辛苦她了，月底给她加两百块钱。她高兴地答应了。

又跟我哥通了一通电话。他说那天杰明痛哭流涕地给他打电话，说他错了，很后悔，以后怎么办全听我的，孩子归我，财产也都归我，只希望我不要签署永久限制令，并且帮他打消刑事犯罪。

原来如此！怪不得他那么积极地就给我哥打电话。限制令不许他直接跟我联系，他居然就会想到跟我在国内的哥联系，让他来传话。

我跟我哥说，事情已经到了这个地步，就由不得我了！不是我要告他，是政府要起诉他二级攻击罪，我只不过是证人而已，当日处理这件事情的警察也是证人。

我哥说，他能做出这样的事，也跟他的家庭背景有关。农村里出来的人，都不把打老婆当回事。

确实。他的父亲打老婆，他的大哥也打老婆，他们村里的人都打老婆。在这样的环境里长大，他的脾性可想而知，以后读再多的书，骨子的东西也改不了。可惜我年轻时体会不到。

我第一次觉察到他有暴力倾向是在结婚以前，我们买好了礼物准备一起回国看望双方父母。当时因为一件小事我们吵了起来，他一把抓过我给我父母买的礼物——一小纸箱维生素骨胶原之类的营养保健品，就从二楼扔了下去。东西经摔，摔到一楼也不过就是纸箱子坏了，可我却被这个场面震惊了，没想到他的脾气这么火爆，当时就起了想分手的念头。后来却因各种不舍没有提出来，而且还和他勉强结了婚。

这也不是他第一次打我。结婚以来因为吵架，他打过我好几次，都是打耳光。

记得最深的是有一次我们开车去一个新地方，路上对于怎么走发生了争执，那时候还没有 GPS，他说从那条路走，我说从这条路走，他抬手就给了我一耳光，让我闭嘴。那时候虹虹就坐在车的后面，才两岁。我的眼泪一下就流了下来，当时就有种冲动想拉开车门跳下去，从此与他分道扬镳。

还有就是发现他有外遇后那次吵架，他抓住我的胳膊，把我推倒在地。

我一忍再忍，这么多次，从来没有想过要报警。现在想来很后悔，我应该在他第一次打我的时候就报警，事情就不至于发展到这么严重的程度，于我于他都会比现在好。

我哥说，事情已经这样了，以后你是要离还是要接着和他过，自己好好考虑。不管你做出什么决定，我们都支持你。如果你一个人又要上班又要照顾孩子有困难，可以先把虹虹送回国一段时间。我和你嫂子一定会像对待亲生女儿一样地待她。

现在能支持我的，也只有他们了。虽然那么遥远，他们的支持更多的也只能是精神上的。

我说，有保姆帮忙，我一个人带孩子可以应付得过来。经济上也没有困难，请得起保姆；即使有，他也应该给我赡养费、给孩子抚养费和请保姆的钱。

给我哥挂了电话，我把医院社工和儿童局给我的那些有关家暴的材料又拿出来仔细学习了一遍。

学习之后才知道，原来家暴不只是简单的动手打人（physical violence），一条条对下来，他几乎每条都符合，原来我们的关系早就是在这样的一种模式中。

一，情感虐待（emotional abuse）：贬低她，侮辱她，用语言刺激她，让她觉得自己很差，很没用。

他以前对我说过的那些话、做过的那些事，又何尝不是如此？

在我准备医生执照考试的时候，我告诉他我以前的同学们都考得很好，我觉得很难，他立马就说，“我看你是考不过的，陈蕾，我看你还是算了吧”，来打击我的自信。等我考过了、做上了住院医，他又多次骂我的工作是“狗屁”，而且一吵架他就用极难听的话来侮辱我，譬如“连猪都不如”等等。

我们一起去朋友家聚会的时候，他会拿我的厨艺跟全职主妇比，说我不会做饭，不会布置家里，当着所有人的面说：“陈蕾，你怎么就做不出这么好吃的来呢？”；然后又拿我的工作跟一路顺风的女强人比，说我三十多岁了才刚刚开始做住院医，事业还没有着落。总之看我处处不顺眼，样样比人差。

甚至有一次我们滑完雪后，一头湿一身汗地回到家，还想赶着去城里参加一个大 party，他先洗完澡把自己收拾齐整后，我还没来得及洗澡，他就催着我们赶紧出发，再不走就赶不上 party 了，我只好随便套了条裙子、把头发梳了梳就出门了。结果到了 party 处刚进门，迎面碰上我以前读书时候的一个朋友，长得十分娇小可爱又打扮得花枝招展的一个小姑娘，他要夸人家漂亮也就罢了，我也想夸人漂亮的，人家确实也漂亮，可没想到他夸完了别人转头却对我来了句：“陈蕾，我看你还是回去算了！”当时我就呆了，连被夸的我的朋友都呆了，如此过分地看不起我，在人前故意贬低我，处处打击我的自尊。

他还说过大街上随便一个女人都比我强，只要他愿意，三个月他就可以再找到一个女人。而他也真就几个月后找了一个来给我看。

更过分的，他居然也在孩子面前贬低我。他喜欢孩子，经常教孩子，这很好，可他教完了却总还要加上一句，“你看妈妈什么都不懂”，似乎他的生活就是以时时处处贬低我为乐。甚至有一回，他居然当着我的面，用开玩笑的口气问虹虹：“我们找一个新妈妈好不好？”乖巧的虹虹立马跑到我的身边，把我抱住，说：“我的妈妈最好！”

他的所作所为，又何尝不是从情感上一日更甚一日地对我的折磨！

二，隔离（isolation）：控制她的行为，限制她与外界的接触。

我以前在研究所工作时，单位里一年一次的新年聚会，一般都在晚上举行。食物丰盛，酒水甜美，也是极好的认识其他人的社交场所，唯一限制是不许带小孩子参加。那时候虹虹还小，我问他可不可以早点下班回来看孩子，让我去参加这一年才一次的 party，他不愿意，我就一次也没有参加过！

做了住院医后，我也只参加过一回药厂组织的晚餐讲座，回来晚了被他一通狠埋怨，从此就再也没有参加过医院的其他集体活动。

我想每周一次半小时跑步锻炼身体，让他帮忙带孩子，他却让我带着还是小婴儿的虹虹一起跑；我想参加救灾医疗队他也让我带着孩子一起去。

除了上班和照顾家里，我基本上没有自己的生活，没有一个正常成人应该有的娱乐和社交活动。我觉得我陷在家庭的小圈子里，活得越来越孤立，离外面世界的精彩越来越遥远。

三，经济上虐待（economic abuse）：阻止她找工作或者继续工作，把她的钱拿走，不让她知道或者无法支配使用家庭的收入，每月给她固定"津贴"，让她要用钱时必须开口求自己。

以前我完全没有意识到这一点，他多次阻挠我继续做住院医，一碰到困难他就嚷嚷"我看你还是辞了吧"，不正是阻止我从经济上独立吗？

我们有共同的银行账户，双方工资都自动打到账上，可他总是在工资刚打进去的当天立马就把钱转到他们公司的投资账户上，只留下三千块家用，我若要写张大点的支票或者付信用卡账单什么的，还得求他再转些钱回来，说一次还不行，得说好几次他才会去做。

他们公司的投资账户虽然也有我的名字，可并不是一家实体银行，我也不知道该怎么操作，换句话说，上面的钱我只看得到却拿不到，也无权把钱转出来。他投资一开始还征求我的意见，后来就开始瞒着我把更多的积蓄放入股市，赚了赔了我一无所知。

我以前对他绝对信任，再加上他就是做金融的，家里的经济大权完全交与他管；我不是个乱花钱的人，他也从来没有说过要限制我的或者整个家庭的开销，这么多年来在这方面我们一直相安无事。

如今我才明白，他不让我在经济上有任何决定权，哪怕是在我父亲瘫痪住院的时候给他们几千美元，还得跟他吵一架。他的行为，已经构成了对我经济上的虐待。

四，大男子主义（using male privilege）：像对待仆人一样地对待她，宣称自己才是"家长"、"主人"，所有重大决定自己决定，定义男人女人在家庭中的地位、作用并要求她遵守。

这点就毋庸置疑了，他一直就认为家庭模式就应该如此，男人是家长，女人应该承担90%的家务。开玩笑的时候他甚至都说过，希望我能像侍候老爷一样地侍候他，饭做好了得跪着呈到他的面前，所谓“举案齐眉”。

五，利用孩子（using children）：让她觉得对孩子内疚，让孩子在父母之间传话，探视孩子时趁机骚扰她，威胁要把孩子带走。

这点更多的讲的是分居或者离婚以后可能发生的情况，我还不知道他会怎么样。不过，在过去的两年，他却很会怂恿孩子来阻挠我上班的决心，比如经常问孩子“你喜不喜欢妈妈呆在家里不要上班呀”，“自从妈妈上了这个班，你就经常看不到妈妈了”等等，强调医生这个工作对家庭负面的一面，甚至都可能影响了虹虹对医生这个职业的看法，也确实常常让我觉得内疚，因为工作而牺牲了和孩子在一起的时间，亏欠了家庭。

六，性虐待（sexual abuse）：在她不情愿或者身体不适的情况下强迫和她发生性关系，并在性行为中对她构成身体和精神上的伤害。

这个少儿不宜，我就不多说了。结过婚的女人恐怕都有些体会，谁没有过几次不情愿或者身体不适的时候而老公却一定要的情况呢？偏巧这种情况发生在我们家还不算少，很多时候我是不愿意因为这个而惹恼他，或者实在是害怕了和他吵架而勉强为之。痛苦自知。

七，否认虐待行为，转移责任（minimizing，denying，and blaming）：刻意淡化甚至否认有虐待行为，不重视她提出的家暴问题，为虐待行为推卸责任，甚至责怪家暴由受害者所引起。

在这件事发生之前，他当然不认为他对我有任何虐待或者家暴行为，他说过的那些侮辱人格伤人自尊的话，他都以“吵架时说的气话不能当真”而轻描淡写地作罢；之前他打过我的那几次，事后他也说很后悔、恨不得抽自己耳光，可我却看不到他的行为有任何改变，可见从心里他并没有把这当回事。如果我提及，他反而会怪我为什么只记得不好的地方，应该多想想他对我的好处。倒成了我的错。

八，恐吓，胁迫和威胁（using intimidation，coercion and threats）：利用外表、行动或姿势等使她害怕，摔砸东西，损坏她的财产物品，虐待宠物，向她展示武器，威胁要伤害她、离开她或者自杀，胁迫她放弃对他的控告，胁迫她做非法的事。

这点还算好，他还不至于暴烈如此，除了摔砸东西。而不好的行为是会互相传染的，我们心底里丑陋邪恶的一面都在争吵中被对方的语言刺激而释放，我也竟然开始摔砸东西，而他则上升到了凶狠地直至把我打骨折。

我不知道我为什么会在这种不健康的关系中忍受了这么多年。很多次的时候我都想，如果我一直这么和他过下去直到死，那么我临死之前最想做的一件事就是和他离婚。可现实中我却始终没有勇气迈出这一步。现在是时候了。

律 师

由于限制令，杰明不能直接和我联系，他开始频繁地给小林打电话，让她在我们之间传话。

昨天他又给小林打了个电话，说他在附近租了个一室一厅的公寓房住下了，让她给他捎一些日常用品和个人物品过去。

我帮他收拾，拿了一个大行李箱，把他还剩在家里的衣物包括冬天的衣服都装了进去。又让小林拿了两个大纸箱，被褥枕头、锅碗瓢盆、菜刀砧板，家里有多余的各样都拿一份过去。桌椅板凳他的电脑，他也竟可拿去。

小林边收拾边嘀咕："这些为什么要给他？让他自己再去买好了！他又不缺钱！他拿走了家里用起来就不方便了！"

我没有回答。我的心情很复杂。我们都是很节俭的人，这么多年家里的主要收入都是靠他，而他，其实连像样的衣服也没有几件。一个箱子，就是一个人的春夏秋冬。现在到了要把他扫地出门的时候，我的心里很难过。

晚上小林和他见了面，他托小林给我捎了一包人参和一盒冬虫夏草茶，说给我补补身体。我有些感动。这么多年，这还是第一次。我流产的那几回，甚至包括生孩子，他都从来没有给我买过任何补品，甚至连水果都没有买过，而现在，他终于学会了关心我，可惜已经晚了。

他还托小林捎话，几天里已经捎了无数遍，翻来覆去就是那几句，希望我不要在法庭上签署永久限制令，想和我私下签个民事协议了事。

以前我让他写个好好过日子的婚内协议，他口头答应了却死活都不肯白纸黑字地写出来，每次提起他都会发火，现在出了这么大的事，要上法庭了，他却想跟我签协议了！

临时限制令不让他跟我联系，他就托这个托那个，还给我哥打电话，给我哥发电子邮件让他转给我，反反复复就是想让我帮他过法律上这一关，考虑的还是他自己的利益！

他做错了事就得得到教训、受到惩罚，我也得保护自己的安全，保护自己的利益不是！我若真心想跟他作对，他这些通过第三方来试图劝说我的行为就已经违反了临时限制令，构成了对我的骚扰，我若报警，他便更加罪加一等！我只是不想这么做。但他现在的做法，真的让人很烦！

今天，我收到了他的律师的正式来信，说他将代表他处理这个案子，并让我务必尽快与他联系。一定又是想赶在6月8号开庭前跟我私下达成协议。

我有些急了。我还没有从腰伤中缓过劲来，压根还没有想到律师这一节。我可从来没有在美国，也没有在中国，打过官司。他请了个律师，我是不是也应该请个律师来帮我？可我一个律师也不认识，连去哪儿找他们都不知道；何况我还“半残”在家，车也不能开，门也不能出，我又如何去找律师？

小林给我出主意，说：“我在罗杰斯大学读书时认识一个律师，姓徐，也是中国人，经常来学校和中国学生一起玩，人挺好的，要不要我帮你问问他？”

我有些犹豫：“中国人，做做文书工作还行，要出庭辩论的事，说得过老美吗？”

“他高中时就过来了，在这边受的教育，英语和美国人一个样，应该还行。”

我也没有其他的选择了。小林帮我打了个电话，一问，徐律师还真就是做这方面的，赶紧约了个时间，下午就开车带着我去见了徐律师。

进门就见到一个虽然穿着西装却给人感觉朴实的年轻人，就是徐律师了。

我跟他说了情况，问他：“签永久限制令和民事协议有什么不同？”

他说：“永久限制令要通过上法庭由法官来签署，签署后警察局将会有备份，他的工作单位也会被通知。如果他违反了，警察可以立即将他逮捕。民事协议是你们双方达成的协议，内容可以和永久限制令一样，包括不许接近你、骚扰你，以及应支付你和孩子多少生活费等等，不需要经过法官，因此也没有那么强的法律约束力，不需要通知警察和单位，他如果违反了，你可以通过律师去告他，除非是再次发生类似恶性事件，否则一般警察也不会因为违反协议而将他逮捕。”

“如果签了永久限制令，法庭通知他的单位，对他的工作会不会有影响？”我知道他工作的投行要求严格，当初进去时背景调查很严。

“那就要看各个单位了。就我所知，华尔街的银行、大的金融机构，都挺在意这个的，他很有可能会丢了工作。”

“丢了再找类似的，会有困难吗？”

“好的公司都会要做背景调查，估计会有困难。”

“即使没有永久限制令，他还有刑事案子在身，他的公司不一样会知道吗？”

“那倒不一定了！家暴法庭若签署了永久限制令，根据法律必须通知当地警察局和工作单位；刑事法庭却没有这一规定，尤其是在案件还没有结论的审理期间。”

“那单位会定期查员工的犯罪记录吗？”

“每个单位不一样，有的每年查一次，有的三年查一次，有的只有最初雇用的时候查，以后就不查了。”

明白了。我虽然恨他，但也不想他丢了工作，走投无路，甚至以后连个象样点的白领工作都找不到。

我还有一肚子的疑问想搞清楚。我接着问：“他的刑事案子你觉得最有可能是什么结果？”

“他的律师应该会为他做无罪辩护，检察官会调查取证，至于会不会判刑就不好说了。”

“我们是绿卡，如果他被判刑了，会不会影响他的移民身份？”

“会。他有可能会被驱逐出境。”

这恐怕是最坏的情况。那样的话，他来美国十几年的奋斗就等于全部白搭，他的人生将倒退回十几年前一无所有的日子，而他，却已经没有了当初的年轻。而且，以后虹虹也将很难再见到爸爸。

“那有可能不被判刑吗？”

“他的律师可以为他申请 PTI，Pre-Trial Intervention Program，或者叫感化期、守行为期，一般是一年，这一年期间他必须遵守各种法规，参加防止犯罪的学习班，定期到法庭报到。如果这期间他行为良好，PTI 期满后法庭可以取消对他的刑事起诉；他如果有任何违法行为，包括酒后驾车等等，他就会被判刑。”

我又问了问离婚的事：“他可能会跟我争孩子的抚养权，你看我能打赢吗?”

听到这儿徐律师笑了:“这个案子这么明显，他有家暴，现在还有刑事案在身，我要还不能帮你打赢，就不要在这一行混了!”

这我就放心了，他抢不走虹虹。

“那因为他把我打伤了，离婚的时候财产分配方面对我有好处吗?”

“离婚时财产的分割一般是均分原则，但他因为对你身体造成了伤害，你可以要求他赔偿。有两种做法，一种是离婚的同时提出赔偿要求，财产按赔偿的数额来分配，但有可能因双方就数额达不成协议而拖很久离不成婚；另一种是先离婚，财产均分，然后再另起一案，就人身伤害要求民事赔偿。”

“这么复杂，头痛!”

“所以有我们呀，帮你承担80%的头痛!”

我询问了一下收费标准，二百七十五美元一小时，觉得还算合理（其实我也不知道行价是多少)，于是和徐律师签下了合同，由他来代理我的家暴案的民事部分和离婚官司；至于刑事部分，我只是个证人，既不是原告也不是被告，不需要律师。

这么多头痛的事有了律师来处理，我的心里轻松了很多。

我问徐律师:“你觉得我应该签永久限制令还是跟他签民事协议好?”

“你觉得你安全吗?你害怕他还会再来伤害你吗?”

“说实话，我觉得他还没有那么坏。我相信他不会故意来伤害我或者孩子。”

“如果你对安全有顾虑的话，就应该签永久限制令，法律效应强，可以更好地保护你。如果你很放心安全问题，签民事协议比较好，否则的话他丢了工作，你和孩子的生活费也没了来源，于你于他都没有什么好处。”

我觉得他说得有道理。徐律师说他会去跟对方的律师联系，协商协议的事。如果达不成协议，我们还是可以要求法庭签署永久限制令。主动权在我们手里。

握手告别的时候，徐律师提醒我还是要注意安全，比如说在随身的小挎包里备上辣椒水，把家里的门锁换了等等。又说:“我觉得你人很好。我见过很多类似的案子，女方都恨不得置男方于死地，而你还在替他考虑。”

我笑了笑，没有回答。我要离婚的决心很坚定，但我并不想把他逼入绝境。

协　　商

徐律师和杰明的律师取得了联系，由对方出面向法庭递交了延迟一周开庭的申请，好让双方有更多的时间协商，争取在开庭前达成协议。

徐律师同时也让我去医院把病历记录复印下来，去警察局索取当时的全部记录报告；又给小林和当事的警察发了传票，要求他们到时出庭为我们做证。

他说，我们要做好两手准备，能达成协议最好；达不成，我们就要在法庭上向法官呈示所有证据和证言，证明他确实对你有严重家暴行为，并且已经构成了身体上的严重伤害，从而要求法官签署永久限制令。

杰明的律师也果然在刑事案中向法庭递交了“无罪”辩护的申请，于是案件被转到了更高一级的郡法庭来审理，10号的开庭被取消。

原以为这个星期有两个法庭要上，现在居然一个也没有了。这个司法系统，若没有熟门熟路的人（也就是律师）指引，还真是摸不着头脑。

下午小林开车带我去警察局取报告。阳光明媚的一个下午，突然我就看见杰明就在不远的前面走着，和我们一个方向。

他穿着那件经典的浅蓝色衬衣，肩上挎着平常上班常背的那个黑包，甩着手大步走着，一副风尘仆仆的样子，一如十几年前我刚遇见他时那个终日为生活打拼却意气风发的青年。

那个时候，他刚刚商学院毕业，欠了一屁股的债，银行里没有一分钱存款，只身一人，开着一辆破车，带着他的全部家当，开了一个星期，从西部开到东部，到纽约这个全世界的金融中心来寻找他的第一份工作，来寻求他的美国梦。

那个时候，他透支着信用卡，车子开到乔治·华盛顿大桥进纽约时，他口袋里的现金连过桥费都交不起了，只好给人写了个地址，打了个欠条，才进了纽约。

未来完全没有着落，可这丝毫也不影响他的斗志和对未来的希望。那个时候的他，年轻，自信，聪明，有干劲，可以拼，也输得起。

两个星期后，他就找着了他的第一份工作，进了华尔街。

如同所有有志青年的故事一样，那个时候的人生，写满了拼搏、奋斗、向上。

后来，他遇到了我。再后来，我们结了婚，又有了孩子。他的工作也换了好几次，一步步越来越好，越走越高。

生活就这样永不停歇地向前。不知不觉，我们已经一起走过了十几年。

我们的经济条件，比当年好了不止百倍，从当年蜗居的小屋，到现在可以在后院看到梅花鹿的别墅，他早已实现了最初的“买房、买车”的美国梦。

岁月，没有辜负我们的拼搏，却也将皱纹刻上了我们的容颜，将疲惫刻上了我们的心头。脱离了当年一贫如洗的境地，生活却又给我们背上了其他更沉重的包袱。

谁曾想到，人到中年的我们，却又会经历这样的磨难，好好的一个家，却又已经到了要破碎的边缘？

我原以为自己已经恨他入骨，可突然的不期而遇，却让我的眼泪差点流了下来。

我叫小林赶紧打灯左拐，避开他。我不想让他看见我，也不想看见他。

我有些纳闷，他为什么会这个时候出现在这里？难道不上班吗？或者请了假提前回来，也是去警察局拿报告？那又为什么没有开车而是走路呢？难道是他把车停在了我们镇的停车场，但又坐错了站，在前一站就下了火车，所以只好走着去取车，就像他以前经常干的那样？

不管怎样，他的一切已经与我无关。我不想我的心里再起波澜。关心也好，难过也好，快乐也好，怨恨也好，都已经成了过去式。我们的故事即将结束，我们的人生以后将不再有交集。

徐律师草拟了一份协议，交给对方律师评阅。

协议的其他款项基本上都是参照限制令的条款，不许他靠近我和孩子居住的家，不许他以任何形式骚扰我等等。他要求可以每天和虹虹通一次电话，我没有反对。

争议的关键是：在我们分居的这段时间，也就是从现在直到我们正式离婚的那天，他应该每月支付我和孩子多少生活费？

徐律师给我发过来一堆表格让我填，有关于双方收入家庭经济状况的，房子汽车医疗保险的，还有关于家庭各项开支明细的，衣食住行，超级详细，大的比如各项保险费、房子的按揭和地产税、一家人的食物和日常用品的开销，上班的交通费汽油费，甚至连我自己都想不起来的一些小支出，比如一个月做头发花多少钱、参加朋友 party 买礼物多少钱、出去吃饭多少钱、看电影多少钱、旅行娱乐活动多少钱、房子日常维护修理多少钱等等，一百多项，尽在其中。真是不算不知道，一算吓一跳，原来我们每个月的开支有这么多。

徐律师说，我们可以根据这个和双方的收入差距，要求对方支付合理的生活费，以后离婚时你的赡养费、孩子的抚养费的计算也可以参照这个。

根据他的收入和这个开支表，我向他提出了要求每月支付我和虹虹九千元的生活费。

他给我回了个短信，气得我七窍生烟：他只同意给我们三千！还列了一份他给我们的开支预算：保姆费 1500（亏他还记得光保姆费就得 1500），房产税 900，吃饭 300，水电费 150，完了凑整给我们三千！

也就是说，俺们连买卫生纸洗衣粉的钱都没有！虹虹也不能再买任何新衣服新玩具，因为爸爸没给预算；以后再有小朋友邀请虹虹参加生日 party 我们也不能去了，因为没钱给小朋友买生日礼物！虹虹的舞蹈课钢琴课中文课画画课游泳课也都得停了！而且，我们也不能上网、看电视、打电话、用手机，因为没有这个预算！

最过分的是，我、虹虹和小林，我们三个人一个月的伙食费，他居然只给三百！一个月 30 天，平均每天 10 块；一天三个人三顿，算下来我们每个人每顿饭可以用一块一毛一！连麦当劳都吃不起了！（在美国，老吃麦当劳垃圾食品的都是穷人和小孩。）

买菜做饭基本上都是我和小林的事，三百块，我们一个星期的原料钱还差不多！他是没谱到这个程度，还是跟我们算计到这个程度！政府给贫困人家的粮食补贴每个人每个月还有两百块，我们居然沦落到了连领政府救济的人都不如！

他一个月的收入税后就有一万多，还不算年终奖金，他只给我和孩子三千，他一个人要剩下那么多干什么！照他这个算法，剩下的钱他拿去不只是养二奶，养三奶四奶都够了！

我言辞强烈地回复了他：坚决不同意！

他给我回复：那就再加500，3500？

他把我们当什么了?！街头的乞丐，等着他的施舍？

我觉得他已经不可理喻，爱钱胜过了一切。我决定停止跟他的协商，不再听他的电话，也不再回复他的任何邮件或者短信，省得浪费我的时间，还白惹一堆闲气。

我跟徐律师说了，他也觉得不可思议："说句不好听的，这都到了刀架在脖子上的时候，一般人都宁愿花钱消灾，他怎么还在跟你一分钱一分钱地算计？我见过一些在华尔街工作的人，好像都有些这样，总以为自己比别人要聪明，总想在钱上算计别人。"

我的意思很明了："我不跟他讨价还价，他同意就签；不同意我们就上法庭签永久限制令，让法官来决定他应该给我和孩子多少生活费，我绝没有异议。"法庭有他们专用的计算机程序，把双方的收入和各项开支输进去，就可以算出来一方应该向另一方支付多少生活费。

他当初跟我哥说得那么好，什么都归我，只求我不要签永久限制令，并帮他打消刑事起诉！这还只是第一步，还没到分财产呢，他就开始连生活费都不愿意给！而且他还口口声声说不想离婚！

我让他爱钱！等我签了永久限制令、他被公司开除、再被判刑、然后被驱逐出境，那个时候，我再让他抱着一堆钱哭去！然后，我要以他的故事为蓝本写一篇小说，名字我都想好了，就叫"华尔街'精英'的金钱人生"，讲他怎样地为了追逐金钱，从一个山村的穷小子奋斗到了美国；同样是对金钱的渴望，又让他进了华尔街，取得了一份人人都羡慕的顶级投行的收入颇丰的工作；然后，就是这一段故事，他的人生也将最终毁在了他对金钱的过度追求上。

跟我哥通了电话，我哥提醒我：要注意安全！狗急了还跳墙呢，你把他逼得什么都没了，小心他报复你！

晚上一个人躺在床上，越想越觉得害怕。那么多人都提醒我要注意安全，不是没有道理的。他对我能有多好我可以预见，但他对我能坏到什么程度还真是不可预测！施暴者把受害人杀了的消息也时有耳闻。虽然有限制令，但他如果要半夜摸进家里来，拿把刀把我杀了，那我还真是没辙！

想来想去，一晚上睡不安生。

第二天一早，我上网找了家锁匠公司，立马让人把家里各处的门锁都换了，这才稍稍安点心。

上　　庭

今天开庭，家暴民事庭。

平生第一次上法庭，我挑了套面试才穿的深蓝色正式西装，化了点淡妆。电视上看，法庭都是庄重肃穆的，穿正式点应该不会有错。

我的腰伤也已经好了很多，平常站立行走都已经没有问题，开车、弯腰还不太方便。

法庭外，我见到了徐律师，还穿着第一次见我时的那套西装。他告诉我，他刚刚已经向家庭法庭正式递交了我的离婚诉讼书，也交给了杰明和他的律师一份。

杰明的律师是一个身材高大的五六十岁白人老头，倒也和蔼慈祥，完全没有电视里律师的那种棱角分明、锋芒毕露。

远远地，我也看见了杰明坐在法庭外的椅子上。他居然没有穿西装，还是一件衬衣，这次换了件白的，和那个上班背的黑包。平常他是很注重自己形象并喜欢臭美的人（虹虹在这一点上丝毫不差地遗传了他），这两次见他，却都给人一种落泊的感觉。

我不敢和他对视，装作没看见似的从他身边走了过去。我能感觉到背后他一直在看我的目光。我不知道这复杂的目光里都有什么，是关心、询问，还是质疑、怨恨？我也不想去猜测。我只有漠视他的存在，才能让我的情绪、我的一切不受他的影响，重新开始我自己的生活。

小林和警察帅哥也都来了，准备为我们做证。

不只是我们，法庭外面堆了好些人，都是安排在这个时间开庭的。大家穿得都很随便，有人还穿着牛仔裤。也有穿西装的，个个手里拿着一大摞卷宗，那是律师。气场比电视里演的法庭场面差老远了。

徐律师仍在和对方的律师协商。开庭前 5 分钟，他过来跟我说："他们签了。"递过来一式五份协议书，跟上次看到的版本比，杰明的律师在遣词用句上做了很多修改，明显比徐律师拟的版本更专业，语言也更中性。生活费是我们要求的九千。杰明和他的律师都已经在上面签了字。

"我们也签了吧。这样上庭就简单了。"

我很诧异。我以为很严肃的上法庭的事，却原来也可以在开庭前几分钟私下达成协议。

"这很常见"，徐律师一副见多不怪的样子，"很多时候，不到上庭前，还就达不成协议。"

我们进了法庭，来到后面的旁听席，我故意挑了个远远的位置，坐了下来。徐律师坐在我的旁边。杰明和他的律师坐在另一边。我不想和他靠得近。

那么多人都安排在同一个时间上庭，一个个案子来，轮到了的就到前面去，没轮到的就先在后面旁听。

在我们前面的是一对黑人夫妻，女的又粗又壮，男的倒显得瘦瘦小小。双方都没有（钱）请律师，自己代表自己上庭。女方带着两个孩子嫁给男方后，又生了一个孩子，还不到一岁。

也是因为一件小事，双方吵了起来，听女的陈述，好像还是她先发的火动的手，然后男的就打了女的几个耳光，然后女的就报了警。然后就跟我们一样，有了临时限制令，男的搬了出去借住在朋友家，然后今天上庭，女的要求签永久限制令。

男的看起来很消沉，说："我不想离婚。"

法官说："她没有说要离婚。她说你们可以像交朋友一样重新开始相处。"

女方只有一份兼职工作，还带着三个孩子，男方看起来是蓝领工人，而且工作也不稳定。法庭判男方应向女方每月支付六百元生活费，每周一付，150 元。

男的说："我会努力再去找份工作，争取多挣钱。但现在每周 150 元我有困难。"

然后我们四十多岁慈祥的女法官开始和女方商量节俭开支："我看有线电视就不用看了，健身房的会费也可以砍了"，等等等等，协调成每周一百元。

最后，男方提出想看看孩子，说自从分居以来就没有见过孩子，很想他们。法官表示理解，女方也同意。因为限制令不允许男女双方直接接触，法官于是帮他们协调："你们看这样行不行，你（指男的）把车开到他们住处旁边的路边上，然后下车走开点，你（指女的）再过去把孩子们在车上安置好，然后他带着孩子们出去玩，一个小时后送回来，怎么样？"双方同意，此案结束。

我觉得这个法官简直太酷了，既庄严又慈祥，还这么富有人情味。

轮到我们了。我、杰明和各自的律师走到前面，各自通报姓名，举起右手发誓，保证我们在法庭上的发言将句句属实。然后坐下。

法官让原告方先进行陈述。徐律师站起来直接说："我们双方已经达成了民事协议，我方放弃签署永久限制令。而且，今天我方已经正式向家庭法庭提交了离婚申请。"然后将我们四人刚刚才签过字的协议递了上去。

法官看了协议，向我和杰明核实了我们是自愿签的，没有人威胁胁迫我们签；又再次向我说明，这份协议上列的生活费只适用于分居这段时间，离婚的时候要另外再签协议，不一定是这个数。我表示明白。

前后不到五分钟，此案结束。我们准备的一大堆文件都没用上，证人也没用上。

出来后，警察帅哥大呼不解："他打你打得那么重，你怎么就放弃限制令了呢？我愿意帮你做证的啊！"

谢谢你，热情正义的警察兄弟！你才二十一岁，刚刚参加工作，还没有结婚，恐怕还不能理解现实，尤其是婚姻，并不是非黑即白。生活中的所有决定，都要权衡利弊，还要加上现实的考量，许多时候，适度妥协也许才是最好的。

下午，杰明在儿童局的安排下，终于在他们的办公室、在他们的工作人员的监督下，见到了虹虹。因为我和杰明不能直接接触，由小林帮我到儿童局接送虹虹。

这是自出事两个星期以来，杰明第一次见到虹虹。听儿童局的工作人员讲，他一见到虹虹，一把抱住她，眼泪就流了下来。看起来他很爱孩子，而且有了悔恨之意。还好他控制住了自己的情绪，问了问虹虹最近在学校里好不好，都学了些什么，和她一起读了本故事书，又玩了一会儿拼图游戏，一小时很快就到了。

以后他和虹虹的会面都要以这样的形式来进行了，在儿童局的办公室，在工作人员的监督下，每周一次，每次一小时，直到儿童局放松对他的监控。

回到家，又接到儿童局芭芭拉打来的电话，说：明天我们要上庭！

上什么庭？哪个庭？我怎么一点都不知道？

她解释说，如果儿童局要限制父母与孩子的接触超过两个星期，就需要上青少年儿童法庭，向法官解释这么做的理由，并获得法官的批准。

“那为什么只提前一天才告诉我？”

“我也是今天才知道明天上庭的时间的。”

上庭的具体时间你今天才知道，要上庭这事你不是今天才知道吧？为什么不早告诉我们？

不过这些话我没有说出来。政府部门的人我可不敢得罪，她说怎么做我就怎么做，全力积极配合。我可不想惹恼了他们，以后刁难我们，把我的孩子扣住什么的。

没想到这么一件事，我们就快把美国的法庭都上全了：民事庭，刑事庭，家暴法庭，离婚法庭，还有青少年儿童法庭。

杰明给我打电话，希望我把离婚的事先缓一缓。我的离婚诉讼递上去后，按规定他必须一个月内作出答复。现在有这么多的庭要上，他觉得压力很大，应付不过来。他说他不想离婚。

是，其他事都比处理跟我的关系更重要，我的事永远排在最后，他一向如此！

我虽然不高兴，但也没有逼他，同意了他向法庭提出的延期一个月答复的请求。离婚的事，如果他不配合，我也没办法尽快完成。

第二天我们去了青少年儿童法庭，除了芭芭拉（她的头衔是社会工作者）外，儿童局的律师也来了。

芭芭拉交给我一份他们呈交给法庭的报告，大致就是把事情经过描述了一遍，然后要求杰明必须在儿童局工作人员的监督下才能与孩子接触。我们三人还必须去进行心理评估，看这个事件有没有对我们（主要是孩子）造成心理伤害。以后的步骤将根据心理评估的结果来决定。

法庭还给虹虹指定了一位法律上的监护人，也是一名律师，由她代表虹虹的利益，代替虹虹出庭。她也会去学校和家里了解虹虹的情况，和她交谈。

杰明和他的律师向法官提出，他和孩子的会面，希望能由朋友监督来代替由儿童局的工作人员监督，这样就可以安排在周末，他也可以和孩子有更多的时间在一起。

法官问我的意见，我当然不反对。周末一般我都会有一天要上班，如果他能允许在那一天带孩子，对我真是莫大的帮助。

儿童局和法官也都同意了。我把小雪夫妇的名字告诉了儿童局，他们会对他们进行背景调查，如果没有犯罪记录、虐童记录，下周开始就可以有他们在，杰明就可以和孩子在一起了。

然后定了一个月后再开庭，汇报事情进展及心理评估结果。

小雪夫妇是我以前工作时的同事兼邻居，搬到新泽西后各自买房，没想到又买在了附近。他们也有一个女儿和虹虹年纪相仿，两个小朋友很玩得来，所以我们平常和他们走得比较近。

玩归玩，平常家里这些不高兴的事我却从来没有和她说过。外人看来我们是一个令人羡慕的家庭，两个人的工作都不错，尤其是杰明，收入丰厚，女儿也聪明活泼、漂亮可爱。

本来这些事我不想告诉任何人的，现在看来瞒不住了，我需要帮助，我们需要帮助。

我给小雪打了电话，见了面。她自然是非常诧异，跟着我把杰明骂了一通，说“真是看不出来，他怎么能这样?”，然后说有什么尽管说，帮忙没问题。

创 伤 后

我的腰伤已经好了百分之九十，已经不需要带支架、吃止痛药，我也可以开车、做一般家务了，我又去上班了。

刚上班，碰到一位在我们医院已经工作了二十多年的“老”医生，张口就说：“你真有本事，一下就休三个星期！我这么多年了请假都没有超过一个星期的！”

我笑了笑，没有回答。没必要解释，他要知道我这三个星期所经历的，就不会这么说了。

转头碰到事儿妈，她又很热心地问我：“怎么回事？怎么就搞得腰椎骨折呢？车祸还是意外？”

“是意外。”

“是在家里还是在外面发生的？”我没料到她这么有兴趣打听细节。

“是在家里，我不小心摔了一跤。”

“怎么摔的？我要在家里摔一跤，也轻易摔不出腰椎骨折来啊！”

我的脑筋飞速旋转着，编一个什么样的理由能让这个做医生的事儿妈相信，否则我的事就瞒不住了。

“我们家一楼和二楼之间有七级台阶，那天我刚洗完澡出来，拖鞋是湿的，下楼梯时一不小心就滑倒了，然后就从二楼一直出溜到了一楼。”

“是不是像这样，后背就在楼梯上硌着一路滑了下来，就骨折了？”事儿妈一边比划着一边问。

“正是正是，就是这样。”

事儿妈显然对打听到的这个事情经过比较满意，关照了几句要好好休息、注意身体之类，走了。

我打算就用这个版本答复所有人的关心和询问了。

我强颜欢笑，撑起一个貌似坚强的外壳，可是我的心却在哭泣。我所受的痛苦不能告诉别人，却还要编着谎言来欺骗别人，麻痹自己。

我很想哭，却又不能哭。

上班的时候不能哭。相反，我还要强打精神，跟着快速的节奏，迅速对病人做出处理，我混乱的内心丝毫也不能影响我大脑对病情的判断。我甚至还要开导病人，装着没事人似的跟同事说笑打闹。

下班了就更不能哭。虹虹总是在我的身旁，我不能让她看到妈妈伤心，我不能把我内心的压力转嫁到一个六岁孩子的身上。我要尽量减少这事对她的影响，她的生活将一如既往，该玩儿玩儿，该乐呵乐呵，该跳舞跳舞，该 party party。她仍然将是一个快乐无忧的天使。

而当她终于睡下，夜深人静唯我独醒的时候，我也没有时间哭，因为我也该睡了，否则第二天早上就会睡眼朦胧神情恍惚可能一头撞到高速路的护栏上，我也不可能有足够的精力来应付每天高强度的工作。

偌大个世界，我连个哭的时间和地点都找不到。

我发现，听国际新闻真是个排解压力的好方法。我每天早上边开车边听新闻，总能听到世界上哪哪哪又在打战，一颗炸弹，多少个无辜的生命就灰飞烟灭。他们都是和我一样认真工作、认真生活、认真做人的人，也没招谁惹谁，平白无故地就丢了性命。有些还是像虹虹一样天使般的小孩子，生命之花还没来得及开放就被炸成了黑炭。和他们比起来，我的这点小悲伤小磨难又算得了什么，至少我还活着，可以感受生命的痛苦和美好。

我开始练瑜伽。每个周末上午送虹虹去中文学校，偷来的这两个小时属于自己的时间，我就跟着老师一起，放松身体，也难得地放松自己的内心。我还做不到忘我。每每听到那抒美空灵的音乐，我就有一种想哭的感觉。我喜欢身体牵引时带来的那种隐隐的痛，似乎这样我的心里就好受一些。

我也开始看灵修方面的书籍。我希望能够让自己的内心变得更强大，也让自己活得更从容。一本书上说，宇宙万物都是相呼应的，如果你内心真心地呼唤，它们都是可以感应到的，都会帮助你最终达成你的心愿。

我真的真的希望能有一个幸福快乐的家。可跟谁呢？我没有别的人选，只有他。可我和他，还有可能拥有一个幸福快乐的家吗？宇宙万物可以感应到我的心愿，给我一个什么样的结局呢？

我也终于应了一对虔诚的基督徒朋友的邀请，开始和他们一起去教会。

这是一对非常善良非常友好的夫妇，有一个和虹虹同年同月、生日只相差十天的小女孩，而且小名居然就叫红红。两岁的时候第一天送虹虹去幼儿园就碰到了他们，他们居然也是第一天送女儿去。两个小姑娘简直就像是一对双胞胎，一样的个头，一样的圆圆小胖脸，一样的灵动的大眼睛，一样的甜甜的笑脸。真是意想不到的缘分。

两个小姑娘很快就成了最好的朋友。幼儿园老师说，她们几乎时时刻刻都在一起玩，似乎有说不完的话，中午午睡的时候，她们都会紧紧地挨在一起躺着，细细摸摸地用中文说着老师听不懂的话，也不睡觉，老师最后只能以不能影响其他小朋友午睡为由将两人的床位分开。

她们就这样一起长大，直到五岁上了不同的小学的学前班。虽然不天天在一起了，可我们仍然经常约着一起玩，虹虹虽然又交了不少新的朋友，可她还是最喜欢那个红红，一直认为她依然是她最好的朋友。

他们家是非常虔诚的基督徒，每个周五的晚上都会去查经班，每个周日的上午都会去教会，一天也没有落过。

我们也曾经以慕道友的身份和他们一起参加过几次教会的活动。

我相信有我们不能理解的超自然的力量存在，就好比一个顽童揪了一个小土块，又抓了一只萤火虫，扔进一个大麻袋，然后扎上了口。萤火虫就是太阳，小土块就是地球，而我们，就是土块上数以亿计的微生物，以为黑暗的大麻袋就是整个宇宙，我们喜怒哀乐着，却浑然不知麻袋外世界的存在。

可我从小无神论的教育和多年科学研究的经历，还有世界上每天都发生的生生死死、自然灾难，纯洁幼童的无辜死去，恶人的逍遥得意，生命的无常和不公平，都让我很难相信有这么一个无所不能的主的存在，可以解决我人生中所有的困惑，决定所有人前世今生和未来的命运。

我很羡慕那些虔诚信主的人们，他们很幸运。

而现在，当我的人生经历前所未有的磨难，当我的内心经历前所未有的痛苦的时候，我决定尝试一下靠近主，希望他能我给我勇气、给我力量，帮助我渡过难关。

我把我和虹虹爸之间发生的一切都告诉了这对友善的朋友，他们很震惊、很诧异，也很虔诚地为我祈祷，为虹虹祈祷，也为虹虹爸祈祷，希望他也能向主打开他的心扉，认识到自己的错误，得到主的祝福。

每次去教会，最打动我的就是开始大家唱圣歌的时候。当教堂里那么多相识不相识的人，或远或近，或亲或疏，无论男女老幼，都那么投入地唱的时候，我就有一种想哭的感觉。我喜欢唱诗时的心无旁骛。我真心希望能够像他们一样，把自己完全地交给上帝，听从主的召唤和指引，获得心的安灵。

我希望我的女儿也能有信仰，在她不可预知的未来中遇到困难挫折的时候，在她心灰意冷、不知所措，又或者走投无路的时候，信仰可以给她的心灵以慰藉，成为她永无止境的力量源泉。不像我，不知到哪里去宣泄我的内心，寻找些许的安慰。

我不知道这个事件对虹虹的影响到底有多大。

她是个天性快乐的孩子，一向是爱说爱笑爱玩爱闹，却也敏感懂事，你以为她体会不到的伤心、沮丧、愤怒、挫折、无奈，小小人儿其实都能体会到。

一岁多的时候，我和孩子他爸吵架后气得哭，她居然就会爬到我身边坐下，陪着我一起哭；再大一点，她就能从我的脸上看出妈妈今天心情好不好；当我累得话都不想说、饭都不想吃、澡都不想洗，孩子他爸却仍来叨扰我的时候，她居然会对爸爸说："She just want to be left alone（她就想一个人呆会儿）。"让我又惊讶又心疼。

这事发生以后，爸爸搬了出去，家里没有了她和爸爸嬉笑打闹的声音，她也似乎比以前安静了，脾气却比以前大了，一点小事不如意，就会跺脚大喊，甚至把自己锁在房间里不愿意出来。

还有一次，和小朋友们一起在操场玩，玩得好好的，她突然就不高兴了，拒绝再玩，一个人坐到一边生闷气，问她为什么也不说。

每当这时候，我就会很难过。这是父母经常争吵给孩子留下的恶劣影响。孩子从我们身上学习为人处事的方式，我们的天天争吵，我们的不知道如何控制自己的脾气，如何表达自己的情绪，已经潜移默化到了虹虹身上。

我自己亲眼目睹父母数十年争吵痛苦的婚姻，而我的婚姻，简直就是他们的翻版，甚至比他们更甚。我不愿意虹虹再在这样的环境中长大，不愿意她看到一个不健康的婚姻模式，甚至影响她以后的爱情观、婚姻观，影响她一辈子的生活。

我和虹虹谈过一次。我说，爸爸妈妈合不来，经常吵架，发生了这样的事，我们都觉得很抱歉。我们会改进，以后都有话好好说，尽量避免争吵。不管以后发生什么，不管以后爸爸妈妈还会不会在一起生活，我们都永远是你的爸爸妈妈，我们都一样永远爱你，希望你能够像以前一样的快快乐乐长大。

在虹虹小小的心里，已经学会了本能地将不愉快的事淡化。她轻描淡写地对我说："也许两天以后我就把这事忘了。"然后就转移话题，拿本书过来让我给她读，不愿意再谈。

自从我们的朋友小雪夫妇代替儿童局的工作人员担任监督后，事情好了很多，杰明每个周末都会主动安排和小雪或者她丈夫带着两个孩子一起出去玩，公园、动物园、博物馆，甚至还一起去看过一次儿童电影。能够和孩子在一起，杰明没有了起初的焦躁不安，虹虹也似乎恢复了以前的快乐活泼。

心理评估

儿童局给我们安排的心理评估中心奇远无比，开车得一个小时，还尽是拐弯抹角不好开的路，高速都不达。这么大的大纽约地区，医疗行业算相当发达了的新泽西，专科医生多如牛毛，心理诊所也遍地都是，政府部门的儿童局居然就跟这么偏远鸟不拉屎的一家小诊所挂上了钩？不知道是不是跟国内一样，关系单位，有猫腻。

我请了半天假，上午紧赶慢赶地把所有病人都看完，然后开车一个小时回来接了虹虹，再开车一个小时去做心理评估，一路急急忙忙，连中饭都顾不上吃，费了半天劲找到这个偏远的地方，还迟到了几分钟。

接待我的是一位年轻的小伙子，另一位同样年轻的姑娘负责虹虹，两人都是临床心理师，但都不是医生，上面还有一个医生总负责。

小伙子问了一些我们的基本情况，然后让我把那天发生的经过详细描述一遍。详细，就是具体到我们的每一句对话，中间涉及的我们以前的矛盾，我拿起来扔向他的首饰盒是什么质地的，有多大多重，他以前有没有打过我，有几次，都是在什么情形下发生的，他的成长环境，他的家庭有没有家暴背景，我的成长环境，我的家庭有没有家暴背景，他有没有打过孩子，等等等等，他还不时追问，让我描述细节，然后把我说的每一句话都记录下来，足足谈了有两个小时。

杰明在这之前几天就给我打过电话，希望我不要什么都给他们说，不要告诉他们他以前还打过我，不要说他故意用膝盖顶我的后背，还连顶了三下，造成我三根骨折。他说这样会显得他是个暴徒，会对他很不利。我跟他们说话，每句话都要小心，说得太重，都会被这些机构写进报告，影响对他的评价，甚至影响刑事庭的审判。

我听得气不打一处来。事情发生这么久了，他不是忏悔他的所作所为，反思自省，却竟然还要求我和他一起说谎，掩盖事实，淡化他的恶行。

我告诉他，我不会添油加醋，也不会说谎，事实是怎样就是怎样。

我觉得他远没有从这个事件中吸取教训，而是把心思用在了歧途。

那边和虹虹的谈话倒是很快就结束了，然后虹虹就在外面画画看书等我。据他们说，虹虹很乖，是个好孩子，但具体什么谈话内容却并没有告诉我。

他们说，得等另一名心理治疗师和杰明谈完话后，他们会汇总写一份评估报告交给儿童局。

折腾了一下午三个小时，饿着肚子，再开车一个小时回到家里，我已经身心俱疲。

大概一个月后，快到下一次开庭的时间，原以为就等着这个评估报告，开庭就可以有个结论，这个案子很快就可以结束，却没想到儿童局通知我们，还得再去做一次心理评估。

我下了夜班，不能休息，再次疲劳无比地带着虹虹前往。到了那儿，居然又是让我把事情经过再复述一遍。

这事已经过去了这么久，我都快把它忘了，或者说，我努力想把它忘了，生活好继续向前，他们偏又让我再次去回忆那些细节。这就好比已经快结疤的伤口，又再次掀起来让人去看那下面还在淌的血。他们难道嫌我痛得还不够吗?

我没有掩饰我的疲劳和不耐烦，简要地把事情又说了一遍，他问一句我答一句，绝不多说。上次讲了有两个小时，这次半个小时。他们大概是想对比两次的谈话，看我（杰明也一样）有没有说谎吧?

谈完话，又让我做了一套心理测试以及有关儿童教育的测试题，比如你觉得孩子不听话可不可以体罚、打屁股算不算体罚等等，傻子都知道这种时候应该怎么填，否则就真是给自己惹麻烦。

报告要四个星期后才能出来，紧接下来的开庭什么结论也不会有，变得毫无意义。可我们还得请假还得去，谁也担不起藐视法庭的罪名。

通知我们一点半到，到那一看，人山人海，一打听，法庭被一个复杂的案子耗住了，通知上午九点开庭的人还没进去呢，全在外面等着；下午的人又都已经来了，也全在外面堆着，人声鼎沸，怨声载道，可又没有辙，不能走，不知道什么时候会叫到你，只有干等。

真叫一个乱，等的人连座位都不够，小小的前厅里哪哪都是人。有做妈妈的，孩子没人带就一块带了来，从上午等到下午，一两岁的小孩子哪耐得了这个烦，也受不了这个饿，走道里乱跑，鬼哭狼嚎。也没见一个工作人员出来管理一下。

没想到司法系统这么混乱、低效率。非得安排所有人都一个时间来，然后都在外面耗着。难道不可以像医生门诊预约那样，有人约九点，有人十点，有人十一点，把人都错开，等的时间会大大减少，也会有秩序得多啊！上午的案子耽误了时间，可以把下午的案子取消，重新再约时间啊！早知道美国的司法系统纷繁复杂，但印象中还是一个比较完善成熟的系统，却没想到日常的工作，却也这么没条没理！

杰明没有好气地说："他们是故意这么安排的，这样律师们就有钱赚了！法官和律师们都互相认识，他们都是一气的！浪费纳税人的钱！"

也确实，杰明是请了律师陪同出庭的，等的这几个小时啥也没干，律师照样收钱，375 美元一小时，等仨小时一千块就扔水里了，任谁都肉疼！尤其是像我们今天这样本来就没有必要的出庭！

杰明的律师凭着脸熟，多次进去疏通，终于在五点钟，我们作为下午的第一批进去了。跟我们预料的一样，儿童局向法庭报告说还在等心理评估结果，那就等吧，法官宣布一个月后再开庭。等了三个多小时，两分钟完事，什么进展也没有。

原以为儿童局介入可以帮我，却没想到没完没了地出庭，让我本来就紧张忙碌的生活更加不堪重负。

我忍不住向杰明的律师报怨："儿童局为什么搞这么麻烦？做了一次还得做第二次心理评估，一次次地开庭又不肯做结论，什么时候能结案？我已经多次向他们说明过了，我先生从来没有打过孩子，以后也绝不会伤害孩子，他们为什么还不放松对他的限制？"

慈祥的白人老头说："这有个责任问题。我相信沈先生不会伤害孩子，也不会再伤害你。可儿童局不愿意承担这个责任，说你们就没事了，他们要等心理评估师来说这话；法官也不愿意承担这个责任，儿童局没松口他就不会松口，没人会去和政府机构对着干。

"儿童局工作人员和法官的执照、饭碗都在这里面，他们要说你们没事了，要是哪天又出了问题，他们都得丢饭碗。

"以前发生过这样的事。很多年以前了，大概一九七几年吧"，老头扫了我和杰明一眼，一副你们还嫩的神情，"那个时候我刚法学院毕业，你们可能还没出生呢。在田纳西，也是一个家暴的案子，儿童局跟了几个月，丈夫在这期间都还表现良好，再没犯过事，于是儿童局觉得可以结案了，法官也宣布结案了。没想到后来又发生家暴，妻子被丈夫杀了。漏过了这个杀人犯的所有人都有责任，当事的儿童局工作人员和法官都丢了饭碗。这以后大家就都特别小心了，法律程序上也更严格了，决不轻易说没事。”

“其实不只是在以前，前一阵子在加州也听说发生了类似的事呢。”我接着说，“也是华人家庭，丈夫频频家暴，妻子向她经常去的教会寻求帮助。教会的牧师和一些“好心”的教会的朋友，依着圣经上“妻子须顺从丈夫”的教条，教导妻子你也有做得不对的地方，不要与你的丈夫发生争执，诱发他的家暴行为。要顺从你的丈夫。循循善诱地劝导妻子与丈夫复合。妻子听从了劝导，与丈夫复合，又住到了一起。然后没多久，又一次争吵，丈夫再次家暴，妻子愤而要离婚，然后丈夫一气之下就把妻子杀了。”

“这真是一个悲剧。”杰明的律师叹息到，“所以家暴的案子，从法律上，都不会轻易放松。”

他接着说：“这就好比你们做医生的，急诊来了一个晕倒的病人，百分之九十都没事，但要有一个心脏病什么的你漏过了，让病人回家了，结果病人回去以后死了，医生的执照是不是有可能被吊销？所以医生们不也都得抽血、化验、心电图、脑 CT 什么的查一大圈才肯放你走？这也一样。”

没想到这个老头对医疗的事也懂，而且说得还挺有道理。得，只能这样了，配合儿童局，配合法庭吧！

心理评估报告出来，却不允许交给被评估的本人，只交给儿童局，再由儿童局转发给双方律师。

我跟儿童局解释，这个案子我没请律师，我自己代表自己，可不可以把报告直接发给我，居然不同意，真是莫名其妙！还好杰明的律师转发给了他，杰明也很合作地发给了我。

评估报告密密麻麻的蝇头小字，足有好几十页。我迫不及待地想知道专业人士是如何评估我们的。

我的部分，基本上是把两次评估面试时我说的话原封不动地抄了上去。评价是我工作繁忙，压力巨大，争强好胜，好面子，云云。

他们进一步指出，我总是在试图尽量减少负面情绪的影响，试图掩饰、否认不良关系的存在，试图表现自己好的一面，试图坚强。我所存在的心理问题以及受到的心理伤害，也许比我自己意识到的要严重。我基本上是一个能够 well-functioning 的正常成人，除了在婚姻关系中。

他们认为，在婚姻关系中，我的判断力很差，有被动攻击倾向，不善于控制自己的情绪和语言，使矛盾激化，使冲突升级。

对我的心理测试显示我有正常或以上水平的儿童教育知识，不存在虐待儿童的风险；但我的“不幸福”指数相当高，显示我对目前的生活状态非常不满意，家庭生活矛盾重重，爆发家庭冲突甚至家庭暴力的风险很高。

杰明的部分也一样，把两次评估面试时他说的话大段大段地抄了上去。我饶有兴趣地读着，想知道他是怎么说的。

报告里写到了很多我以前不知道的细节，比如他是如何开始外遇的，一共交往了多少时间，多久见一次面，“在一起”多少次，等等等等。杰明也表示在去年九月他把这件事告诉我的时候就已经分手了。杰明对于发生外遇表示非常后悔，而最后悔的，是他觉得不应该把有外遇这件事告诉我，加剧了我们之间本来就紧张的关系。

他对于发生家暴也很后悔，表示绝非有意，面试时数度哽咽、落泪。但是他否认以前有过任何形式的家暴，只承认我们之间确实经常发生争吵，也摔砸过东西，但绝没有动手打过我。他还表示他很担心我的健康，他很关心虹虹，他不想离婚。

他们评价他的表现，既有真实的部分，也有当事者事后文过饰非、试图在心理评估师面前努力表现的成分，这在这类案件中并不少见。

心理评估师认为，杰明在他的工作以及个人生活中具有强烈的控制欲，而且对于如何控制自己的情绪和怒火有困难，尽管他本人对于这两点都予以否认。

他们还评价，在与他人交往时，杰明喜欢表现出自己聪明、友好、充满魅力的一面，而这些特质，很好地掩饰了他喜欢控制、操纵别人的一面，尤其是在个人亲密关系当中。他倾向于提供一些肤浅的友好或承诺，来换取他自己的利益。他在婚姻关系中不为对方考虑的行为，加剧了双方关系的紧张，并最终导致了不负责任行为的发生（指外遇）。他的这种行为模式也在这次家暴事件中体现了出来。加上他对自己婚姻同样感受到的挫折和不满，最终导致了他失去控制、暴力爆发。他们担心，如果我坚持离婚而他又不想离婚，如果他的行为模式不改变，他不能学会控制自己的情绪和怒火，我们之间还有可能再次爆发大的冲突。

心理测试部分，杰明和我的类似，具有正常或以上水平的儿童教育知识，不存在虐待儿童的风险；“不幸福”指数同样很高。

别看这么偏远的不起眼的一家小诊所，分析得还有点道理。

虹虹的部分，从她的角度描述了这次事件。她不知道爸爸妈妈为什么争吵，她看到爸爸妈妈打架，妈妈倒在地上，妈妈被救护车带走了，爸爸被警察带走了。现在她和妈妈还有保姆住在家里，爸爸一个人住在另一个地方，一个星期见她一次。她想念爸爸，希望爸爸能够住回来。她有时候会做噩梦，不过她不记得做的是什么梦了。

报告中说，虹虹第一次面试时比较 open（外向），第二次却变得紧张和防卫，对于这次家暴事件不愿意谈论而且模糊其词。他们分析，这种防卫心理也许是因为她希望爸爸妈妈和好。

最后结论，我们三人都在这次事件中受到了心理伤害，留下了阴影。我和杰明都需要单独的心理治疗，也需要在婚姻咨询师的帮助下才能进行接触，减低再次发生冲突的风险，以达到和平分手的目的，或者成功复合，而不是不成熟的复合。虹虹也需要进行心理治疗，以消除家暴事件对她造成的心理创伤。杰明仍需要在有人监督的情况下才能和虹虹在一起。

心理治疗

再次开庭，换成了白人老头的年轻女助理律师陪杰明上庭。确实，没有必要老头亲自来，费用降到了275美元一小时。开庭结果：我们进行心理治疗，儿童局继续限制杰明与我和孩子的接触，三个月后再开庭。看来，这将是一场持久战。

在我们的强烈要求下，儿童局这回安排了一家离我们近的家庭儿童机构为我们做心理治疗，每周一次，初步定了十次，以后根据治疗的情况决定要不要再继续。

每周三的下午，我又开始了打战般的日程，急急忙忙地把医院的事干完，急急忙忙地开车往家赶，急急忙忙地吃完晚饭，急急忙忙地带着虹虹去进行两个小时的心理治疗，回到家里都已经晚上九点了，大人小孩都很疲惫。这似乎将成为我以后几个月的生活常态。不知道什么时候我才能过上轻松点的日子。

杰明也把他的治疗时间定在了每周三，在我们之后，这样他可以见到虹虹，与孩子和我的接触也算在有咨询师在场的情况下进行，不违反儿童局的规定。

治疗师艾琳是一个胖胖的五六十岁老太太，以前在儿童局和反家暴机构工作过多年，后来考了执照来做心理治疗师。

她给我和杰明分别制订了治疗计划，十次的时间，每次一个小时，我们两人各自单独进行，内容却大体类似。我严阵以待，以为是严肃的上课；同时也很好奇和期待，她能洞穿我们婚姻中的问题，她能“治疗”我心中的伤口吗？

第一次，我很拘束，穿得也比较正式，她却很随意，一条这边老太太常穿的宽松大长裙，示意我坐下，要不要喝水，外面就有饮水机，可以自己去取；然后开始和我拉家常，聊我的工作，聊我们这近十年的婚姻，聊发生的这些事。大部分时间她都是在听我说，并时不时地附和我几句，比如，“你住院医工作这么辛苦，他就应该多体贴你一些，对吧”，又或者，“他有过外遇，你原谅了他，他就应该更注意自己的行为”，让我觉得她是站在我这边的，心里放松了些。

我们在屋里聊的时候，虹虹则在另一个房间里玩，房间里有各种儿童玩具和儿童书籍。轮到虹虹了，艾琳示意我可以留下来陪着虹虹，因为虹虹和她还不熟。就像第一次见心理评估师的时候一样，虹虹对于陌生人一开始都表现得有些退缩，不愿意说有关爸爸妈妈的话题。艾琳刚一提及，她就站起身去书架上拿书，让艾琳读给她听；然后又开始画画，要不就是让艾琳陪她玩游戏来转移话题。艾琳也不急，慢慢地陪她读书，陪她画画，陪她做游戏。

第二次，艾琳开始更多地问我对我们婚姻的看法，我认为的问题所在，以及将来的打算。我告诉她，我已经递交了离婚诉求，准备离婚。她说，那好，那我们就不必再纠结于以前的恩恩怨怨，把关注更多地放在以后如何相处上。以后离婚了，因为孩子，还是要经常打交道的，而且要愉快地打交道；也不能因为发生过的事，把仇恨植入孩子的心中，无论如何，他永远是孩子的爸爸，孩子也永远需要来自父母双方的爱。

这一点我特别赞同。看到国内不少离婚案例，离婚就成了仇人，互相怨恨甚至攻击一辈子，全然不顾孩子的感受，使孩子夹在中间，成为双方“斗法”的工具；又或者完全成了陌路人，老死不再往来，尤其是单身妈妈带着孩子的情形，爸爸可以多少年不见孩子、对孩子不闻不问，而孩子的生命中，就永远不再知道什么叫“父爱”。

相比之下，美国人这方面的观点要宽容理智得多。美国人的离婚率高，但离婚以后重新获得幸福生活的比例也高，离婚以后友好相处的更多。身边就经常看到这样的例子，事儿妈就是一例。她带着和前夫的两个孩子，嫁给了同样也两个孩子的现老公，双方和对方的子女都相处融洽；她也经常和前夫一起参加孩子在学校的各种活动，比如棒球比赛、毕业典礼等等，一起为孩子鼓劲加油，共同为孩子成长中的每一个成就而骄傲。我想我和杰明也应该这样，不管我们以后如何，我们都要学会心平气和地讨论问题，我们需要建立一辈子的良好合作关系，因为虹虹。

艾琳指出，我们的主要问题，在于不善于沟通。夫妻之间有不同看法、不同意见的时候多了去了，但并总是要以吵架来告终。我们要学会控制自己的情绪，学会包容对方的不同意见、不同做法，知道什么时候可以继续讨论，什么时候该住口，以避免直接冲突。即使离婚了，学会沟通、学会避免恶性冲突依然很重要，这也将有利于孩子的身心健康。因此，我们以后的治疗时间，将集中在学习沟通的技巧，同一件事情试着从不同角度来看，同一个意思换换不同的方式来说。

她给了我一些相关的资料，杰明也一样；有时候也安排我们一起做些心理小测验、小游戏，然后让我们互相看看各自的答案有多么的不同。

给虹虹的治疗计划则完全不同。和虹虹一起玩了两三次以后，虹虹和艾琳熟了起来，艾琳问她问题也不再回避。

艾琳教她，人一共有多少种不同的情绪，给小人画上不同的情绪脸，高兴、生气、沮丧、愤怒、无聊，等等，并慢慢地教她学会体会不同的情绪，并把它表达出来。

艾琳还和她一起讨论什么样的行为在学校、在家里是好的行为，什么样的行为是不好的。

艾琳准备了一些关于离婚的儿童书籍，图文并茂，准备慢慢地把离婚这个概念教给虹虹，爸爸妈妈合不来，觉得分开来更好，所以决定分开；并且告诉她，父母分开不是她的错，我们永远是她的父母，我们永远都会爱她。

艾琳也专门安排了一次道歉仪式，让杰明当着虹虹的面，就发生家暴正式向我道歉。通过这样的方式，告诉虹虹，爸爸打妈妈是不对的，爸爸已经认识到了错误，正式向妈妈道歉，并且保证以后不会再发生这样的事；妈妈也正式接受爸爸的道歉。

艾琳说，这个过程完成，在孩子的心里，这个事情才有可能划上句号。

检察官也给我来了电话，问我病情如何了，并问我对于杰明刑事案件的看法。

我告诉他，我的腰伤已经好了，我已经上班了，也不再需要看医生。我跟他说，杰明已经认识到了自己的错误，他对孩子也一向很好，希望能够给他一个机会，让他改好。

检察官说，他不需要把别人打成骨折后再来改好。不过还是批准了杰明和他的律师关于 PTI（感化期）的申请，也就是说，杰明必须守行为十八个月，如果表现良好，这个案子就可以撤了。

按法庭的要求，杰明开始参加政府办的反家暴学习班，每周一次，一共二十六次，也就是六个多月的时间，其中缺席不得超过两次，也不许拖欠学习费用，否则二十六次从头来过。

应付完了儿童局和刑事案，终于轮到我们的离婚案了。杰明另外找了一个离婚律师，业内最高收费标准，出了名的强悍，这点我后来才知道。他们正式回复了离婚法庭，既不承认也不否认我对他外遇和家暴的指控，需要我自己向法庭提供证据，但是同意离婚。

结婚纪念日

曾经无数个黑夜，夜深人静的时候，我躺在床上，睁着眼看着黑暗的空中，一片茫然，不知道未来的路该怎么走。

我常常默默地祈祷，上帝啊，老天爷啊，主啊，佛啊，请你帮帮我，给我勇气，给我智慧，给我信心，给我力量，请你告诉我，我应该怎么办，哪怕是一点点小小的暗示，让我在茫茫的黑夜中，明确我的方向。

我不知道上帝有没有听到我的声音，我看不到上帝给我的提示在何方。

有个故事，讲一个非常虔诚地信仰上帝的人。有一年发洪水，电视里反复提醒民众，要发洪水了，提前撤离吧。周围的邻居们都撤了，这个人无动于衷，他说："我的上帝会保佑我没事的。"

后来，洪水真的来了，淹到了他的房子。救援人员划着冲锋舟来救他，说："快走吧，洪水很快就会把整个房子淹没的。"他仍不走，说："我的上帝会保佑我没事的。"救援人员无奈地走了。

洪水越来越高，他爬到了屋顶上，洪水真的快把整个房子都淹了。

这个时候，开着直升飞机的救援人员来了，放下软梯，说："赶紧上来吧，再不走就真的来不及了。"他还是坚持不走，他说："我的上帝一定会保佑我的。"

洪水继续升高，后来，这个人就被淹死了，到了天堂，见到了上帝。

他很生气地质问上帝："我那么真诚地相信你，可你为什么还是置我于不顾?"

上帝耸耸肩，双手一摊，无奈地说："我已经很多次地去救你了。我先在电视上反复播警告，你不听；然后又派了冲锋舟去救你，你不走；最后连直升飞机都派过去了，你还是不理。我已经给你这么多次的显示和机会，你还看不到，那就只能怪你自己了！”

我觉得我就象这个愚蠢的人，上帝一次次把事实呈现在我面前，从我们结婚以来数不清的争吵，就已经说明这一段婚姻不合脚；从他说出的那些不仅伤人心、还伤人自尊的话，就已经看出他对我连起码的尊重都没有；从我几次流产时他对我的冷漠和漠不关心，就已经看出他根本就不在乎我；到后来他的出轨，我想已经触及了大部分女人婚姻的底线；再到家暴，到他打断我的三节椎骨，我想世界上百分之九十九点九九的女人这时候都应该已经没有犹豫了，会坚决地离开他，在更深的深渊把自己埋葬之前，结束这段痛苦的婚姻。

而我，却仍然象个瞎子，看不到上帝给我的这些提示，守着要婚姻幸福的信仰，一次次地找着借口，一次次地自欺欺人，一次次在梦里哭醒，又一次次地问上帝：光明何在？希望何在？

难道，我真的已经无可救药？

难道，我们的婚姻，真的已经无可救药？

和平常一样的一个晚上，我下班回到家，吃完晚饭，陪虹虹读完书、伺候她上床睡觉以后，杰明突然打来电话，说：“Happy Anniversary！”

我一下子就愣住了。发生了这么多的事，心情经历了这么多的痛苦起落之后，我已经忘了，今天是我们的结婚十周年纪念日。

十年前，我们结婚的时候，没有房子，没有钻戒，没有婚纱，甚至连个像样的仪式都没有，杰明只请了半天假，我们去市政厅领回了结婚证，甚至连喜糖都没有买。

那时候，我们穷。杰明说，等十周年的时候，我给你补办。

可谁也想不到，十周年的时候，我们在办离婚。

“Happy Anniversary！”我轻声回答：“Sorry，Daddy.”

“You don’t need to say sorry.”

隔了一会儿，他又说：“I am sorry.”

然后我们都没有再说话。

挂了电话，我收到了杰明发来的一封电子邮件。

小蕾：

请让我再叫你一声亲爱的妻子，我希望你心情能尽快好一些，因为我知道你的心受伤比身体更重。

男人伤害最爱自己和自己最爱的女人那么重，简直是畜生不如，但我绝对不是故意的。过去的半年，几乎每一天晚上，痛苦和自责压得我喘不过气来，让我觉得撕心的痛，彻夜在黑夜里痛哭难眠。

我本有一个真诚相爱、相依为命、患难与共已经十年的好妻子，一个美丽如花、聪明伶俐、活泼可爱的小公主，一个华尔街让无数人羡慕的职业，我的一时冲动、鲁莽、失手，将一切都要毁了。

不管我受到怎样的惩罚，我都可以接受，因为这是自作自受。只是我亲爱的女儿，我的心肝宝贝还太小，我还得把她养大成人，我要永远在她身边保护她，像所有的父亲一样，牵着她的手，走上婚姻的殿堂。

只是我的妻子她很敏感脆弱，独自在异国他乡，会有很多孤立无助的时候。我要远远守在她的身边，祈求等待她的原谅，饶恕那不可饶恕的错误。只是我八十岁的老母亲再也难以承受任何的打击。我要好好地活着，接受改造，做一个好人，一个性格温和的人。

每一个家庭都有自己起落，但只要还有爱，只要给一点时间，我们就会走出那长长的阴霾，看到春天的阳光。

我的父母就是这样的。他们年轻时生活艰难，也有不少的争吵打斗，但五十岁以后，他们是最恩爱的夫妻。有什么比得上相依为命呢。我多么希望我们能像他们一样，如果我还能奢望你的原谅的话。

很难过，这十年没能给你什么，没有婚礼，没有钻戒，没有盛装，但有那斗室之中两颗相爱的心。没有甜言蜜语，没有刻意的浪漫，没有山盟海誓，但有内心深处相爱相守的承诺。感谢你，无论我曾经多么的失落迷茫，你一直张开你的双臂，给我浪子回头的机会，为我敞开回家的门。没有多少闲暇相拥亲热，没有多少假日海边浪漫，但有奋斗打拼时的手拉手、肩并肩。没有贤妻，哪有我今日。

十年之中，我有很多幸福的回忆。

记得初相识那年的夏天，在那次舞会上，熙熙攘攘的人群中，我一眼就看到并且喜欢上了那个身着白色长裙的高个女孩，我牵着她的手，翩翩起舞，跳了一曲又一曲。

在长岛的海边，我们共浴海风，共观夕阳，我们拉着手，走在软软的沙滩上，温柔的海浪层层密密地舔着我们的脚踝，我一时兴起，将你抱起，在沙滩上狂奔旋转。

记得法拉盛的那间小屋，我们一起煮食，热得满头是汗。夜深了，我总是舍不得让你走，但又总是不辞辛劳地开车一个多小时把你送回家；记得你我每天电话里堡粥，常常一连几个小时，深夜还毫无倦意；记得你我在曼哈顿九十六街的河边公园，我们一起看樱花，我好喜欢你被鲜花映红的笑脸；记得哈德逊河边三座八 E 的那间小屋，我们一起包饺子，一起做煎饼，阳光总是洒满了小小的厨房，窗台上总是有鲜花在开放。简陋的小屋，留下了我们多少甜蜜温馨的记忆。

记得你怀虹虹时那次住院，差点早产，我急得眼泪都快下来了，我在病房的沙发上和衣而睡，陪在你的身边，守了几个晚上，为你接尿，为你送饭；记得每年你的生日，每年的情人节，我总会提前下班，给你准备好鲜花美酒，一起庆贺，从来没有忘记过；记得你申请住院医要去长岛面试，我是你的专车夫，接你送往。

当然，最美好的回忆是我们的宝贝女儿出生以后，小天使带给我们的快乐。

记得在罗斯福小岛上，我抱着虹虹在前面跑，你在后面追，和虹虹玩 hide-and-seek，逗得虹虹呵呵呵笑个不停，这是不到一岁的虹虹最爱和爸爸妈妈玩的游戏，也是我一生中最幸福的一刻，就是现在，我仿佛仍能听到虹虹那爽朗开心的大笑声，用舅舅的话说，那笑声“一点也不秀气”。

记得我们的女儿会说第一个词“Apple”时，我们的惊喜；记得她两岁的时候有一天突然说出来“爸爸开车带宝宝去公园荡秋千”时，我们的自豪；记得小时候的虹虹总爱一手牵着爸爸，一手牵着妈妈，打秋千；记得那年我们全家共游迪士尼，阳光灿烂的广场上，三岁的虹虹穿着小公主的小花裙，随着音乐翩翩起舞，就像是世界上最美最美的一条小美人鱼，那么地天真，那么地美好；记得几个月前，大熊山下，月亮湖边，我们全家共划小舟、同唱小曲，恐怕连湖边盛开的莲花都会羡慕我们生活的温馨美好。

我们很自豪，你我是所有朋友中，唯一没有老人帮忙，完全靠自己把孩子一手带大的人。虹虹从出生时，就没有离开过我们身边一天。我们的虹虹，聪明漂亮，快乐活泼，懂事乖巧，爱读书，爱臭美，是她爸爸妈妈永远的骄傲。

我们曾有很多美好的时光，希望它们可以照亮你心中一点点酸楚的回忆。

我知道，你对于我一直掌管着家里的财政可能有一点不安全感。我可以把钱都交给你管。银行的账号本来一直就是我们共同的，每一笔交易和转账你都可以在你电邮上看得到。我们家的所有财产都清楚登记，以前给你看过，你也可以随时打开看。所有的支票本和信用卡都是公开共用的。我希望你多一些经济上的安全感。这也许是我唯一容易做得到的地方。

如果我们还能度过此劫，我们定签誓约，爱妻如眼如心，生死不弃，贫贱不离，彼此忠诚，相爱同心，互相尊重，彼此平等。事业支持，生活关心。财务透明，共同决定。若违誓言，死于非命。

夜深了，希望你睡得好！我要吃晚饭了。

杰明

杰明的这封信，我看得泪流满面。日复一日的争吵，已经让我忘记了生活中曾经有过的美好，忘记了这些点点滴滴的快乐。

平心而论，在外人看来，杰明还是挺不错的。出身于农村，可如果不告诉你，任何人都看不出他来自于农村，帅气，爱干净，读了这么多年的书，已经让他修成了书生气，即使是现在到了已有些发福的中年，在人群中仍属于不逊色的那一群。

吃苦耐劳，能干，可以说得上是里里外外一把手。割草，院子里花草树木的修剪、打理，房顶上的落叶，阁楼上的通风扇，甚至想办法捉窜进阁楼里的小仓鼠，还有通下水道、修车库门、装灯管、砌厨房墙壁上的瓷砖，会的、不会的，做过的、没做过的，他都会学着去做，并且最终搞定。

厨房里，他也可以大显身手。来美国这么多年，无可奈何地，我们仍然坚强地有着一个中国胃。出国之前，我们都是一心只读圣贤书、不知煮饭炒菜为何物的人，好在我们都不惧怕学习、也善于学习新的事物，这么多年的操练，我们都成了一把好手。相对于我理科女的认真、严谨，对照网上菜谱自学成材，而他则充分显示出了文科男的创造性，普通的食材，在他手里有了花样翻新的搭配组合，迸发出新的美味。

记得以前许多个周末的早晨，我会赖在床上，听见他在厨房里乒乒乓乓地开始忙活，我会一直等到他喊我吃饭，然后看到清香的白米粥、脆脆的软面饼、甚至还有新炒的爽口小菜，这么“奢侈”的早餐，我们慢慢享受着，阳光洒在身上，日子是那样的悠闲、自在。

虹虹出生以后，他成了“绝世好爸”。他对孩子的真心疼爱，谁都看得出来。他会快乐地陪孩子玩耍，他会耐心地陪孩子读书，偶尔，他也会扮演“虎爸”的角色，督促孩子弹钢琴。

虹虹从出生起，就与我们形影不离，没有过爷爷奶奶外公外婆的照顾，健康快乐地长到这么大，可以说，孩子他爸绝对有一半的功劳。

还有一点很重要的，他也会挣钱。

曾有朋友觉得，杰明简直就是她心目中理想夫婿的标准。就连对我们知根知底的小雪也说，如果我们离婚了，杰明就是一个钻石王老五，会有人扑着上。

我想，杰明和我，本质上都不是坏人，正如我嫂子所说，我们是两个优秀的人碰到了一起，我们的婚姻，是“强强联合”，可日子，怎么就过成了这样？

我们就像是两块刚烈的火石，都想爆发出绚丽的光彩，碰撞到了一起，却撞出了灼人的火花，灼伤了对方，也灼伤了自己。

两只刺猬的爱情

自从杰明搬出去后的这几个月里，没有了日常琐事带来的争吵，我们反倒能够比以前心平气和地说话，心平气和地讨论问题了。我们的关系缓和了下来。

每个周末，杰明仍然是和小雪夫妇带着孩子一起出去玩。有时候，小雪也会请我们三人都去她家里做客，热热闹闹地大家一起做饭吃，两个孩子也一起玩得很开心。而且这样杰明和孩子在一起也算有她在监督，不违反规定。

后来，我们自己有时候也会一起带着虹虹出去吃顿饭，或者去公园玩；再后来，我上班的周末，他就到家里来陪虹虹。我又给了他一把家里新锁的钥匙。虽然这么做有违法庭的规定，可是只要我不去告，又有谁会介意呢？

如果在国内，我们一定早就离婚了。但在无亲无故的美国，我们是互相唯一的依靠，我们相依为命，磕磕绊绊已经走了十几年。

我们就像是两只浑身长满了刺的刺猬，在寒冷孤独的日子里想要依偎着相互取暖，靠得太近，却又被对方身上的刺扎得生疼。

我觉得我们都很可怜，互相给对方造成巨大的伤害，而对方又是我们唯一可以获得安慰的人。

也许，保持不远不近的一段距离，才是我们最佳的相处方式。

闲暇的时候，我们也会互相说说各自的近况，工作、生活中拿不定主意的事，甚至也会问问对方的意见，毕竟，我们是互相最知根知底、最熟悉的人。杰明有时候也会跟我说说上反家暴学习班的事。

听上去真是一个男人们聚在一起痛诉自己老婆或者女朋友的地方。每个人都先说一遍自己的故事，大多数时候说着说着就开始抱怨老婆或者女朋友，有时候也一起骂儿童局干预太多。

有一个男人，老婆签了永久限制令，结果他在街上遇见老婆，老婆说他在跟踪她，于是打了911叫来警察，警察二话不说罚款五百；下次偏巧逛商店又碰见了老婆，老婆又叫警察，又是五百，气得他够呛。

还有一个男人，自己开了家小公司，女朋友原是公司的秘书，和她好了以后女的管得越来越多，甚至公司的账目都瞒着他乱搞，结果他就打了她。

上学习班的白人黑人西语裔都有，杰明是唯一的亚裔。有人说韩国人也打老婆，但老婆一般都不报警。

这些人大多是蓝领，有些人工作都不稳定，每次五到十美元的学习费用都拖着不交，结果被罚从头来过，前面已经上了十几次的课都不算数，还得再上二十六次，再交二十六次的钱。

还有人连车也没有，每次来得辗转好几次公交车。结果有一次下大雨，他迟到了，被挡在了门外，算缺勤，累计已经两次，也必须从头来过。他气得直骂娘，说每周都得请假折腾来这儿，工作都快丢了。

这大概也是教育这些脾气暴躁、有家暴行为的人学会守时、自律的一种方法吧。

杰明居然沦落到了和这些人一起，真是他的悲哀，也是我的悲哀。

痛诉家史后，学习班开始给他们看录像、发学习资料，教育他们改变行为模式，学会控制情绪，当觉得很生气很恼怒时，尝试通过不同的方法来发泄；或者对与老婆/女朋友的关系感到沮丧痛苦时，可以尝试改变甚至脱离这种关系，而不是付诸拳脚。

学习班的许多男人都已经有了孩子，也很爱自己的孩子。学习班也教育这些男人，如果你爱你的孩子，那么爱孩子的最好方式就是爱孩子的妈妈，对孩子的妈妈好；如果爱已经不在，至少也要尊重孩子的妈妈，为了孩子，也应该做到和孩子的妈妈友好相处，而不是粗言恶语，甚至拳脚相向。

我想这些学习还是有些用的吧，至少我和杰明现在说话不再像以前那样稍不如意就会吵起来，我能感觉到杰明的努力，当我们意见不一致的时候，以前他会冲我嚷，而现在，他会选择沉默，选择回避。

我也开始反思我近十年的婚姻，到底从什么地方、什么时候开始，就走错了，以至于错到现在不可收拾？

我们从结婚之前，就已经开始大大小小的争吵，双方都是争强好胜的人，谁都不肯轻易妥协，我甚至一度认为自己的“坦率”和“直言不讳”是一种美德；我们都没有意识到，这种争吵会越积越累直至成为婚姻的致命伤。

其实，任何关系的核心，都是交流、沟通。做医生，不善于沟通，会失去病人的信任；做同事，不善于沟通，无法与团队中的其他人合作，会失去工作，比如黑美眉；而做为最亲密的夫妻之间，其实也需要讲究沟通的时间、方式和技巧，或者说，婚姻，也需要用心去经营，去学会如何应对婚姻中的不快乐，如何在孩子、工作、家务之余，依然保持精神和身体上的美丽，让灵魂在柴米油盐的生活中依然保持存在和交流的空间，以及，如何主动去创造婚姻中的快乐。

与其他人的相处，我都会注意到交流的问题，尽量去做好；而偏偏与杰明的相处，我却忘记了这一点，理所当然地认为他应该理解我、体贴我，他应该为我做这做那，我想杰明对我也一样。我们都吝于给对方赞美，吝于表达对对方的感激，而对于对方的缺点，却可以不加思索、不加掩饰地脱口而出。很多时候，是那质问的口气，是那斗气的情绪，是受到质问时激发出的自我防备心理，让双方把各自的立场都越发地踩得像水泥一样硬实，失去了缓和的空间，也促使了冲突的升级。

又或者，当我们已经发现有沟通障碍，当我们的婚姻已经出现问题时，如果我们早一点从外界寻求帮助，事情会不会不一样？比如，早一点寻求婚姻咨询，努力解决争吵背后的问题而不只是暂时搁置矛盾，会不会减少这一次又一次同样争吵的发生？又比如，在外遇事件后通过婚姻咨询师或者心理治疗师的介入而不是光靠自己来解决这个问题，会不会帮助我打开心结，使之不成为我喉头永远的一个梗？会不会帮助杰明更好地意识到他应该约束自己的行为，以重建我们婚姻中的亲密信任关系？又比如，在杰明第一次打我耳光时，我就报警，警察和反家暴机构的早期介入，会不会让我们都更认识到问题的严重性，我们都学会控制自己的情绪，我们的行为都有所改变，从而避免更恶劣事件的产生？

这一切，都已经没有答案。我们已经走到这一步，双方都伤痕累累，希望尽快解脱。

我们商量了离婚的事。他还是说希望不要离婚，但如果我坚持，他也同意。我们都不想打官司，能达成协议解决最好。

我们说好了，我们一起拥有虹虹法律上的监护权（joint custody），也就是说，以后有关虹虹的重大决定，比如上大学、找工作、结婚等等大事，我们共同做主；我拥有虹虹的物理监护权（physical custody），也就是说，虹虹和我一起生活，杰明拥有探视权，探视的频率、时间我们可以商量决定。

杰明希望重要节假日虹虹能分别和我们一起过，比如说感恩节和妈妈在一起，那么圣诞节就和爸爸一起过；爸爸生日的那天也和爸爸一起过；他还希望每年能单独带虹虹出去度假一周，等等。这些我都没有意见。他愿意给孩子父爱，我都不会阻拦。

关于财产，我不想搬家，父母离婚已经是生活中的巨变，我想尽量让虹虹的生活保持原样，而不需要让她去适应新的学校、新的环境、交新的朋友，所以我们还将住在现在的房子里，房子归我，我开的车归我，我自己银行账号上的钱归我；杰明开的车归他，我们共同账号、他投资账号、退休账号、还有国内账号上的钱，归他。

徐律师人好，但鉴于他的英文写作水平还是稍逊（从他给我写的离婚诉讼书和草拟的民事协议已经可以看出来），我们说好，由杰明的律师来起草协议书，写好后我们再讨论修改。

希望能和和平平地尽快分手。

又到夜深人静，我打开电脑，在微博上听到了一首由楼道天使演绎的“因为爱情”，干净纯粹的声音，年轻朴实的面容，真诚的歌声，唱到了你的心里去，真正唱出了爱情的感觉。

我听了一遍又一遍，心都快碎了。

六六说得对，选择什么样的男人女人，就选择了什么样的人生。

我还相信爱情吗？

我还愿意去相信，哪怕我已经八十岁。

我将于茫茫人海之中寻找我唯一之灵魂伴侣，得之，我幸；不得，我命，如此而已。

换 律 师

杰明的律师起草好了离婚协议，徐律师转发给我，说：你看看，如果没什么异议我们就签了！

不看则已，一看我立马火冒三丈。

财产的分割倒是按我们事先说好的，但给我的赡养费却只有三年！跟他认识了十几年，结婚快十年，把我打成骨折以后分手，却只肯给我三年的赡养费！

给虹虹的抚养费也十分苛刻，居然详细地列着第一年每月一千，第二年每月九百，第三年就只有每月八百！连请保姆的钱都不够！他明明知道按我工作的时间和性质，不请保姆根本就没法一个人带孩子！而且，三年以后的抚养费，根据我的收入再定。指着我三年以后正式做医生挣大钱，就不付孩子的抚养费了！！！简直荒唐！

他口口声声爱孩子，甚至还教育我不要老记着过去，爱就是要付出，却原来都抵不过他对钱的爱！

当初他哭哭啼啼跟我哥说，所有财产都归我，孩子也归我，只求我不要签署永久限制令，并帮他打消刑事起诉。

过去的几个月我不计前嫌地帮他，到处跟人说他的好话，说他对孩子很好，决不会伤害孩子；说他已经认识到了自己的错误，决不会再犯，希望给他一个机会改过，不要判刑。

现在他认为重要的事情处理完了，刑事法庭不再起诉他而改为守行为期，儿童局也逐渐放宽了对他的限制，他就一把推翻以前的承诺（且不说我还并没有要求他财产都归我，而是房子归我，钱绝大部分都归他），他居然就开始在给我和孩子的赡养费和抚养费上做文章！

协议最后，他的律师居然算来算去，算出我还欠他十几万，虽然没写要我还，但却为以后留下了伏笔，也就是说，他以后还有可能要我归还离婚时我多分的这十几万！

我怒不可遏地质问杰明这是怎么回事，以前说过的话做过的承诺都不算数了？

他说，离婚财产都是一半一半，凭什么你就要多得？何况钱大部分都是我挣的，凭你自己怎么挣得来这房子？我同意把房子给你就已经很不错了，你知不知道我的律师根本就不同意我这么做，给我又发电邮又打电话的，这都是要按时间收费的，来回了好几次她才同意。至于赡养费，她一开始写的是两年，我争取才改成三年的，你还打算我养你一辈子不成？给孩子的抚养费，你自己上网去查查看，这是常规。

常规？常规的人家收入没有他那么高，常规的离婚也不是把人打成骨折后来离婚！

如果他得逞了，还有没有天理了！

我急不可耐地给徐律师发邮件，希望他能帮我。这么苛刻的条件，他居然让我“看看没有异议就签了”？我都怀疑他有没有认真看过这份协议，还是随手就转发给了我，让我自己来看？他能不能尽力为我争取我应得的权益？

我们只有两个星期的时间来修改条款，争取与对方达成协议。两周以后是上庭时间，如果我们没有达成协议，法庭将另外安排三位独立的律师来给出建议，这又将是一笔巨大的律师费，我们都不想走到那一步。

徐律师第二天才给我回电邮，说正在休假，一周后回来。这期间无法接电话，有紧急事可以给他发电邮。对我提出的关于协议存在的问题未做任何评论。

对方的律师如此强硬，徐律师明显不是她的对手，而且他还根本不打算及时来帮我，等他回来黄花菜都凉了。

我决定换律师。在心里，我对于和好还存有一丝希望，但我也必须做好离的准备，无论是合是离，我都需要一位强有力的律师，帮我达成一份有利于我的协议，来保护我的权益。

我给几个朋友打了电话，包括一位离了婚的朋友，请她们推荐离婚律师。又上网搜了一番，打了十几二十几个电话到不同的律师事务所咨询，慢慢地对于应该怎么做有了些底，最后约了三位律师面谈。

第一位是一位精明干练的中年律师，我把情况简单向他说了，他一听杰明律师的名字，就说："我知道她，很厉害，我很诧异她居然同意把房子都归你。"

"她当然不同意，但我和我丈夫就这一点已经达成了协议。"

"她虽然厉害，但也不是不讲理。你看她这份协议基本框框还是符合一般规矩的，只是在细节上我们可以为你争取更多。比如赡养费的数目，常规是双方收入差距的三分之一给对方做为赡养费，她就是按这个来计算的；至于年数，她在这上面卡了你，你们结婚快十年，我们应该可以争取到至少五年。又比如你丈夫年终都会有丰厚的奖金，这个我们也应该写清楚百分之多少应该给你做为赡养费。至于孩子的抚养费，赡养费敲定后，新泽西有统一的计算表格，把双方的收入代进去就可以算出应该给孩子的抚养费。他给你的赡养费也算你的收入，给得越多，相对给孩子的抚养费就会越少。当然，抚养费应该支付至孩子成年，数目会因双方经济情况的改变而不同。"

明白了。这个律师靠谱，可用。

第二位是一个年长的资深律师，干这行有三四十年了，在纽约和新泽西都有办公室，还在电台主持一档有关离婚的节目。朋友的朋友离婚时聘请的他，对他赞不绝口。

我跟他说了我们还有可能复合，但我需要他帮我和对方签署一份协议，来保护我的利益。

他说，按年龄，你可以做我的女儿了，如果是我的女儿，我绝不会同意她这么做。我可以帮你签这么一份协议从经济上来保护你，可是谁来从精神上和身体上来保护你？和这样的人复合等于自杀。

我无话可说。我可能真的在慢性自杀。

他的收费也很贵，＄475一小时，超出了我的承受范围。

第三位是一位近六十的资深女律师，看上去干练利索，显得很年轻。她的办公室就设在我们镇，非常方便。她之前在家暴法庭做过十年的检察官，也就是代表政府起诉施暴者，为受害者寻求正义。她对家暴及与之相关的法律自是非常熟悉，而且，她同情受害者，了解我们的痛苦。

她是一个做事有原则的人，并不是什么人什么案子都接。她就很少代表施暴者，偶尔接过几个，当对方坚持己见，不愿意给受害者更多利益时，她会问他：你有女儿吗？你愿意你的女儿以后的丈夫也这样对她吗？如果不愿意，那你现在也不应该这样对待你的妻子。

这正是我所欣赏的律师，坚持是非和正义，而不是为了钱和维护所谓客户的利益，而丧失原则，甚至把黑说成白。

她多年前经手的一件离婚案子中她代表客户对宠物狗监护权的争夺，直接导致了动物监护权法律的诞生，她的办公室中仍悬挂着当年轰动一时的有关这件事的新闻报道。

她也热衷于公益事业。我们镇水库旁的一片树林，曾被开发商看中想开发，她和许多人一样强烈反对，并领头寻求法律上的支持，终于保住了这片树林。如今每次开车经过这片茂密的树林，看到自然风景美丽依旧，她都会感到很自豪，心想：我做了一件正确的事！

对于我的案子，她说："对方律师很强硬，但我也不是好对付的。首先，因为换律师，我们要向法庭申请延期开庭，争取更多的时间；其次，我们要向法庭补交文件，你这不是一般的离婚案，而是家暴相关的离婚案，家暴对你身体上精神上造成的伤害必须要求民事赔偿，和离婚揉合在一起，财产的分配就不应是一半一半，而要把对你的赔偿考虑在内。明天我就可以把文件拟好，你签字后就可以递交给法庭。"

"可我还不想上民事法庭告他。我们还有可能复合，和他打民事赔偿官司只会把关系越闹越僵。"

"我们可以做好两手准备。如果事情不如你所愿，那时候再递也行。不过我想告诉你，你已经错过了为自己争取赔偿的最佳时机，徐律师为你提出离婚申请时就应该同时提出民事赔偿，现在因为换律师，马上再向法庭提出也可以接受，可以说是前一个律师的疏漏，但如果我接手以后一段时间内还不提出，以后就不好再提了。而且，民事赔偿有两年的期限，事情过去两年以后就不能再要求赔偿了。"

"明白。可我不想和他打官司。能够协商解决最好。他已经同意离婚时房子归我，我账上的钱归我，这样算来我分的财产会多一些。"

"这样也不错，你账上的钱是你去年以来自己的工资收入攒起来的，nice and clean，虽然也属于婚姻共同财产，但我们可以在协议中明确写出，这部分就做为他对你造成伤害的赔偿，离婚时不算入进行分配的共同财产，这样行不行？"

"行！"

我很喜欢她做事果断直入要害又有原则的风格，就是她了！收费也合理，＄375一小时，这行中资深律师的标准。

我和她签了合同。她也果然高效率，一小时后她就给我发了电邮，说是已经和徐律师通了话，他愿意配合把材料都转过来。

我于是给徐律师也去了电话，感谢他前段时间的帮助，也解释我为什么要换律师。在心里，我对徐律师有一点点小小的愧疚也有一点点小小的怨恨，他人很好，又是朋友介绍的，只是真的还经验不足，需要历练。

女　人

晓文从 7 月份正式进我们医院做住院医，到现在也快半年了。眼见着她一日比一日憔悴，脸上的笑容一天比一天少，我就仿佛看到了两年前的自己，我就知道，她也正在经历当年我所经历过的，身体和精神上的痛苦。

中午吃饭的时候一问，果然如此。

她老公对她做住院医，从一开始就不太热衷。晓文准备正式申请以后，我就警告过她：一定要想清楚了，这是不是你真的想要的？如果你老公不支持你，你怎么办？如果以后天天吵架，值不值？我的例子摆在那，她应该知道我在说什么。

可人都是这样，不撞南墙不回头，撞了南墙也不回头。晓文是真的喜欢做医生，她说她要是不试一试，一辈子都不会心甘。

一切顺利地定了来我们医院后，晓文趁着正式上班之前的这段时间，开始积极安排家里的一切，在医院附近买了房，搬家、布置，甚至房子的修缮，都是晓文一人在忙。

她说："我现在把能做的尽量多做点，希望到时候没有太多的事留给他，他也能帮我。"

孩子大了，到了该上学前班的年纪，不能再留在国内，也接了过来，婆婆跟着一块过来照顾孙子。

看起来一切都准备得很妥当，可还是在刚刚开始做住院医两个月，家里就陷入了战争状态。

"我每天上班这么辛苦，回到家他什么都不帮，还嫌我没有把孩子照顾好。"

"我5点钟就起床，他没有说顾念我辛苦，倒嫌我关门的声音吵了他睡觉，和我大吵一架。"

"我现在天天回家看见他那张脸，身体累不说，还得和他吵，我都不会笑了。说实话，我只有面对病人的时候，反而还能笑得出来些。"

"我婆婆也不干了，说身体不好，回国去了。我孩子怎么办？着急啊，怎么着能尽快找到一个保姆？"

所有的困境、感受，甚至语言，都和我当年一模一样。而她，还来征求我的意见，向我讨教该怎么办。我没有告诉她，我已经在离婚。这实在不是个好兆头。我只希望，她老公和她的感情深厚，当年她老公从北京追到美国才追来她，希望这个深厚的感情可以打败这些争吵，帮她熬过这个难关。

有家有口不再年轻的中国女人，在美国重新再做医生，都得熬过这一关。

我们科一共四个中国人，我的情况就不用提了，恶性事件频发，日子已经到了过不下去的地步；晓文也已经这样；方唯倒是不和老公吵，也没机会吵，她和老公分别在两个地方做住院医，孩子常年放在国内由老人带，一家三口，长期分居三地，连个正常的家庭生活都没有；最好的恐怕就是和晓文同一年来的杜菲了，也最年轻，老公全力支持她，辞了在外州的不错的工作，举家搬到新泽西。如今老公回国创业，她的父母和她住在一起，照顾3岁的孩子和她。每日回家，有可口的饭菜、父母的关照、孩子的欢笑，所以她每天都是笑盈盈的，整个人看起来比晓文要放松很多。可是她就一定过得好吗？夫妻两地分居，不是说独自回国创业的，99.99%的都"沦陷"了吗？她就没有这样的担心？

正面的例子也有。我的医学院同学叶子就是这样幸运的一位。她一个人在外地做住院医，老公带着两孩子，两边的老人轮流过来帮忙，帮她解决了后顾之忧。她似乎又回到了单身年代，只要管好自己就行，周末休息的时候，甚至还约着同事朋友一起打球、爬山，完全不是一般住院医的苦逼状态，照样过得风生水起。有时候，老公也会带着两个孩子、开车五六个小时来看她，省下她路上颠簸跋涉的时间，让她能多休息。这样好命的女人，想不笑容灿烂都难。

瑛子是另外一位。做住院医之前，她就已经有了一个孩子；做住院医期间，她又生了两个。三个孩子，她又忙得整天不着家，怎么能搞定？因为她有一个无比强大、无比任劳任怨、性格无比好的老公！老公的工作时间非常灵活，还经常可以在家上班，承担了大部分家务；老人们也帮着带了很长时间的孩子；更重要的是，老公不抱怨她不照顾家里，不强迫她放弃自己的休息娱乐而把工作之外的所有剩余时间都花在没完没完了的家务或者争吵、斗气上，所以这几年家里虽然脏点、乱点，可她依然在难得的空闲时间里，经常邀请朋友们去家里party，大家吃饭、聊天、打牌，老公则在旁做个好后勤；所以孩子们虽然顶着一头乱发，却依然快乐活泼；所以大人们虽然工作辛苦，却依然身心健康、家庭和睦。

有家有口不再年轻的中国女人，如果你有一个强大的亲友团给你充分的后援支持，如果你有一个通情达理并且性格温和的老公，如果你们充分预估到了将来的困难、愿意牺牲几年家庭的洁净程度和生活质量来支持你的事业，那么，做医生真是一个不错的职业选择；如果你对上述几条不是很确定，心里充满了犹疑，那么，在踏上这条艰苦卓绝的不归路之前，请三思！投资有风险，入行须谨慎！

“一年之计在于冬”，冬天，又到了面试明年新一波住院医的时间。今天我负责接待来面试的人，一共二十人，带他们参观医院，领他们参加科里惯例的每日中午病例报告会，陪他们吃午饭，回答他们的任何问题。

真搞不懂，住院医这么辛苦，申请越来越难，怎么还有这么多人，像蚂蚁似的，前赴后继、赴汤蹈火地往火坑里跳？

今年我们科十个名额，却收到四千份申请，面试了四百人，简直令人咋舌。

和同事聊天，说我们都是廉价劳动力，每周工作七八十个小时，年薪就这么五万多，真是被剥削惨了！

他说：“就是只给两万美元、一万美元，也还是会有人来，你信不信！”

我信！

看看这些西装革履、着装正式、又矜持又新鲜的面孔，我如果告诉他们中的任何一位，你被录取了，他一定会激动得跳起来，手舞足蹈，还有谁会去在乎工资有多少，以后会很辛苦，夫妻会经常吵架？

两年前的我，是不是也是这样，踌躇满志，对未来充满了幻想，却丝毫没有意识到这其实是一条荊棘丛生的路？或者说意识到了，也没有准备到会有这么严重。真是时光飞逝，谢天谢地，还有半年我就熬出头了。

平心而论，我们医院还是不错的，很人性化，住院医除了上班之外，基本上还是可以有生活的，有些住院医甚至还有时间谈情说爱，比起纽约的许多臭名昭著的“恶性”医院来，不知道要强多少倍！

纽约的某些医院，据说面试时都不让面试者与住院医接触，就怕坏话传了出去，先把人诳来了再说！曾经轰动一时的华裔王（住院）医生杀人事件，就发生在纽约布鲁克林的这样一家医院！

人到中年的王医生也是历经了千难万险，从中国来到美国，千辛万苦地终于做上了住院医。工作辛苦自不用说，工作的环境也不太愉悦，心情也就格外压抑，加上他性格耿直，不善于与人交流沟通，处事直接，不会变通，频频与护士、同事、甚至上级发生争吵，于是不受欢迎的王医生就可想而知地被医院开除了。

一年以后，依然怀恨在心的王（前）医生，揣了把枪，再次来到医院，杀了他认为一直在刁难他的印度来的前总住院医。

所以，住院医生们的身心健康，也需要人关注啊！

我们医院还是挺重视这方面的，为减轻住院医们的劳动强度，已经没有连续 24 小时值班，而是改为 12 小时轮班；为避免过于疲劳，也设置了病人数上限；医院里也开有针对住院医的心理辅导课、冥想课（meditation）；科里也时不时地组织大家一起活动一下，看个电影、打个球啥的，让大家紧张的工作之余，可以放松神经，融洽关系。

德高望重的科主任也特别支持住院医，有主治与住院医因为工作关系发生矛盾，他总是站在住院医一边，替住院医们说话；我们工作、生活、家庭中的任何事，告诉他，他都会尽力给予支持和帮助，象香奈儿当初的家庭纠纷，像我父亲生病和我自己骨折的这两次请假，他都毫不犹豫地就答应了我的休假要求，总值班也很帮忙地想办法帮我把班错开，让我很感激。

今年众多的住院医申请者中，有家有口不再年轻的中国女人还真不少，有几个人居然还辗转了好几道弯找到了我，希望我帮她们递一下简历，在科主任面前美言几句，争取个面试的机会。

说实话，我很矛盾。如果是二十多岁医学院刚新鲜出炉的面包，单身或至少还没有孩子，我一定会义不容辞地帮忙。我巴不得在医院里见到更多的中国面孔，自己的同胞在医生这个受人尊敬的行当里越来越多，越混越好。

可是，已经有家有口的也不再年轻的中国女人们，对自己、对家庭、对孩子，这真的是一条明智的路吗？

找我的人中，有一位比我们年纪都大，已经年过四十，而且，这已经

 是她第四次申请，前三次都没有成功。

且不说她到底还有多少成功的希望，即使她今年成功了，四年的申请，再加上三年的住院医，整整七年，她所有的时间精力还有大把的金钱就花在了这一件事情上，值吗？

七年，都够再去读两个大学的了；七年，任何一份工作，如果她投入像考执照、申请、做住院医一样多的时间精力和心血，她一定都可以做到至少中层管理的位置了吧，而现在，她除了一个渺茫到近乎无的希望，她有什么呢？

我真想对她猛喝一声：醒醒吧，面对现实！不要再冒着失去婚姻、失去家庭的风险，去走这条艰辛的路了！好好生活吧！

送走了来面试的人，下午我在医院里碰到了香奈儿，哦，这会儿应该叫她李斯特医生才对，她已经住院医毕业，正式做全科医生了，主要看门诊病人，偶尔也会来医院。

她穿着一身黑色的小西装礼服套裙，化着精致的妆容，长发披肩，明眸皓齿，神采奕奕，不愧是科花出身。

看她笑脸盈盈的样子，我问她："什么好事这么高兴？"

她举起左手，无名指上一颗闪亮的钻戒熠熠生辉。

这真是个天大的好消息！她订婚了！

"谁呀？"我急切地问。

"你不知道？"

"我不知道！哪个男人这么幸运？"

"真不知道？我还以为大家都已经知道了。"

"真不知道！你不说我怎么会知道？"

她扭捏了半天，终于答应告诉我："好吧，我告诉你。感谢去年以来帮我隐藏秘密的人，保护我不受干扰地谈恋爱。"然后她凑到我的耳边轻声说道："是罗伯特医生。"

什么?！我的眼镜掉了一地，居然是那个巴西人罗伯特?！

罗伯特是我们这儿的心脏专科医生，热衷教学，几乎所有住院医都跟他轮转过，和我们很熟；和护士们也很熟，经常见他和女护士们搭讪，开些调情的小玩笑。我想起来，在他的办公桌上我确实看到过香奈儿的照片，不过照片上面、旁边，还嵌着夹着好些其他女人的照片，一个摞一个的，谁会料到这其中另有玄机！

像所有巴西人一样，罗巴特酷爱足球。世界杯决赛那天，病房里有点小事找他，怎么呼也没有回应，当班的住院医只好另想了办法自己解决。一点钟过后，比赛完了，他出现在病房，一脸佯怒："上午是哪个实习生没事呼我？你的高年住院没告诉过你世界杯决赛期间心脏专科会科暂停三小时吗？"

除了足球，篮球场上他也是一把好手，生龙活虎，曾率领主治医队完胜我们住院医联队，令我们刮目相看。

罗伯特还给我们讲过一个故事。说三十年前我做住院医的时候，那时候病房、急诊、CCU、ICU 都是住院医全面负责，哪个病人该收入院，哪个病人该进监护室，那都是住院医说了算。

一天晚上，CCU（心脏监护病房）值班住院接到一个电话，一个主治想把某心衰的病人收入 CCU。住院听了病情介绍后，不同意，说心衰普通病房也可以处理，不用收 CCU。主治说很严重，随时可能恶化，需要收 CCU。住院还是不同意。

然后电话那头说："你知道你在跟谁说话吗？"

"不知道。"

"我是某某医生。"原来是整个医院最大的心脏大头，CCU 主任！

这边小住院也不慌不忙地问："你知道你在跟谁说话吗？"

主任满腹狐疑："不知道。"

"谢天谢地！""啪"挂了电话。

我严重怀疑当年那个住院就是罗伯特本人。

三十年前他做住院医的时候，这么算来他该至少有五十多了。怪不得头发都已经半秃了。

不知道具体是怎么回事，总之现在罗伯特是单身，一儿一女都上了法学院，一个都已经快毕业了。

经历过家暴和一次失败婚姻的性格泼辣做事干练的香奈儿，如今幸福满盈，即将成为赫赫有名的罗伯特医生的小娇妻。罗伯特虽然年纪大点，但依然生龙活虎，而且很会照顾女人，又多金，和香奈儿一起，算得上是男女双方都有才有貌，真真是叫人羡慕的一对。

对于我多灾多难的今年，这实在是我所听到的最好的消息。衷心祝福他们！

离　婚

今天出门诊，一会儿的工夫，我的律师就发过来好几封电邮，我匆匆扫了一眼，她起草了给法庭的补充材料，是关于杰明家暴、我方要求民事赔偿的，让我核实无误后签了字给她发回去，她今天就可以递交给法庭了。

门诊病人一个接一个的，我哪有空干这个？我没理，接着上班。

见我没回应，她开始给我手机打电话，我正在看病人呢，哪能接？再说，这是私事，我一接，旁边的人不就都知道我在离婚了？我还不打算把自己的家事搞得尽人皆知呢。

我把手机放在振动上，一连几个电话都没接。我不知道她为什么这么急。其实，心理上我有些抗拒向法庭递交这些文件，这似乎意味着接下来可能的民事诉讼的开始，将把我和杰明置于正式对簿公堂的位置上。我们都已经身心俱疲，不想和对方打官司，不想再把更多的时间和精力还有金钱耗在这件事情上。

律师给我留了言，说明天她将要出外休假，想在走之前把文件向法庭递交了。我们已经拖了很久，现在再不递，以后就基本不再好递了。希望我尽快给她回复。

中午吃饭的时间，我拿着打印出来的文件，到车里去给律师打电话。我不想让任何同事听到电话的任何内容。

我告诉她，我不想签这份文件。

她问："也就是说，做为家暴的受害者，你打算放弃你要求民事赔偿的权利了？"

我说："是的，我不打算和他上民事法庭，要求赔偿。他已经答应离婚时财产分配我会占多，没必要特地再去要求赔偿。”

在心里，我很明白，如果我正式上法庭去起诉他，要求赔偿，劳心劳力伤神伤财不说，也将使我们的关系置入万劫不复的地步，我们将成为仇人，他将怨恨我一辈子，这对虹虹也非常不好。而我所得到的，也不过就是区区几万块钱的赔偿，还要扣除律师费，杰明也将付出更多的律师费。便宜了律师，于我于他，却是损人不利己，这样的事，我不做。

而且，杰明一直在说不要离婚，我心里也有一丝丝和好的愿望，如果我和他对簿公堂，也就彻底断绝了合好的可能。

我告诉律师，这份文件我不签，但离婚协议还请她继续帮我拟。我们仍有可能合好，是不是也可以拟一份婚内协议？

她说，可以，她按分居协议来写，对于孩子的监护权和财产的分割都会写到，如果离婚，就以此为纲来离；如果不离，就是一份婚内协议。

杰明最近表现得很好，经常过来帮我们做饭、修灯、带孩子，还主动拖地、吸尘，上上下下地收拾；圣诞节前又买来了一棵圣诞树，和虹虹一起在树上挂满了小彩灯、小装饰物，房前屋后的灯饰也布置了起来，家里有了过节的气氛。

虹虹也很高兴，每次爸爸来都围着转个不停，要爸爸抱着她转圈，和爸爸捉迷藏、玩游戏，欢声笑语又充满了整个屋子。

杰明仍没忘了“虎爸”的职责，仍会督促虹虹学习，和她读书、讲故事，教她做算术，虹虹被耽误了大半年的钢琴课也重新捡了起来。

我又开始犹豫了。还是不要离了吧，家里还是需要一个男人的，虹虹也需要爸爸。何况，世界上可能再也找不到第二个男人对我的孩子会比他更好了。

而且，都说女人是男人的学校，经过十年的婚姻，尤其在经过最近的这些事以后，我相信杰明已经从这个痛苦的过程中学到了很多，我也学到了很多，如果一切从头再来过一遍，我们一定都会比现在做得好。难不成眼见着一个即将“学成毕业”的男人，我却只能做苦命的前任，而拱手让别的女人来享受这十年辛勤的果实？

和小林商量，她说：“你们家这点事，放别人家里都离好儿次了，你还在这儿犹豫！”她最近找着了一份正式的全职工作，雇主也给她 H1 工作签证，她下个月就不给我们做了，将搬到外州去开始她新的生活。

和杰明商量，他说他当然不希望离婚。

“那如果你又发生外遇或者家暴怎么办？我需要一个保证。”我说。

"我们可以自己签一个协议，我给你保证。"

"那不行，我需要有律师签字的有法律效应的协议。"

"那如果你因为一点小事我们吵架，你又提出离婚怎么办？"看来他和我一样，对这个婚姻有不舍，也有担心。我们既想和好，又对和好以后的前景没有信心。这个痛苦的离婚过程，谁都不想以后再来一次。

"那要不这样"，我提议说，"我们可以在协议里写上，如果我们以后因为你有外遇或再次家暴离婚，我们结婚多少年，你就得给我多少年的赡养费；如果因为这两件事以外的其他原因，我再次提出离婚，那我就连一年的赡养费也没有。你觉得怎么样？"

我想用这样极端的经济惩罚的方式，来限制双方往这两个方向走。离婚以后还要养我十几年这么苛刻的条件他如果都答应了，那就说明他以后很大可能不会再犯这两件事；连一年赡养费我都愿意不要，那就说明我以后也绝不会因为一点小事就轻易提出离婚。

"好吧"，杰明说。

我于是给我的律师去了电话，让她照这个大意来写。

协议拟好，交给杰明和他的律师看，他们却不干了。

杰明说，他的律师指出来，不应该在任何地方、白纸黑字地明示或者暗示他曾经有过外遇或者家暴，这些都将成为将来可能给他带来麻烦的隐患。所以他们坚决不同意把这两点附加在协议上。

他的律师甚至提出，我如果真心想和好，就应该不带任何附加条件地向法庭撤销所有诉求、文件，连协议也不需要，直接撤销离婚申请。

这怎么行？简直是岂有此理！我再次体会到杰明这个女律师的强悍。同为女人，她怎么就这么狠，她难道一点也体会不到遭遇了背叛和家暴的女人内心的痛苦和不安全感，居然要求我无条件地撤销所有诉求？她是一点人性也没有，还是客户至上的原则，不问是非公正，只最大限度地维护她的客户的利益？

而且，杰明居然也是这种论调！我一而再，再而三地原谅了他，他口口声声不愿意离婚，却至此仍不肯正式承认他有过外遇和家暴，也不肯正式给我任何承诺；正是因为这两件事，才直接导致了我们婚姻的破裂，而现在，他居然要求我不带任何条件、协议地撤销所有诉求，撤销离婚申请，倒仿佛是我在死乞白赖地求着他不要离婚了！难道他就吃定了我，认定了我迈不出和他决裂的这一步？

跟我的律师商量，她斩钉截铁地说："你绝对不能答应，不能他说怎么做，你就怎么做！他这是在企图控制你，控制你的行为，控制你的思想，即使是离婚这件事！这是典型的家暴者的共性，控制对方！你若听从了他，和他复合了，以后他依然会是这种行为模式，总是试图控制你！”

一贯个性独立、思维独立、工作独立、经济独立、身为医生的我，也必会做到精神上的独立。虽然作为单身妈妈，以后的生活会有很多困难；摆脱曾经熟悉并且习惯的生活方式，也需要很多的勇气，但为了自己，为了女儿，我愿意去改变、去承受，去争取更自由自主的未来。

决心下定，我告诉律师，以前那些试图复合的婚内协议统统作废，我们重新开始拟离婚协议，走离婚程序。

离婚协议的拟定也是波折重重。杰明和他的律师师依然坚持不能在协议中出现任何明示或者暗示他曾经有过外遇或者家暴的字眼；对于离婚后到底他应该支付我多少年的赡养费也意见不一，他们认为只需付三年，而我们认为至少七年。

双方拉锯战似的讨价还价，又经过各自律师的多个来回，花了不少银子，终于双方各退一步，折中达成协议：协议中只写双方同意离婚，不提原因；房子归我，其他大部分现金及股票归他；赡养费杰明需支持我 5 年，对孩子的抚养费需支付到孩子成年；孩子上大学的费用到时根据双方的收入情况协商决定；孩子双方具有共同监护权，但孩子归我抚养，杰明可以定期探视；孩子的生活以在美国为基础，任何一方若要将孩子带离美国，包括短期休假，应提前通知并获得对方的同意，并告知行程。协议中还具体列了怎么计算双方的收入，每年孩子跟在谁名下报税，孩子的医疗保险、医疗费用、各种课外活动及请保姆的费用双方如何按比例分担等等，非常详尽。这样也好，现在多花些钱请律师想全面列仔细了，省得以后起争执。

协议终于搞定，我们都松了一口气。只等着最后上法庭盖章生效。

最后上庭的日子，我和杰明又见面了。给我们痛苦多过快乐的超过十年的婚姻，马上就要结束了，双方似乎都未见得有多高兴。再见他，我很平静，淡淡地和他打了招呼。我的心里已不会再有波澜，却还是忍不住地会有悲伤。杰明也看不出有任何高兴或者释然的感觉。

在法庭外面的走廊上，我们挑了一张角落的桌子坐下，和双方律师一起，把拟好的协议又过了一遍，改了几小处，然后在四、五份复印件上都签了字。

进到庭上，法官按常规走了一遍程序，核准双方都没有异议，然后

“duang”地一声，在离婚文件上盖了章。出来，拿着盖有法庭烫金大印的离婚证明，我和他已没有任何关系，除了他还是我孩子的父亲。

近一年的离婚过程，我和他都已经身心俱疲。所幸，我们也并没有成为仇人。为了虹虹，我们从此以后将学会用另一种方式来好好相处。

从法院出来，我们一前一后地走向停车场。到了分叉口，杰明停下来，等着我过来。我们互相道了珍重，然后各自走向自己的车，开始各自的新生活。

接下来的青少年儿童法庭，我们向法官和儿童局通报了我们已经离婚，杰明这段时间也一直继续在参加反家暴学习班且表现良好，于是他们也取消了对杰明的限制，只要我同意，杰明可以任意和孩子来往，不再需要任何人监督。儿童局还要再随访三个月，如果一切良好，就可以销案了。

我和虹虹正式谈了一次，我告诉她：爸爸妈妈合不来，你也看到了，我们经常吵架，所以我们决定分开来，以后不一起生活了。你和妈妈一起，爸爸可以经常来看你。不管怎么样，我们永远都是你的爸爸妈妈，爸爸和妈妈永远都爱你。我没有直接和她提“离婚”两个字。她还太小，等长大一些我再详细给她解释这其中的曲折缘由吧。

一切纷扰终于过去。希望我能抛开过去，忘掉伤痛，生活中再也没有歇斯底里，没有悲痛欲绝，没有撕心裂肺；我所期望的，就是一份安安静静的生活。

巨　　变

生活似乎又回到了正轨。小林已经找着了正式工作，离开了我们家。我又找了个上海阿姨，每天过来给我帮忙三个小时，接孩子，做晚饭。

上海阿姨最近刚从国内过来，会开车，但英语不太灵光，所以也不好找其他的工作，就过来做保姆。她其实家里条件并不差，在国内可能还算不错的，为了读高中的儿子将来好在这边上大学，所以全家亲属移民了过来。过来的目的就是为了儿子，理所当然，一切以照顾好儿子为重，所以她不打算找全职工作，就想找一份兼职的，每天工作几个小时，既不影响照顾儿子，也可以挣点钱贴补家用。

正好，我也就想找一兼职的。虹虹已经大了，白天都上学，家里根本用不着全职保姆。我下班时间比较晚，我最需要的，其实就是下午有人帮我把虹虹从学校接回来，再帮我们做个晚饭。等我下班回来，有现成的热饭热菜吃，就很满足了。所以每天工作三四个小时的阿姨正合我们心意，也可以比请全职的省不少钱。

上海阿姨家住得离我们也不远。真是再合适不过了，双方一拍即合。

我依然是每天上班。第三年的住院医已经比前两年好太多，基本上能正常上下班。只有四个月就大功告成了，咬咬牙，苦日子很快就过去了。

杰明每个周末都会接虹虹去他那玩，我要上班的周末，他有时候也会来家里带孩子、做饭，并顺手帮我换个灯泡、修个马桶什么的，或者打扫一下卫生。没有了婚姻关系，我们对对方的期望值降低，他能主动帮我带孩子，还能主动帮我做家务，我很感激。他有时候也会问问我头痛脑热、血压高的问题。我们的关系反倒比以前好了很多。我们基本不再吵架，也经常互相通报一下近况，聊聊孩子的事。也许这样不远不近的关系，真的是我们最好的相处模式。

生活重新安定下来，我也终于有时间去看医生了。

其实早几个月我就无意中觉得右侧乳房若有似无地有一个小包块，不软也不硬，不大也不小，似乎可以活动，又似乎与乳腺组织紧连在一起。我想也许是跟月经周期有关的乳腺增生吧，也许过几天就没了。当时正被离婚和各种法庭搞得焦头烂额，没有时间也没有心情更多地想。

如今时间宽松下来，我突然意识到，已经过了好几个月了，包块怎么似乎还在那儿？我决定去看医生。很多年前在国内时我左侧乳房就有过纤维瘤，做了个小手术切除，这回也许又是个纤维瘤吧。

我的妇产科医生给我开了个单子去做彩超。

技术员给我做的时候，我也盯着屏幕看。我看到她上下左右各个角度量了包块的大小，然后打出彩色信号看血流。我看到有红色蓝色的信号在包块中闪现。我心里一沉。别的看不懂，这个却知道。这意味着包块血流丰富，恶性的可能性大。

做完了，她让我等着，要让大夫看超声结果。

一会儿她进来，说大夫要求马上加做乳腺钼靶扫描。

我被带到另一间屋子，胸前不多的两坨肉，被各种揉捏挤压塞进平板之间，各个角度以获得清晰的影像。

在美国，四十岁以上的妇女都推荐每年常规做乳腺钼靶扫描以筛查乳腺癌，作为医生我也给很多病人开过这个检查，以为跟普通的 X 光差不多，从来没想到过会这么痛苦。

折腾了快半个小时，终于拍全了满意的影像，大夫马上看结果。

一会儿，我被带到一个单独的小房间，进来一位三十多岁满脸络腮胡子的男大夫，自我介绍说他叫施奈德，说我的乳腺扫描显示右侧乳房有两处钙化密集区，一处就是我摸到的也是超声看到的包块处，另一处在右上方，超声看不到，也许和摸到的包块属于同一乳腺小叶，也许不是。是什么他现在很难说，建议做活检，两处都要做。

从他满脸的严肃和他的肢体语言，我预感到，这次绝不会像上次纤维瘤那样简单。

到前台预约活检时间，当然是越快越好，可我正好这个月在 ICU 轮转，能找出时间来做这个检查已经是不容易，实在是没法再找人来顶我的班。上次骨折休了三个星期，还欠了一大堆班等着我慢慢还呢。而且，说实话，ICU 的活又累，工作时间又长，谁都不愿意来顶，能自己扛的就自己扛，我不愿意麻烦人。

我约在了十天后，星期五，我从 ICU 出来进病房以后。在普通病房好歹还是可以挤出一天半天来的。

管病房的是事儿妈，我跟她请假说要做乳腺活检的时候，她安慰我说："没事，我做过好几次。当然，你总是会有些担心的，但最终都没事。"

我没说什么。她不知道我的情况，现在跟她说什么也还太早。我知道，我的绝不是没事。

我告诉了杰明，请他陪我来，因为事后我胸部需要冷敷，胳膊不能承力或者上抬，没法开车，请他来帮我当车夫。虽然离了婚，这个时候我能请求帮忙的，也只有他了。杰明毫不犹豫答应了。

活检前前后后大概要三个小时。我先把杰明安顿好，让他在我们的值班室里上网，甚至可以关上门和他的老板开电话会议，一点也不会耽误他的工作。然后我一个人去了乳腺中心。

乳腺中心在医院的偏楼，宽敞明亮，整洁温馨。进去后，每个人有个带锁的柜子放私人物品，然后换上大浴袍，浴袍上居然还可以贴上不同类型的香料，让心情放松，所谓芳香治疗。等候的厅里错错落落放着沙发，可以看杂志看电视，也可以冲杯热咖啡或者泡杯茶。中央音乐系统若有若无地放着轻柔的音乐。整个体验，比外面价格不菲的高级 spa 还要舒适。

我跟工作的姑娘们开玩笑："你们要再提供按摩服务就更好了！"

她们笑答："我们也想啊，可惜保险公司不给报！"

还是施奈德医生给我做的活检，超声引导下，两个部位都穿刺了多次，取下的样本马上由护士送到隔壁的扫描室扫描，以证实取到的确实是乳腺扫描时看到的钙化密集区。

活检完后，施奈德医生问我："你自己也是做医生的，不知道你是怎么想的？"

我说："你但说无妨。"

他说："根据我的经验，最有可能是 DCIS（乳腺导管内原位癌）。

我说："跟我想的一样。"

他说："最后结果还要看病理。一般要 3~5 天，我们给你送加急。你过两天就可以去病理科看看。"

我平静地点了点头。

他接着说："这个并不罕见，我们这儿几乎每天都会看到。乳腺癌的发病率在美国有 7%，大多是很早期就发现了，完全可以治愈。”

他想安慰我，让我感觉好一点。

然后他把他的手机号码告诉了我，让我有问题随时可以找他。

回家的路上，我觉得应该向杰明吹吹风。他是一个对医学一窍不通也讳疾忌医的人，平常自己一个感冒就觉得自己快要死了，还经常把一些听来的半懂不懂的名词就往自己身上套，比如心脏病什么的，却极不愿意我在家里谈论任何有关医院有关病人的事。以后可能会是一个艰难的过程，虹虹需要他的照顾，我也需要他的帮忙，他应该有所思想准备。

杰明开着车，我说：“今天活检，根据放射科医生的判断，百分之八九十可能会不太好。”

他一言不发，表情严肃。我知道，他被吓坏了。

我接着说：“最后的结果要等病理出来。但根据我自己和他的判断，很有可能是原位癌，意思是癌症还在乳腺原位，没有扩散，是最早期。”

他依然一言不发。看着他过于紧张的脸，我知道，他不知所措。

我叹了口气，轻轻地说：“不用担心，我不会死的。做了手术就好了。我还是可以像以前一样工作，家里也还是像以前一样该干吗干吗，生活可以完全像以前一样继续。不过这段时间可能会需要很多你的帮忙，尤其是帮忙照顾虹虹。”

我也没想到自己竟然能这么沉着冷静。我一点都没有惴惴不安地去担心病理结果会是什么。不管担心不担心，结果已经在那儿，不会因为我的担心或者不担心而改变，所以，我从来不会为我改变不了的结果而操心。我操心的，是通过我的作为或者不作为，会造成不同结果的事情，比如因为我的处理不当而延误了病人的治疗，或者因为我的努力而使病人转危为安，所以，每天我的工作都是对心力的一种挑战。

我不明白，为什么总是我在扮演最坚强者的角色，在工作当中，在父母面前，在孩子身边，在朋友之间，甚至在这个我自己可能身患癌症的时刻。可我多么希望有一个宽厚结实的肩膀让我来依靠！

活检休息了一天，第二天是周六，可我还得照常上班。还好不是值班。去病房看 C 组和 D 组的病人，写病程，和主治查完房后就可以走了。

一大早我就去了医院，看完了我分管的病人，赶在主治查房之前去了趟病理科。

病理科的技术员一听我的名字和乳腺中心送来的标本，就说：标本已经处理完了，切片也做好了，已经送给大夫去阅片了。

昨天快到下午的时间才做完的活检，今天一大早就已经都做好了片子，他们还真是快。

我到了隔壁病理科大夫的办公室，一位五十多岁的女大夫在，我看到，写着我名字的一摞切片就放在显微镜旁。

她说，片子已经看完了，是 DCIS（导管内原位癌），还有两项免疫染色看微浸润要晚两天才能出结果，所以正式报告要过两天才能出来。

她关心地问："你是怎么发现的？是常规乳腺扫描吗？"

"不是，是我自己摸到有包块。我还没到常规要去做乳腺扫描的年龄，也没想到要去做。"

"那是有家族史吗？"

"没有。我也不知道怎么我就得了这病。"

我谢了她，出来。我的世界已经不同。

虽然结果我早有预料，可真的宣判了，我无法再心平气和。

主治来查房了。我把她拉到一边，轻声告诉她我刚被诊断有乳腺癌，可不可以先查我的病人，然后让我回家。她给了我一个拥抱，说：没问题。轻轻地一个拥抱，我的眼泪已经充满了眼眶。

回家的路上，我觉得我握着方向盘的手都在轻轻发抖。

我没有时间去悲天伤怀，我的脑子异常清楚，思考着下一步我要做什么。

首先，我不能再上班了，星期一我就去跟主任请长假。其次，我要去找一个乳腺外科大夫，一个肿瘤专科医生，可能还需要一个整形外科大夫。上次骨折时无意中发现的肝脏上的包块也得去好好查查，虽说原位癌转移的概率理论上为零，否则也就不会叫原位癌了，但还是小心为上。

并且，就在这个刚刚获知自己得了癌症、颤抖着独自开车回家的路上，我有了一个念头而且下了决心，我要把我这三年的经历写出来，快乐、悲伤、绝望、痛苦、外遇、家暴、离婚、癌症，所有的一切。

我正在经历我人生中最困难的时刻，我要把它记录下来。这三年之前，我基本上是一帆风顺；这三年之后，我的人生将截然不同。

乳 腺 癌

我不会去质问上天，为什么这么不公平，为什么就让我得了这病？作为医生，我每天见到各种各样的人得各种各样的病，很多是比我还年轻还青春还应该拥有美好生活的人，包括儿科那些患有恶性肿瘤的生命之花根本还来不及盛开的小天使。别人可以得这些病，没有理由我就不行。

我想问的是，为什么“我”会得这个病？

乳腺癌很多都与雌激素水平有关，初潮早、绝经晚的人容易得，一直未生育的人容易得，口服雌激素替代疗法的人容易得。我也知道好几个做人工胚胎的人，都有过使用大剂量雌激素促进排卵的历史，以后都发现得了乳腺癌。

那么我，是不是与吃过好几年的避孕药有关？是不是跟最近几年太多次的流产有关？在孕早期，雌激素的水平翻倍地升高，而我体内的黄体酮却不够，不足以维持胚胎的成长，所以最后都流产了；而多次高水平的没有孕激素对抗的雌激素作用于我的乳腺，是不是就促进了乳腺细胞的异常增生？

对于多次流产，我心里对杰明一直心有怨恨。他一直想要很多小孩，从来不愿意采取任何避孕措施，即使是在我刚刚流产完、医生要求至少休息一段时间再怀孕的时候，他也不用。而且，这么多次流产，我都没有得到过他的好好照顾，我的身体就是这样一次次地越来越弱。

又或者，我得乳腺癌与我喜欢吃肉，或者其他什么不良生活习惯有关？

杰明的第一反应却是，都是我做住院医造成的！所有的矛盾、紧张，所有的事情，都是因为我做住院医才发生。如果我不去做这个破住院医，我们之间就什么事也不会发生，我们会像以前一样地生活，我也不会得这个乳腺癌。

我却不这么认为。我认为，所有的事，都不可避免。

如果我没有去做住院医，继续在家里带孩子做家庭主妇，从他以前对我的态度，他依然会对我不尊重，依然会看我不顺眼，依然会拿我的缺点去比别人的优点，依然会觉得别人的老婆都比我强，结婚多年夫妻间的审美疲劳依然会发生，他依然会出轨去寻求刺激，甚至会发生得更早。

至于家暴，也不是我做了住院医以后才开始的。以前他就摔过我给父母买的礼物、打过我的耳光，即使我没有做住院医，他的行为模式也不会改变。只不过住院医工作的劳累和压力、我对家庭投入的减少，更加剧了我们之间的紧张关系，激化了矛盾，诱使了他的家暴以最激烈的形式爆发了出来。

也许有人会认为，每个人身上都有潜在的丑恶，就好比携带在身上的某种慢性病毒，在某些特定情况下会发作出来，诱发大病，甚至致人死亡；但也有可能永远不发作，做个携带者，在身体里潜伏一辈子。是创造条件让病毒发作表现出来，然后彻底治愈好呢？还是尽量避免进入那种状况，就让病毒在身体里潜伏一辈子算了？

杰明的身体里，从他的父辈、乡亲们那儿，就带上了家暴的恶根；而我的住院医工作，我们之间的矛盾，正是创造了这样一个“最佳”条件，让这个邪恶病毒肆无忌惮地发作了出来。

即使没有这个住院医工作，家暴的恶根依然存在，以后因为种种诱因依然可能这么激烈地爆发。

而现在的激烈爆发，就像是休克式疗法，毁了我们的婚姻，但我相信，也彻底治愈了这个病毒。不管以后杰明会和谁一起生活，他应该已经得到了足够的教训，足以让他牢记一生，不会再犯；而我，却损失惨重，身心俱伤。

而癌症，就更不能说是因为我做了三年住院医累出来的。相反，癌症一般都有五到十年的潜伏期。中医说，气不顺则郁结。我和他结婚十年，心情经常地处于抑郁状态，长期的压抑和气不顺，一定会对身体产生慢性的潜移默化的影响。

最近有一项研究，通过对 8000 多例肿瘤患者的调查，发现他们在患病前的一两年时间内，都曾有过抑郁、沮丧、情绪波动较大的事件，说明肿瘤的发生与情绪息息相关。过去的两年，我遭遇老公出轨、恶劣家暴、离婚，任何一桩，都可以把人击倒，更别说是这么多叠加在一起！而住院医超负荷的工作和巨大的精神压力，让我的境况雪上加霜！

我常常觉得，老天一直在试我的底线到底在哪。很多时候，我觉得我已经撑不下去了，可咬咬牙，挺了过来，没想到还有更坏的在后头。我的脆弱和坚强都超乎自己的想象。我可以脆弱得他的一句侮辱我的话就让我泪流满面，却又发现自己已经咬着牙走了这么久。

正如经典电影《教父》中的一句台词："When mind suffers，the body cries out！（精神上的苦痛，会以身体上的疾病的方式表现出来。）"

过去的几年，我精神上承受了常人难以想象的压力和痛苦，我一直在坚持着；我的精神还没有倒，而我的身体却再也承受不住，终于，以癌症的形式哭喊了出来。

而现在，即使我的身体已经发出了最声嘶力竭的呐喊，我的精神却依然不能崩溃。我必须让我的女儿看到一个坚强快乐而不是哭泣绝望的妈妈；我也必须自己一步步来安排下一步的治疗和生活。

我开始查看专业网站，不同的分期，不同的手术方式，术后不同的治疗方案，权衡利弊；而杰明，也开始上网看看有关乳腺癌的科普知识，扫盲。

对我，这是从来未曾想到过的挑战，要学会如何去应对；对杰明，也一样。

星期一一大早，刚上班，我就去科办公室，碰到了总住院安迪，我告诉他，我要休长假，请他想办法安排人来顶我。

然后找到主任的秘书，说我今天想约个时间和主任谈话。主任刚好从一个会议出来，听到这话，面有难色，说今天恐怕没有时间。

安迪上前一步，说："主任，我觉得她的事很紧急，您还是今天和她谈吧。"

我说："只要几分钟。"

主任示意我进了他的办公室，关上门，问我："什么事？"

我说："我被检查出患有乳腺癌。"

主任很震惊，问我现在身体如何。

我说还好，没有什么症状，是早期。但是我没法再上班了，我需要有时间去看医生、做手术、休息、恢复。

他说理解，没问题。然后问："有什么我可以帮你的？"

我请他帮忙打听谁在我们医院做乳腺外科手术比较好。

我们系统内的医生总共有两千多人，大部分都与医院是合同咨询关系，并不隶属于医院，很多医生我们从来都没见过，也不认识，尤其是那些与我们内科交集很少的科室，比如乳腺外科的大夫，我们就一点也不熟。

主任说没问题。然后问我："如果科里人问起，你想我们怎么说？你介不介意告诉大家你生病的事？"

"我不介意。可以直接告诉他们。"

"你确定吗？那这事很快就会像长了翅膀一样传遍全医院的。要不这样，如果有人关心，我只跟他们说你因为身体原因休息一段时间，至于具体什么原因，如果他们直接问你，由你自己再决定要不要告诉他们好了。"

主任的考虑很周到。在中国，保护隐私的观念不严重，周围的同事朋友邻居生病了，尤其是比较耸人听闻的大病，很快大家就会以关心的名义八卦的方式迅速地把这事传播开来；而在美国，这样做是不被允许的，尤其是在重视保护病人隐私的医院。

我们不允许在公共场合，比如电梯、走廊、咖啡厅里谈论病人的病情；不允许向不直接参与病人医疗的其他人员透露病人的任何情况，也不允许以任何方式查看与工作无关的其他病人的任何资料。

纽约棒球队扬基队的某著名球星曾经化名入住哥伦比亚大学医学院，一些好奇的并不直接参与他医疗的医护人员想知道他到底得了什么病，通过医院的计算机系统查看了他的病历资料，被发现后全部开除；我们医院也曾有本院职工生病后，某平时和她很熟的保安向某秘书打听她的病情，某秘书在未经病人同意的情况下，私自查看了她的入院记录，发现她得了心梗，告诉了保安，保安然后又告诉了某清洁员，于是几乎整个后勤部门都知道她得了心梗。事后涉事的保安、秘书均被开除。

我不介意身边的朋友知道我生病了，但我也不愿意认识不认识的全医院的人都知道这事，以后走在医院里，被人用别样的眼光来看待，尽管这样的眼光也许是善意的关心、同情或者怜悯。

从主任办公室出来，碰到了副主任事儿妈，她问我活检的结果，我告诉了她。她的眼圈一下子就红了。没想到她比我这个当事人还多愁善感。

我们轻轻拥抱了一下，她说："好好休息"，我说："我会没事的。"

与疾病的战争

我陷入了前所未有的焦虑状态之中。

我说过，我不会操心结果已经无法改变的事情，却很操心通过我的不同作为、结果会有所不同的事情。

现在的情形就是这样，我选择在哪里、谁来做这个手术，将会决定肿瘤是否能完全切除，术后不同的治疗方案，以及以后肿瘤复发风险的不同。我患得患失，不知该如何选择。

按理说，就在我们医院做是最方便的，一切都熟门熟路，保险也百分之百全部报销，几乎不用自己花一分钱。

可我们医院毕竟只是新泽西的一家社区医院；而在离我们开车一个多小时的纽约，就有一家全美数一数二的斯隆凯特琳癌症中心，肿瘤手术绝对优势，肿瘤研究也名列前茅，各项抗肿瘤新药的临床实验如火如荼，为许多晚期肿瘤的患者带来新的希望。生了大病，谁不想去最好的医院、找最好的医生看呢？何况这个最好的医院就近在纽约。

可我们医院为员工提供的医疗保险网不包括斯隆，也就是说，我如果要去那儿看的话，就得自掏腰包。我打听了一下，做一个乳腺手术大概需要两三万美元，还不包括其他七七八八的检查费用和以后的整形手术费。

打电话问我哥，他说："身体是最重要的，不要计较钱的多少，找最好的医生看！"他很担心我的健康。我父母对我的事仍一无所知。

我也忍不住找杰明商量。离婚的时候我得了房子，账上的现金就不多。三万美元对我不是一个小数目。他想了想说："到底去哪做好，我不懂，你自己决定。如果决定去斯隆，经济上有困难的话，我可以帮你！"

现在他和我法律上已经没有任何关系，他没有任何责任和义务来帮我。他能够这么说，这么想，我很感激他，虽然我绝不可能要他来出这个手术钱。

思来想去，我还是决定去斯隆，毕竟肿瘤切除手术，不是小事。我找了在斯隆的朋友打听哪个教授最好，自己也积极地在网上搜寻。朋友给了我三个教授的名字，排在第一的也正是我自己在网上相中的，出身名门（哈佛医学院毕业），正当中年（经验丰富且精力充沛），而且专门从事有关 DCIS（乳腺导管内原位癌）的研究，前哨淋巴结活检就是她发明的，成为乳腺癌手术和治疗的一大进步。

我马上给这位教授的诊所打电话预约了门诊时间，又把我的病历资料都发了过去。

肿瘤科医生我决定还是找本院的，因为需要长期随诊，会方便很多。

我找了我们医院癌症中心的格林大夫，一位热心的离过一次婚又有了第二次幸福婚姻的中年女大夫。她以前跟前夫姓叫格尔大夫，几年前嫁给现在的丈夫后才改称为格林大夫。

在美国，女子嫁人后改随夫姓还是挺普遍的。工作独立的女人们，老是换姓也带来不少尴尬和有趣的事。

曾有一位女医生兼科学家，嫁给第一任丈夫时事业正处于起步阶段，以夫姓 A 发表了不少学术论文。事业进展，却发生家庭变故，她离了婚，嫁给第二任丈夫后改随夫姓 B。她就仿佛成了空降兵，以现在的名字 PubMed 上再也查不出她以前的成绩，她好像又成了这个领域的“新人”，需要一点点再次重新建立起现在姓氏下的 reputation（声誉）。这样又过了十几年，她的事业已如日中天，这个行当的人都知道声名赫赫的 Dr. B.

谁曾想，她再次离婚，嫁给了第三任丈夫 C。如果再次改姓，Dr. B 将消失，谁也不清楚这个新冒出来的 Dr. C 是谁，文献检索恐怕又将是一片混乱。她决定为了避免麻烦，不再改姓。于是，她顶着离了婚的前夫的姓，仍然活跃于专业领域，并和现任丈夫 C 一起过着幸福的生活。

她感叹说：“我死之前，一定要改成 C 的姓，这样我就可以和他埋在一起，在墓碑上刻上‘C 先生和 C 太太长眠于此’了”。真是可歌可泣的一个励志故事啊！

言归正传。这位前格尔现格林大夫的专长正是乳腺癌。我们医院，要看乳腺癌，就是找她了。她也热心于教学，第一年住院医时我还跟她轮转过，对她印象不错。

她一边画着图向我详细讲解了我的病理结果，说明还是很早期，没有任何浸润，打消我的顾虑。

我征求她的意见去哪里做手术好。她一听说我想去斯隆，马上说："我理解人人都想去最好的医院，但这是个错误的决定！"

我大吃一惊，问："为什么？"

她说："这已经是个成熟的手术，并没有什么难度，在哪个医院做都没有太大的差别。去外院做最大的好处是，本院知道此事的人会最少，你可以保密得很好；不过像你这么有名的人（她又开始挤兑我），估计知道这事的人也已经不少了。如果是我，两个月不来上班，是没法不让别人知道这事的。"

"那倒是。我并不在意别人知道。"

"而去斯隆，并不是一次手术这么简单。如果发生术后感染或者其他并发症，怎么办？你还得折腾到纽约去看。再者，一般乳腺全切手术都和第一步整形手术合在一起做，你在斯隆做的全切，就也得在那儿做整形，整形大概得好几次手术才能最后完成，也就是说，你次次手术和以后的次次随诊都得去那儿。"

有道理！我怎么就没想到术后并发症的可能？而且，次次手术都去那儿做，保险又不包，我也负担不起。

"那在我们医院做，谁做得比较好？你可不可以推荐几个人？"

她给了我三个人的名字。第一位就是德波拉医生，她其实是斯隆在新泽西分院的大夫，不属于我们医院，但和我们医院有合同关系，也来我们医院做手术。如果我找她做，麻醉、用药、住院等等费用都在我们医院全报，保险不报的仅仅是医生的手术费一项，经济上会比去斯隆本院划算很多。

正好今天主任也告诉了我他通过一些资深的大夫和医院高层打听到的消息，谁在我们系统内的三家医院乳腺手术做得最好？他也告诉了我几个人的名字，排在第一位的正是德波拉！她的手术超赞的说！

我决定了，就是德波拉！解决了这个最大的问题，剩下的就都不是问题了。

我如约见到了德波拉大夫，四十岁上下，短发，瘦小精干、清脆麻利，比照片上显得年轻。

她很惊讶我一个人来看病。一般癌症病人来看即将给你操刀手术的大夫，家里人总是要陪同的，了解手术过程和应该注意的事项，既是从心理到行动上对手术的准备，也是对病人精神上的支持。

杰明其实问过需不需要他陪我来看病。我一向是个很独立的人，能自己处理的事情就绝不麻烦别人，何况杰明对医学一窍不通且一向讳疾忌医，他陪着来，除了耽误他一天上班外，也帮不上太多实际的忙。

德波拉大夫试探着问："你是一个人住还是——？"

"我和女儿住在一起，家里还有个小时工保姆。前夫也住在附近，需要的时候可以帮忙。"

"哦！这个手术不大，手术后除了胳膊要受限制不能过度活动外，对基本生活影响不大，我相信你自己也能够处理得来。"她已经判断出了我主要得靠自己，没有人可以让我依赖。

她和我讨论了可能的手术方案。一般 DCIS（乳腺导管内原位癌）局部切除就可以了，但她建议我做乳腺全切，因为我的肿瘤已经比较大，有两厘米；而且位置靠近中央，不好做局部切除；再说，"像你我这么瘦的人，本来就没多少乳腺组织，切局部和切全部外观上差别不大，还留点组织为将来复发留隐患干吗呢！"为了和我沟通，她还真勇于自嘲。

至于手术切口的选择，她说需要和整形外科大夫商量，既要便于操作，可以保障她把肿瘤及其他乳腺组织全部切除干净，又要尽量不影响美观，并有利于接下来的整形手术。我的乳腺切除手术将和第一步的乳腺整形手术合二为一，同时进行。

她给了我几个整形外科大夫的名字，让我自己挑一个。这几个人都和她合作过，都不错。

说实话，我关心的是肿瘤切不切得干净，因此谁来给我切肿瘤至关重要；至于假乳做得是不是漂亮，就没那么重要了，何况这几个人都还不错。我挑了一个我们保险网内的，海因斯大夫，约了时间去见他。

这期间，我还得去做一个乳腺核磁，更清楚地看淋巴结的情况和有没有转移；另一侧的乳腺发现有纤维瘤，也得做活检以确保万无一失；而且，格林医生还建议我去做一个乳腺癌的基因筛查，如果结果阳性，不仅对侧乳房患癌的概率大大增加，要同时切除；更严重的是，卵巢癌的概率也大大增加，双侧卵巢也需要做预防性切除；而且这也关系到虹虹以后患乳腺癌的可能性有多大。

肝脏上的包块，貌似只是普遍血管瘤，与乳腺癌不搭界，但我还是约了去见肝胆胃肠专家，并做一个腹部核磁来确保万无一失。

这场与疾病的战争，我既是亲身上阵的士兵，又是坐镇指挥的将军。一切都有条不紊地在进行。

备　　战

我享受着这难得的因为生病才拥有的悠闲，开始写我的书，和同学在网上聊天，看我喜欢的电视节目，做做饭，接送孩子，抽空再去看看各个医生，似乎又过起了家庭主妇的日子。

这段时间我和杰明的关系也还算不错，虽然他并没有给我什么特殊的照顾，但他答应手术时和手术后会来帮我。

而且，他从网上看来了一些有关癌症和饮食的知识，开始关心我的饮食和健康。

“牛奶不能喝了，里面有很多激素！豆奶也不能喝，含植物雌激素！”从读大学起，我早餐就是牛奶或者豆奶加一些麦片、点心之类的小主食，一下子这也不能喝了，那也不能喝了，那喝什么呢？

“肉类也要少吃！你以前爱吃的那些腌制食品，湖南腊肉、鸭脯什么的，都含防腐剂，对身体不好。”家里还有不少上次回国从老家带回来的我最爱吃的鸭脯，本着不浪费食物的原则，我恋恋不舍地分送给了跟我一样好这口的老乡们。

“以后剩饭剩菜也不要吃了。微波炉也要少用。罐头食品也不能吃。新鲜的东西才是最健康的！”句句真理啊！

对手术的准备也紧锣密布地在进行。

肝脏上的包块经核磁证实就是一普通血管瘤，不痛不痒、不干扰正常生活，没有任何症状，不需要做任何处理，定期随诊，监测大小就行。

乳腺核磁明确了肿瘤范围，没有任何转移迹象。又去了一次乳腺中心，还是施奈德大夫，对侧纤维瘤也做了活检，就是普通良性纤维瘤，因此对侧乳房不需要手术。

乳腺癌基因筛查阴性，也就是说，我就是不幸一散发病例，没有家族遗传倾向，虹虹以后患病的风险应该不会比普通人群高。我松了口气。

我也去看了整形外科海因斯大夫。海大夫的诊所宽敞、明亮、气派，一溜数个诊室排开，各项设备齐全，为他服务的护士和其他工作人员众多，可见这个行当相当赚钱。

海大夫说，他会和德波拉大夫商量怎么样手术切口最好。手术过程基本是：由德波拉先上，切开，切除肿瘤及所有乳腺组织；然后换他上，置入组织撑开器，也就是一装生理盐水的塑料口袋，然后缝合。整个手术过程大概两小时，德波拉一小时，他一小时。如果只做乳腺全切、不做整形，都不需要住院，当天切、当天回家；加上整形，为保险起见，他一般让病人住院观察一天，如果一切顺利，没什么事，第二天就可以回家了。

以后每一到两周在他门诊随诊，通过皮肤向组织撑开器里注入生理盐水，慢慢将绷紧的皮肤撑开。大概需要三个月的时间，等皮肤撑得足够松足够大的时候，就可以做第二步整形手术，取出组织撑开器，置入永久填充物。三个月后，再做第三步，乳头整形，就大功告成了。

他仔细量了我的尺寸、大小、位置高低，又照了相，以做术后对比，然后问我："要不然趁这个机会我们做个 D 罩杯，对侧乳房也顺便填充一下？我保证给你做得漂亮！"

我吓得一哆嗦，连连摆手："别，别，千万别！你们最小号码的填充物是多大？就照那个做就行了！"

习惯了几十年的平板身材，猛然变成一对巨乳，低头吃饭看不见盆，抬头走路见不着脚尖，我还真适应不了，连走路恐怕都会失去平衡！我又不打算进军演艺圈，费那劲让别人一看就知道我隆胸了干吗！

确定了手术方案，海大夫又交给我一张抽血化验单，手术之前随便找一天去医院把血抽了，术前准备就算完成了。手术当天早上 6 点到医院，直接到手术室报到，7 点半进手术室。

真心说，在美国做手术，确实效率高啊！要在国内，那还不得提前数天入院做抽血、心电图等等检查，一个乳腺活检都得住院几天，乳腺全切就得至少一周了吧，再加上整形，住院时间更海了去啦！

而在美国，术前检查都可以通过门诊完成，活检只是个小检查，全切也不需住院，既节省了病人的住院费用，也缩减了系统的医疗开支，更大大提高了病房的周转率，三赢啊！

国内医院老是喊着住院难、住院难，中国病人是多，可其中也有很多是这样的通过人为、通过管理、通过改善流程可以提高的部分啊！

我也琢磨着应该怎么告诉虹虹妈妈生病这件事。她现在还小，还不能理解“癌症”是什么意思，等她大一些的时候，我会解释给她听。但现在，我希望她也能了解我正经历的，我在用我的亲身经历，来教我的女儿什么是面对疾病、面对困难时的正确态度，什么是家人生病时应该有的关心。

我跟虹虹说，妈妈生病了，不是一个小病，也不是什么治不了的大病，需要做一个手术，会在家里休息一阵子。希望这段时间她能乖乖的，不让妈妈操心，也希望她能多关心妈妈，比如给妈妈讲故事、唱歌、跳舞，妈妈开心，病就会好得快一些。等她大一些的时候，我要告诉她，癌症，就如同高血压、糖尿病、关节炎等等所有其他慢性疾病一样，需要重视，但并不可怕，甚至比许多慢性疾病还要好，妈妈就得过癌症，做了手术，已经好好的了。

虹虹也一向是个乖孩子。妈妈感冒了，她会知道说要多睡觉，也知道这个时候不能亲吻妈妈，因为会把病毒传给她。她还特别喜欢帮妈妈干家务，比如妈妈做饭的时候，她就会在旁边问：“我可以帮你洗菜吗？”吃完饭，妈妈说不想洗碗，她会特别积极地说：“我来洗！”然后撸起袖子就开始干。看到她，我的心就会变得特别的柔软。上天给了我一个这么好的女儿，我还有什么可抱怨的呢？

明天就要手术了！我积极地准备着，赶着今天把所有的脏衣服都洗了，又去中国店、美国店买回了一大冰箱的菜，确保我术后基本“残废”的一周不用再干什么重的家务活。杰明也请了两天假，虹虹也安排好了今晚住到小雪家去，由小雪夫妇帮忙带一天。

下午，我去了医院核医学科，注射了药物做淋巴结“染色”。明天手术台上大夫就可以用仪器测出前哨淋巴结有没有被“染上色”。如果有，则说明有可能有淋巴结转移，全切的同时需加做前哨淋巴结活检，甚至还可能需要做淋巴结清除；如果没有，就可以放心地不去管淋巴结了。

然后又去看了海因斯大夫，身上被做上了各种标记，为第二天的手术用。

吃完晚饭后，杰明送虹虹去小雪家。这是小姑娘第一次去别人家过夜，兴奋得不得了，早早地就收拾好了自己的书包，带上了爱看的书、喜欢的玩具，还有从出生起就一直带在身边、走到哪带到哪、甚至去中国都一直带在身边的她最爱的小贝贝熊和小花被，妈妈又帮忙收拾了洗漱用品和睡衣睡裤，高高兴兴地去了。那边，小雪家的小姑娘也是第一次有小朋友来家里玩过夜，同样的兴奋，电话都已经打过来了好几个："虹虹姐姐什么时候来啊?"可以想象，两个小朋友将会有快乐激动、翻腾吵闹、甚至"无法无天"、无法入睡的一夜狂欢。

杰明送完虹虹回来，时间还早，几年来难得的两人单独相处的时间，我们居然还一起看了部章子怡的爱情轻喜剧《非常完美》。

很久以来，我一直都在憧憬这样的时光，两个人舒舒服服地，窝在沙发里，一起看一个喜欢的电影。

这么简单的愿望，以前忙于生活，忙于孩子，忙于争吵，竟然都没有办法实现；这样的时刻，竟然在我们离婚了以后，在我生病了以后，在我手术的前夜，才得以来临。

这何尝不是一种领悟？上帝在赐给我疾病的同时，也赐给了我悠闲安宁的时刻，赐给了我不一样的心情。

手　术

今天，是不寻常的一天。今天我手术。

早晨4点半，外面还黑乎乎的，杰明和我都起来了。5点出发，6点不到就到了医院。

我们直接去了二楼的门诊手术室报到。候诊大厅就如同豪华酒店的大厅，真皮沙发宽敞舒适，多个大屏幕电视，饮水机、小茶几，可以俯视一楼入口的一排大落地长窗，还有微笑服务的前台工作人员，我觉得简直就可以在这里举办新年酒会。

最令我惊奇的，是其中的一个大屏幕电视上，滚动播放着今天手术病人的手术时间、手术室号及目前的状态，是在等待状态，还是正在手术中，或者已经手术完毕进入术后恢复室。当然，现在所有的病人都在“等待状态”。这块随时播报病人信息的显示屏，可想而知，对在大厅里焦急等待的病人家属们，是多么及时的信息更新，也是多么大的心理支持和安慰。

现在还早，大厅里只稀稀拉拉地坐着几个人。我把提前填好的各种表格交给前台，他们在德波拉大夫和海因斯大夫今天的手术名单上找到了我，核实了我的身份，然后让我去验尿，确保我没有怀孕。还真是仔细。

然后回到大厅里等着。没什么事，我掏出手机来和国内的朋友聊天。

她问：“干吗呢？这么早！”

我说：“候场呢！”

除了小雪和几个身边特别近的朋友，我从来没有跟别的人包括这个在国内的好朋友说过我生病的事和我真实的生活，不知道她猜不猜得出我在“候”什么。

我准备一会儿吓她一吓，在麻醉师把我放倒之前给她发一个带长拖音的“啊——”，然后几个小时杳无音信，让她在那边展开丰富的联想，一定很好玩。

6点半，我被叫了进去，被安排在术前准备室的一个小隔间里，换上了病号服。换下来的衣服杂物装进一个贴有我名字的大服装袋里，将跟着我进手术室、出手术室，并一路跟到病房，直到出院。

一会儿，一个护士进来量血压、测心率和血氧饱和度，又扎上了针、输上了液。然后，手术室护士进来问病史，填表格，并再次核对了手术方案。麻醉师也来做了术前探访，问我有无任何麻醉药过敏，以前手术对麻醉药物有没有过任何问题。安排妥当后，杰明被叫了进来，陪陪我。

7点钟，德波拉大夫和海因斯大夫也先后来了，和我打了招呼，也见到了杰明，并告诉他，手术一结束，他们马上就会去候诊大厅找他，告诉他手术情况。然后两人进了手术室。

我掏出手机，刚想实施我的恶作剧计划，麻醉师和手术室护士就来了，说这就推我进手术室了。带着来不及实施的“罪恶”计划的手机被塞进了写有我名字的大口袋里，挂在了我的移动床头。

他们一边把我往手术室推，麻醉师一边跟我说：“我会给你打一针药让你睡觉……”，手术室的门还没有看到，后面的话我就已经听不到了。

等我醒来，我已经躺在术后恢复室里，胸前裹着一层层绷带和紧身胸衣，身上贴着心电监测的电极，胳膊上绑着血压监测，指头上套着血氧监测，一动胸口就扯着剧痛，而且，最重要的，我还被尿憋着难受。

我开始哼哼，护士听见我醒了，进来看我怎么样了。我告诉她，胸口痛，要上厕所。她给我拿来了便盆，又给了我一针芬太尼止痛。然后我又昏昏地睡去了。

再次醒来，天旋地转，动一下头，晕，就连睁开眼睛，满世界也是晕，也是转。这种晕，比痛更让我难受。我只有闭着眼睛，却仍是无比难受。

看来是那针芬太尼闹的。我们在ICU里给插管的病人用芬太尼镇静，用得也不算少，没想到药劲这么大。这辈子看来不能再用芬太尼。

杰明这时候已经坐在我的身边，我张开眼睛看了他一眼，晕，赶紧又闭上。难受，话都不愿说。

他告诉我，德波拉大夫和海因斯大夫手术一结束就找到了他，说手术很顺利，没有淋巴结转移，放心。

见我已经清醒，生命体征平稳，我从术后恢复室转入了六楼的“洁净病房”。这个病房大多是轻的外科手术病人，也有一部分内科病人，大多只住院几天，周转率相当高。有任何感染的病人都不允许收入这个病房，所以称为“洁净病房”。把有感染和没有感染的病人分开到不同的病房，简单的一个措施，院内交叉感染率大大降低。

走廊里，迎面碰到几个熟脸的护士，见我躺在病床上被推了进来，小吃惊的表情，然后就热情地和我打招呼。

我被安排在了靠里的一个单间，房间很宽敞，有单独的卫生间洗澡间和衣物柜，除了病床，居然还有一个宽大的沙发，打开来家属就可以好好休息。病床也很高级，是自动按摩床，可以减轻长时间卧床所致腰背酸痛和预防褥疮。这么一张床，得好几万美金呢。看来本院的还是沾了不少光。

护士一再叮嘱我，想起来上厕所一定要叫她。果然，虽然有杰明和护士在两旁，我忍受着天旋地转想站起来，第一下脚就踩空，差点没摔倒。晕，脚下飘乎乎的，完全没有平衡感！可恶的芬太尼！得，还是躺床上用讨厌的便盆，再等几个小时等药劲过去了再说吧。

然后，我开始觉得饿了。从昨天晚上起就开始空腹禁食禁水，到现在，都大半天了。美国医院，千好万好，就是吃得不好。这不，饭点已经过了，病房也没给我订，只有一些饼干、果汁和冷三明治了。随便先吃一点果腹吧。

稍稍安顿下来，又迷迷糊糊打了个盹，头晕好一些了。开始频繁接到关心的电话、短信。

先是小雪打来的，问要不要她带着虹虹过来看我。

“别折腾了吧，来回两个小时”，我说，“反正明天就回去了。再说，医院里，各种各样的细菌多，小朋友还是尽量少来。”美国的法律，十三岁以下的小孩任何时候都不能没有大人监护，不能独自留在家。她如果要来，除了虹虹，她的小姑娘也得一块儿带着来。这是一个爱生病的小姑娘，稍微感冒就会诱发哮喘发作，还是不要让她到医院里来好。

那头，虹虹接过了电话：“妈妈妈妈，我在阿姨家可好玩啦，昨天晚上睡觉我还从床上掉下来了！”瞧这兴奋劲，还不知昨晚是怎么折腾的呢！小孩子就是好，什么时候都是高兴。

“妈妈，你什么时候回来啊？我想你了！”这一下，又快把人的心都化了。

“乖！爸爸晚上就接你回家，然后明天早上你和爸爸一起来接妈妈回家好不好？”

“好！”回答得又干脆又响亮。

挂了电话，又收到了几个知道我今天手术的住院医的短信，说想过来看我，问合不合适。

说实话，这个时候，我不想见任何人，只想好好睡觉。这身病号服一穿，没病的立马看着也像病人了，何况像我现在这样刚做完手术、头发散乱、形容憔悴的。我可不想别人看到我现在这个样子，那不是自毁形象吗，以后还怎么在江湖上混？

我跟他们说，我很好，等我上班了，他们就可以又看到我了。再加上一个笑脸。作为医生，他们一定理解有些病人喜欢万众簇拥、有些病人却不喜欢别人打扰的心情。

一会儿，晓文也打来了电话，问可不可以过来看我。我没有拒绝她。她跟我最熟，而且知道我家里发生的事，我也了解她所面临的困境。我不需要在她面前掩饰，也不在乎她看到我落魄的样子。

没多久，她举着五颜六色的一簇气球来了，花花绿绿地印着“Getting well”（快好起来）、“We miss you”（我们想你了），真是喜庆！

来得正好，我正准备起来上厕所呢，有她，就不用叫护士了。她和杰明一起扶着我，推着输液杆，慢慢走到厕所。这回还好，没有要摔倒。

然后我们坐下聊了会儿天。她问我感觉怎么样？我说手术一切顺利，当然，少不了痛诉了一遍眩晕芬太尼史。

我问她：“家里怎么样了？保姆找到了吗？”

她说：“终于从纽约法拉盛找来了一个，住家的，帮忙带孩子、做饭、做家务。可也不是那么满意，让她做这也不做，让她做那也不做。让她洗衣服时把我在医院里穿的外衣裤分开来另洗一锅，不要和别的衣服混在一起洗，她也不听。头疼！”

“将就些吧，有个人帮忙，虽然干得不是那么好，也总比家里整天鸡飞狗跳的强。”

“也只能这样了。”

正说着话，她的呼机响了，她走了。永远忙碌的住院医们。

我又饿了。虽然刚做了手术，我的胃口却是奇好。寡淡无味的医院饭实在是叫人提不起兴趣，我开始强烈想念我最爱的一家湖南餐馆的湘味田鸡，那个香香辣辣呀，想起来口里就已经生津。

杰明二话不说来回开了一个小时去帮我买了来，还有一份荠菜豆腐鱼丝羹，满屋子的飘香啊，我的中国胃算是得到了满足。

杰明问，晚上要不要他在这儿陪我？

我说，不用了吧，我已经感觉好多了，护士也都很关照我，有什么事一按铃马上就会过来；虹虹已经在别人家呆了一天一夜了，你还是回去把她接回来，明天早上带她过来看妈妈，一起接我出院吧。

杰明说，那也好。又扶着我去卫生间刷牙洗漱了一番，然后他走了。

我躺在床上，准备再好好地睡上一觉。多久没有这样什么事也不用做，只管睡觉就行啦！

漫长的一天终于快过去了。希望一觉醒来，所有的伤痛都成为过去，所有的不幸都烟消云散，睁开眼睛，是阳光灿烂的新一天。

春　天

医院的夜晚也是繁忙的。一晚上，半梦半醒之间，我感觉到不时地有人进来查看、换液等等。我迷迷糊糊地醒了又睡，睡了又醒。痛得难受的时候就按一下 PCA（personal controlled analgesics 自我控制止痛药）的按钮，给自己小小的一点剂量的吗啡，然后接着睡。

早上六点，技工过来给所有病人量体温、测血压等生命体征。七点不到，海因斯大夫也来了。他查看了一下我手术伤口的引流管，引流量已经比昨天明显减少，血水的颜色也淡了很多。

他说一切正常，今天就可以出院了。一会儿护士会过来教我在家里怎么护理引流管。一周后去看他门诊，拔除引流管。如果这期间出现引流量又突然增加、伤口疼痛加剧、发烧等等，说明伤口有可能感染了，马上给他打电话。

他又关照了右手不能上抬过肩，不能受力，尤其不能提重物。其他活动不受限制，应该适度活动、锻炼。引流管拔除后，我就可以开车了。

他下了出院的医嘱，就走了，其他的由护士来处理。做大夫真是辛苦，这么早就来查房，一会儿又该上手术了吧。

九点左右，杰明带着虹虹来了。虹虹手捧着一束鲜花出现在病房门口，真是一个美丽的小天使。

杰明还给我带来了一个保温饭盒，盛着他给我做的早餐。打开来一看，哇噻，真是让我啼笑皆非，六个水煮荷包蛋有木有！冰箱里有的鸡蛋都打锅里一锅煮了吧！农村人疼媳妇是不是就是这样，不知道什么有营养、什么好吃，我就鸡蛋吃饱你，好歹也是大补啊！如果是自家养的老母鸡下的土鸡蛋就更棒了！我还是很感动他的这份心意，稀里哗啦连汤带水都喝了。

一会儿，护士进来，教我们在家里每天应该怎么挤压排空引流管，登记引流量。

对于一向对医院、对所有与医有关的事都唯恐避之不及的杰明来说，这项任务可算是个巨大的挑战。他洗干净了手，满脸严肃、神情紧张地仔细听护士讲解“动作要领”。

这个护士似乎也并不是个熟手，拼命地连续撸压引流管，突然的负压引起我伤口撕心裂肺的剧痛，我大声叫了起来，连声说：“Stop！Stop！（停止！停止！）”捂着伤口倒吸凉气。

年轻护士似乎也吓坏了，赶紧给了我一片止痛药，一个小时以后，等伤口的痛好些了以后，换了一个有经验的护士来继续。

这回动作缓慢轻柔了许多，杰明也上手体验了一下，护士又教了他挤压完引流管后，如何倒空引流小壶，如何让它保持负压持续引流伤口内的残余液体。

杰明的表现令人满意，居然没有看见血水而晕倒，也没有表现出任何的害怕和犹豫，但我知道，他的头皮一定是一阵阵地在发麻。每个人，都有内心恐惧的东西，只有面对过、经历过，才能成长。

护士开始给我准备出院的文件，包括医嘱单、处方条、门诊预约条等等，还有两本小册子，一本讲如何护理引流管，并带有记录表格；一本详细图解术后如何逐步自我锻炼，防止术后粘连，恢复手臂功能。

正等着，又来了一人，自我介绍医院乳腺中心的联络员，负责联络、拜访每位因乳癌住院的病人。

她送给了我一个爱心抱枕，说睡觉的时候垫在手术侧的胳膊下会舒服点，我试了一下，果然如此；又询问我术后家里的情况，有没有人照顾我，有没有人帮忙做家务。如果有困难，有一个专门服务于乳腺癌患者的非营利机构，可以安排为患者术后免费打扫一次家庭卫生。然后交给我一袋资料，都是有关乳腺癌的信息，包括一些类似的服务机构的材料，让我有需要的时候和他们联系。

真没想到，医院为患者考虑得还真是仔细。这样贴心的服务，病人对医院的满意度能不高吗？

一切手续完成，我换下病号服，穿上自己的衣服，包包裹裹收拾好，向护士们挥手告别，准备回家了。

医院义工为我推来了轮椅，虹虹帮我捧着鲜花和气球，杰明已经先行把其他东西放到车上，并把车子开到大门口来接我。义工把我送到楼下后，还陪着我一直等到杰明的车子过来，我安全上到车里，他的工作才完成。

我向这所我不分黑白昼夜、辛苦工作了快三年的又爱又恨的医院挥挥手，我要回去好好养病了，一个月以后再见吧！

回到家里，收到了科里的同事给我寄来的花篮和果篮。看来真像格林大夫调侃我的，像我这么“有名”的人，要想瞒住大家这事儿是不可能的。

我给大家群发了一封感谢的电邮，语句间充满了乐观向上。事儿妈立马就给我回了：“你真了不起！是打不败的！”

一句话说到了我心坎里，我一下子就原谅了她以前对俺们的种种刁难。要的就是这股劲儿，没有什么可以把我打败！

一周后，手术正式病理报告出来，就是 DCIS（乳腺导管内原位癌），切下来的组织边缘很干净，没有肿瘤组织，也就是说，肿瘤应该已经全部被切除了。

杰明开车带我去看了海因斯大夫，拔除了引流管。少了这个累赘，身体一下子轻松了很多。我终于可以自由洗淋浴，也可以开车了。活动也基本上可以自如了，除了右胳膊还不能上抬、不能提重物以外。

海大夫说，两周后再来看他门诊，如果伤口愈合良好，他就要开始往组织撑开器里注射生理盐水，开始实施第二步治疗方案，把我因手术切除了一大块后又缝合在一起、因而紧绷的皮肤慢慢撑开，为下一步整形做准备。

不知不觉中春天已经来了，院子里的桃花、迎春都开了。

我和虹虹都是春天出生的，都喜欢春天喜欢花。

上学的路上，虹虹几乎天天都问我：“妈妈，你最喜欢的季节是什么？”

“春天！”

“春天你最喜欢的部分是什么？”

“鲜花！”

“春天你最喜欢哪一天？”

“生日！”

“你最喜欢什么颜色？”

“蓝色、紫色和粉色！”

我知道，她的答案和我的一模一样。

春天来了，我人生中最困难的三年就快要过去了，我的春天也快来了吗？

美好生活

我的身体一天天地在恢复。

以前一直爱感冒，用杰明的话，真的是有点“弱不禁风”，只要一吹风，马上就鼻塞流涕嗓子痛全套上来。现在想起来，这也正是我免疫力低下的表现。防御部队不行，肿瘤才得以在身体里肆虐地长起来啊！

我中学时的一个同学，女神级人物，这么些年不见，居然自学了些中医，对养生之道颇有心得。网上聊天，告诉她我经常感冒，她给我分析，你这是气虚，可以试试姜汤泡脚。

姜一大块，切成手指大小，大火烧开后，小火再煮二十到三十分钟。把脚放在水上熏，再放到水里泡，每次二十到三十分钟。一周两到三次。

这个方子简便易行，我马上就开始做。可不可以预防感冒，时间太短还看不出来，但我很喜欢泡完脚后双脚红红的暖暖的还带些微微辣的感觉，很温暖，双脚没有以前那么怕冷了，而且晚上睡眠也比以前好了，不再经常做噩梦。

我也去斯隆凯特琳癌症中心在新泽西的分部看了德波拉大夫的门诊。她很满意我手术的结果，伤口的情况也不错。她的任务已经完成，剩下的，就交给海因斯大夫了。

我又去看了海因斯大夫。伤口情况良好，他给组织撑开器里注射入了几十毫升生理盐水，开始慢慢地把我的皮肤撑开。以后每两三周去看他一次，他都会再多注入一些生理盐水，直到达到理想大小后，就可以做第二次手术了，取出撑开器，置入硅胶填充物。

听上去很简单的一个过程，却没想到这么痛苦。我能感觉到胸部紧绷的皮肤被一毫米一毫米、一寸寸地撑开，我仿佛看到每个细胞都被拼命地拉扯着，张着大口却发不出声音来，撕心裂肺地痛，时时刻刻地痛，天天地痛，直到所有细胞都被拉伸到极限，直到新的皮肤细胞生长出来填补空缺、缓解拉伸，然后大夫又会注入更多的生理盐水，继续拉伸。这个痛苦的过程，将持续三个月。

我突然一下就特别佩服那些勇敢隆胸的女明星们。她们不像我做过手术，皮肤少了一大块，所以拉伸起来格外费劲、痛苦，但要在自己原本完好的皮肤下面硬塞进去一大块外来物，皮肤也一定会紧绷得难受，也一样会有这样一个痛苦的拉伸过程吧！为了拥有傲人的“事业线”，还真是要舍得吃苦啊！

海大夫还让我去做物理治疗，帮助右胳膊功能的恢复。

理疗中心在医院最底层，大多是门诊慢性病病人，我们平常都很少去。因为来理疗的病人大多行动不便，比如中风的、腰椎间盘突出的、膝关节置换术以后的，等等，医院特地将理疗中心安排在了最底层，有单独的门进出，出门就是专用泊车场，大大地方便了病人。

中心分三个部分，一个部分是 physical therapy（物理治疗），就像是一个健身房，各种运动器械齐全，有专门的物理治疗师，指导病人进行锻炼；一部分是 occupational therapy（功能治疗），主要是针对手部精细功能的锻炼、恢复；还有几个单独的小房间，是热疗室。如果再有中国的针灸、按摩，就更好了。

我被领到了功能治疗室，一进去，一屋子的老头老太，一个手在热敷，一个在玩握力器，一个正专心地用小钳子夹起一块块积木往小洞洞里放，还有一个老头坐在轮椅上，被要求右手按着毛巾在桌上做圆周运动，以活动肩膀。

旁边手正热敷的老太太打趣他：“不许偷懒，练会了这个回家可以帮你老婆擦桌子。”

一屋子的笑声。

老头明显是中风的，歪着嘴，话也说不出来，却也很开心地笑了。

我在这里太年轻了。但我很喜欢这里的气氛。

我的治疗师叫珍妮，她先给我的右肩膀热敷上，然后开始询问我的病情，制定理疗计划。

她说：“知道吗，2010 年的时候，我和你现在一样。我做了双侧乳房全切术。”

我很意外。我以为自己很不幸，却没想到同样不幸的人，身边就是，而你从珍妮的脸上看不出任何不幸来。她留着干练的短发，化着精致的妆容，同时治疗着好几个病人。我甚至都看不出她的年龄来。

双侧？那么她的已经扩散了？

“我还做了放疗，因为已经有淋巴结转移，然后是 20 次化疗。”

“真没想到！你一点也看不出来生过病的样子！”我偷偷瞄了一眼她的胸部，要不是她说，我真不会注意到她的工作服下面确实空空荡荡。但她依然周身散发着光彩。

“那你现在还在化疗吗？”

“不用了！我已经 cancer-free 有一年了！”

“恭喜！祝贺！太了不起了！”我很惊奇她的情况，接着问：“你的病理是什么？”

珍妮一边给我按摩牵引右胳膊，一边接着和我聊：“我尽量不说那些医学术语，但我知道，是四期侵蚀性恶性肿瘤。”

我不知道该怎么表达我对她的钦佩之情了。面对突然得知的癌症，我以为自己已经处理得很好，不慌不乱，治疗计划有条不紊地一步步进行，生活依然继续。我只是个什么都算不上的零期，而她是已经扩散的第四期。我不知道她怎么做到的这么心平气和：心平气和地面对，心平气和地谈论。和她相比，我觉得自己太矫情了。

“我觉得放疗化疗比手术更难。”珍妮点点头，同意我的看法。

“那你化疗时休息了多久？”

“我没有休息。我每周二、三来这里上班，周四化疗，周五干我的第二职业，周六又来这儿上班，周日和周一休息。”

什么？！她在化疗的时候仍然这么坚持工作？

“我是单亲妈妈。我的两个女儿都在上大学。她们知道我得了乳腺癌后几乎都吓死了。我要让她们知道，我没事，我们和从前一样地生活、工作。”

伟大的母亲！在承受着自己巨大的身体上的苦痛和精神上的压力的时候，还要成为女儿们的支柱，并告诉她们，在人生路上面对困境的时候，该怎么做。

这时候我已经换到了治疗室的另一边，开始双臂拉绳运动。我因为手术后的疼痛，右胳膊还不怎么敢大动。

珍妮双臂高举过头，给我做着示范。“你瞧，我做了双侧，现在活动一点也不受影响。你也可以做到。你很快就可以和以前一样，游泳、打网球都没有问题。”

“我把我的故事说给你听，也是想给你些鼓励。你会没事的。你会完成住院医训练，然后成为一名好医生。”

“谢谢你！我会的。”

从理疗中心出来，我接着去看肿瘤专科格林医生。我喜欢把这些事都安排在一起，这样效率高，老远跑一趟才划得来。

我很感激格林医生当初给我的建议，没有费时费力地去纽约做手术，而是选择了在本院。尤其是随后需要的好几次整形手术，和这么频繁的门诊随诊，如果真得次次去纽约，保险还不报，时间上体力上金钱上我都会吃不消。

正如我所想，格林医生告诉我，我不需要放疗或者化疗，但是需要吃抗雌激素的药物五年。

下周我就该去上班了。一切都将回归常规，除了每天我要多吃一片小药丸以外。

出来走道里就碰到了住院总安迪和其他几个同事。他们刚从 ICU（重症监护病房）开完会出来，商量完下个月的排班。原本该轮到我去 ICU 的，但我不是刚做完手术嘛，他们就安排了其他几个人，一人顶我几天。而我则被安排去轻松的选修科室。

ICU 是又苦又累的活，在平常都是能躲就躲的。我很感激他们，但嘴上什么也没有说。有些东西，不需要说出来也是可以体会到的。

他们见到我都有点意外，也都很关心我怎么样了。

“你看上去状态不错嘛！”杜菲说。

“我每次碰到她，她都看上去状态不错！”安迪补充。

“那当然啦！”我半开玩笑半认真地说，“我总不能在这儿当着你们的面哭吧！”并顺势做擦眼泪状。

旁边一菲律宾华裔小伙儿一把搂住我的肩膀。他的双眼又红又肿，一看就是严重春季花粉过敏。

我逗他：“你不会是因为要去 ICU 就哭成这样吧？”

他回答：“我是因为想你才哭成这样的！”

立马招致一片耻笑。

看着他们离去的身影，我想，我是真的该回来上班了。我不是那种可以满足于整天呆在家里，生活中只有老公孩子的人。

经过大厅的时候，一如既往，我又听到了悠扬的钢琴声。不知又是哪位病人，或者家属。

我再一次被感动了，为那些不管发生什么，依然美好生活的人们。

凤凰涅槃

回来上班真好，能健康地活着真好。

下班的路上给车加油，加油站的小工看见我车里挂着的白大褂，赶紧跑过来问我："你是在医院工作吗？可以帮帮我吗？"然后告诉我他昨天修车沾着了机油，结果夜里浑身长出了许多小红包，奇痒难忍，今天痒得越来越厉害。他边说边指给我看胳膊上的包包，一脸痛苦的表情，问我该怎么办。

这是典型的接触化学物质后的过敏反应，我告诉他可以涂一些外用的激素类药膏，还严重的话可以吃一些口服的抗过敏药。

看他一脸茫然的样子，我拿出一张纸，把这两个药的名字写上，告诉他这两种都是非处方类药，他拿着这张纸去药店买药就可以了。

他千恩万谢地让我走了。看他的样子，加油站的临时工，没有受过多少教育，属于没有医疗保险、负担不起看医生的那种。

我其实还是很喜欢我的职业的，举手之劳，就可以帮到别人，我很高兴。

我又参加了一个女性癌症患者的团体，这是一个非营利性的机构，从组织者、管理者到参加的每一个人，都是癌症患者。

她们穿梭在新泽西的各个医学院校和医院中，以真实患者的身份，加入到医学生、住院医、护士、技术员、牧师学生的教学中，以亲身的就医经历，教育这些医疗工作者怎么更好地与患者沟通，更好地聆听他们的声音，更深切地体会到患者的感受。

她们中，有五十多岁三期卵巢癌的大妈，经历了化疗-复发-再化疗-再复发-第3次化疗，感性却依然坚强，担心着在她去世后她十几岁的儿子该如何来面对这人生的打击；也有像我一样年轻的身患乳腺癌的单亲妈妈，和我的感受一模一样，“即使在自己的家里我也不能哭，孩子们看到妈妈哭会不知所措的，我必须让他们看到一个坚强快乐的妈妈”。

以前，我在另一边，以“医生”的身份，高高在上地看着这些“病人们”；而现在，我到了这一边，真真切切地了解了作为病人的一切。

医生和患者的双重身份，同时做为参与的唯一亚裔女性，我的经历在团体中绝无仅有；而这些和我感同身受的“难友们”，也给了我在家里得不到的精神上的支持。

网上的那个心理测试是对的，我真的很在乎存在的意义。

转眼艰苦的三年就快过去，三年前的“菜鸟们”，如今都已经成长起来，即将踏入新的工作岗位，正式开始我们自己的医生生涯。

我们一拨十个人，六个人将继续专科医生训练，一人去了纽约上州做感染科，一人去了波士顿做血液肿瘤科，一人做内分泌，两人做老年医学专科，一人留下来做住院总，然后再去做胃肠专科；第二年加入的万妮将留在本院做 hospitalist，也就是专职只看住院病人的主治医生；菲律宾美眉也将去加州做 hospitalist，和她的大家庭团聚；方唯将去她老公工作的城市，做一名全科家庭医生，孩子也从国内接了过来，一家三口终于可以在一起，结束分居三地的日子，从此开始幸福生活；而我，将在本院营养代谢专家的旗下做一年培训，然后留在本院新成立的营养代谢中心做一名专科医生。

一年一度的盛大毕业晚会，在附近的一家豪华酒店举行。除了在医院值班的，几乎所有的住院医，还有他们的家人朋友，还有许多的主治医生、护士，几百号人，都盛装出席。

我穿着一身粉红绣花的旗袍，胳膊上挽着白纱巾，一头微卷的长发，惊艳登场。这还是我十年前穿的礼服，所幸这些年来我的身材还没有太走样，居然还能塞进这件旗袍里。虹虹打扮得像个小公主，鹅黄淡粉的蓬蓬裙，头上扎着粉红的蝴蝶结，一如既往地漂亮伶俐，人见人爱。

香奈儿和她的罗伯特医生也来了。罗伯特改了发型，梳了个大背头，像个新郎官似的。

丽莎带着她的十六岁女儿也来了。丽莎来自波多黎各，性感漂亮，打扮时尚，哪怕是在 ICU 值班，穿着也丝毫不马虎，十分的养眼，是我们科另一朵花。只是谁也想不到，她已经有了一个十几岁的女儿。算起来，她生这个女儿的时候应该才十八九岁。要在国内，她一定是会被算做不良少女一类的，被人鄙视，一辈子抬不起头。可在这儿，人家一样上了医学院，做了医生，生活照样精彩。一个宽容的开放的社会，什么人、什么年纪都可以开始新的生活。

晚会开始之前的鸡尾酒会，人们端着酒，穿梭不息，忙着和各路人等打招呼、聊天、合影，熟的不熟的，都过来和你握手，说“Congratulations”，祝贺我们终于完成了三年的魔鬼式住院医训练，开始新的旅程。所有的医生，都 have been there，done that，我们所有经历过的，他们也都经历过，我们所痛过的，他们也痛过，我们所笑过的，他们也笑过，感同身受，一切尽在不言中。

大屏幕上滚动播放着我们的照片，我们或坐、或笑、或卧、或立，或做着鬼脸，记录着我们三年里的点点滴滴。

当科主任念着我们的名字，一个个介绍着我们的过去、现在和未来，向我们颁发毕业证书时，全场掌声雷动。菲律宾美眉的三岁小女儿，见妈妈上了台，也吧嗒吧嗒地跑上去，挤到妈妈身边和我们一起亮相、合影，引来一片笑声。

我原以为自己会热泪盈眶，没想到我却很平静。坐在位子上，看着周围起舞的人们，我轻轻舒了一口气，轻轻地对自己说：终于熬过来了！

其实严格意义上来说，我还没有毕业，因为生病，我的住院医训练被延期了三个月，我要到 9 月份才真正结束。但我想，我还是可以跟自己说：终于熬过来了！

这三年，是我人生中最最最最困难的三年。别人的这三年，只是艰苦的住院医生活，而我的这三年，却还同时经历了意想不到的身体、感情、婚姻、家庭的困惑和磨难。

如同凤凰涅槃，经过了这炼狱般的三年，我已经获得了重生，我可以更自信坦然、也更宽容淡定地面对以后的生活，我不会再害怕任何可能的磨难，或者说，我已经经历了太多的磨难，还有什么比我经历过的更可怕呢，还有什么磨难我不能够面对呢？从此以后，我将笑傲江湖。

有人说，理想的人生是这样的：既有敏感的灵魂又有粗糙的神经，既有滚烫的血液又有沉静的眼神，既有深沉的想法又有世俗的趣味，既有仰望星空的诗意又有脚踏实地的坚定，经历了长夜，守到了黎明，穿行过黑暗，还相信阳光，带着强大的内心上路，脸上有卑微的笑容，一路看山看水，走走停停。

我要的人生，就是这样。

虹虹说了，“Every day is a wonderful day!（每一天都是美好快乐的）!”不是吗？